ゴーストダンサー　上

ジョン・ケース
佐藤耕士 訳

ランダムハウス講談社

国際推理作家協会《セマナ・ネグラ》のみんなに

本書をパコ・イグナシオ・タイボ

捧《ささ》げる。

、ユスト・バスコ、そし

ゴーストダンサー　上

登場人物

ジャック・ウィルソン……………天才的な頭脳を持つアメリカ人。先住民と白人のハーフ。

マイケル・バーク…………………元カメラマンのアメリカ人。〈アハーン＆アソシエイツ〉共同経営者。

ケイト………………………………マイケルの亡妻

トーマス・アハーン………………ケイトの父。〈アハーン＆アソシエイツ〉設立者

ボボホン・シモニ…………………ジャックが刑務所で知りあいになったテロリスト

ハキム・ムサウィ…………………ボボホンの叔父

ゼロ／カーリド…………………ハキムの手下

マキシム・パベロビッチ・ベロブ…元 KGB 少佐。世界最大の小火器ディーラーの一人

イリナ………………………………結婚斡旋会社をつうじてジャックと知り合ったウクライナの女性

レイ・コバレンコ…………………ロンドン駐在の FBI 捜査官

アンドレア・カボット……………伝説的な CIA 捜査官

ニコラ・テスラ……………………セルビア人の発明家。故人

ルカ・チェプラク…………………テスラの助手をしていた男の息子

プロローグ

二〇〇三年九月　リベリア

それはかすかな音だった。チン。

たった一度だけの、Cの音——チン——それだけだ。その音は機体の後部から聞こえてきて、マイク・バークは一瞬、弟の結婚式を思い出した。父親がリハーサル・ディナーのときにグラスをスプーンで叩《たた》いて、乾杯の合図をしたときの音。

チン！

そんなことを思い出すとは、おかしなものだ。

だが現実はおかしくもなんともない。ヘリコプターはフランス製だが（シングルローターの〈エキュルイユB2〉だ）、シャンパングラスなんか置いてあるはずがない。それとはちがう別の音、たとえばテイルローターの羽根の一枚が九ミリ弾で撃たれ、真ん中から折れて半分吹き飛んだときの音だ。少なくともバークは、そんな想像をした。チン！

顔をしかめて、パイロットのほうを見る。ルービーニという名のニュージーランド人だ。

「いまの音――」

端整な顔立ちのニュージーランド人は、笑顔でこう答えた。

「心配するなって！」しかし、ふいにヘリは右舷《うげん》に傾くと、轟音《ごうおん》をあげて横滑りし、錐《きり》もみ状態でどんどん降下していった。ルービーニは真っ青になって、操縦桿《そうじゆうかん》にしがみついた。バークは息を呑《の》み、シートの肘かけを握りしめた。

視野のなかで目まぐるしく入れかわる、森と空。そこに自分の人生が――生まれてからいままでの全記憶が、一瞬のうちに映し出された。何千もの過去の光景が、走馬灯《そうまとう》のようにひとつずつ目の前を過《よ》ぎる一方で、ヘリコプターは緑の壁に向かって、見えない螺旋《らせん》階段を転げ落ちていく。

百五十メートル落下する数秒のうちに、思い出が脳裏を駆けめぐった。いままで自分が飼ってきたペット、キスした女、家、アパート、先生、友だち、見た景色のすべて。ボードゲームの〈キャンディランド〉や〈モノポリー〉、クリスマスの明かりとお香の匂《にお》い、チェット・ベイカー、セーヌ川沿いの厩舎《きゆうしや》。過去が波となって、繰り返し押し寄せてくる。空《くう》を切って落下していくヘリコプターの機内で、バークは思い出していた。アダムズピークの背後からのぼる朝日。パーク高校から奪ったスリーポイントシュート。試合終了までわずか二秒というときにボールがバスケットリングを揺らしたあの瞬間と、それに続く祝福の言葉。たしかにあれはすごいシュートだった。それが……なんでこんなことに！

シートと高度計のあいだに、母親の顔が雨の幕のようにあらわれ、忘れて久しい詩句が頭のなかに鳴り響いて、クチナシの花の匂いが——クチナシ？——コクピットを満たしている。

パイロットは叫んでいた。叫び声というより、悲鳴だ。

——パイロットが、悲鳴をあげている。

けれどもバークには、どうすることもできなかった。ヘリは急降下していて——実際には垂直に落下しているといったほうが正しい——奇跡でも起こらないかぎり二人は助からないだろう。だがバークは奇跡など信じていないので、じっとシートに座り、頭の奥で自分たちの死亡事故のニュースを読みあげるアナウンサーの声に、憑《つ》かれたように耳を傾けた。


マイケル・アンダーソン・バーク……

バージニア州出身の二十七歳……

カメラマンとして数々の賞を受賞……

墜落して炎上……

シエラレオネ国境から八十キロの地点……

多くの人がその死を悼むでしょう……

ヘリコプターの底部が梢《こずえ》をこすった瞬間、バークは自分の未来が五十年から五秒へと一気に縮まるのがわかった。それでも、記憶は押し寄せてくる。ただし今度は、ごく最近の記憶だ。

ゆうべバークは、ルービーニと一緒に飲みに出かけた。最後は〈マンバポイント・ホテル〉でカラオケを歌った。バークは〈国連リベリア・ミッション〉風の数人に冷やかされながらも『カリフォルニア・スターズ』を歌ったが、それがけっこう受けたにちがいない。モンロビア最後のナチュラルブロンドといわれているスラブ系農学者、アースラを自宅に〝お持ち帰り〟できたからだ。彼女はいまもまだ、バークが出てきたときと同じように、バークの部屋で眠っているにちがいない。カメラの前でポーズを取る映画スターよろしく、枕《まくら》に腕を載せて。

木の枝が風防ガラスを叩いたとき、バークは神の顕現のように直感的に悟った。自分はたった一発の九ミリ弾で死ぬんじゃない。自分が死ぬのは、極限状態にある人々を何年も写真に撮ってきたことで積み重なった悪いカルマが、津波のように襲いかかってきたからだ。写真にして伝えることにどれほど温かい意図をこめようと、そこにある現実は単純だ。バークは他人の絶望を飯の種にしてきたのだ。

撮った写真は、痛ましければ痛ましいほど高値で売れた。その事実は人を変えてしまう。リオの貧民街、ブカレストの孤児院、カルカッタの売春窟、バークはそれらを撮りながら、社会に貢献しているような気分に浸っていたが、実際には良心的な覗《のぞ》き魔となんら変わりなかったのだ。

そして今日、二十八歳の誕生日まであと一週間もないという日に、バークはダイヤモンド戦争で手足を失った子どもたちの難民キャンプへ、写真を撮りに行くところだった。

しかし……そこまでたどり着けそうにない。たどり着く場所は、真下だけだ。

ヘリコプターが森の天蓋《てんがい》を突いて沈んでいくとき、無言で覚悟した。もう二度と写真を撮ることはないだろう。いずれにしても、もう写真はやめだ。

——くそ！

轟音とともになにかが風防ガラスを突き破って、ルービーニの額が吹き飛び、血と脳みその飛沫《ひまつ》がコクピットに飛び散った。バークの口のなかにも血と脳みそが飛びこんできて、ヘリは木々のなかをまるで工具箱のようにガラガラと転がりながら落ちていき、最後には湿地の泥濘《ぬかるみ》に叩きつけられた。

——これが死というものなのか……。

バークはそう思った。けれどもそれでは説明がつかない。本当に死んだのなら、死んだとは感じないはずだ。ということは、死にかけているのかもしれない。そのほうが説明がつく。身体じゅうの骨という骨が折れたような気分だからだ。口のなかは血の味がした。身体はがたがた震え、世界はゆっくりと、ぐるぐるまわっている。

バークはぱっと目を開けて、なにが起こっているか悟った。ヘリコプターはもがき苦しむアオバエよろしく、軸を中心に回転しているのだ。頭上のローターは水、土、木々をさんざん切り裂くと、やがて手榴弾《しゅりゅうだん》のように砕け散り、あちこちに破片を飛ばした。エンジンは咳《せ》きこみ、甲高く唸《うな》って、コクピットじゅうに火花を撒《ま》き散らしている。

バークはなんとか、シートベルトのバックルをはずそうとした。たったそれだけの動きでも、とてつもない痛みに襲われた。身体じゅうに割れたガラスと木片が刺さっている。しかも全身血塗《ちまみ》れだ。血が顔の横から流れ、肩を濡《ぬ》らしている。

いや、ちがう。血だけじゃない。深々と息を吸いこむと、思わず噎《む》せた。

航空燃料だ！

指先がシートベルトを引っぱった。けれどもようやくバックルがはずれたときには、もう手遅れだと悟った。小さくボッと音がして、燃料に引火したことがわかったのだ。つぎの瞬間、コクピットは炎に包まれた。シャツはその炎に舐《な》められ、一瞬、頭の横に火がついたような気がした。転がるようによろめきながら、バークはコクピットの外へ飛び出し、胸からシャツを引き剝《は》がして、目が見えないままよろよろと歩き、やがて倒木につまずいて、浅い水溜《みずたま》りに倒れこんだ。

そのまま何時間、何日、そこに横たわっていただろう。意識は混濁し、全身が化膿《かのう》していた。信じられないことに、火傷が蜂《はち》を引き寄せ、蜂はバークの傷口から染み出す透明な体液を吸っている。意識はときおり戻ったが、すぐにまたなくなった。もちろん痛みのせいだが、ほかにもある。胸に埋めこまれた蜂の巣箱を見たせいだ。

——悪いカルマ? そうだ、それにちがいない……。

1

二〇〇四年　西ベイルート

二人はカーネル・サンダースのにこやかな目に見つめられながら、小さなプラスチックテーブルの回転椅子に座っていた。ずらりと並ぶ大きな窓から、日射しが降り注ぐ。崖《がけ》沿いの道路の向こうには、黄金の帯のようなビーチと、きらめく地中海が広がっている。

年配のほうの男ハキムは、まるで授業の開始を待つ子どものように、両手を前に組んでいる。きれいな手だ。指は長くて品があり、入念に手入れされている。

「過ぎたるはなんとかだな」ハキムは窓のほうに顎《あご》をやった。

ボボホン・シモニという名の若いほうの男は、目を細めて窓の外を見やり、うなずいた。

「ああ、明るすぎる」

ハキムは首を振った。

「私がいってるのは窓ガラスのことだ。これじゃ爆弾を積んだ車が簡単に……」

ボボホンはポップコーンチキンを口に放りこみ、両手を紙ナプキンで拭《ふ》いた。

「そんなのは昔の話だぜ。いまじゃだれも戦争なんかしてない。状況は変わってるんだよ」

ボボホンは紙ナプキンを丸めてトレイの上に放った。

叔父のハキムは不満そうにいった。

「状況はいつだって変わるさ。なにかが爆発した瞬間に」

ボボホンは苦笑いした。気の利いた言葉を返してやりたい気がしたが、それは自分の流儀じゃなかったし、だいいち店内がうるさすぎた。店の真ん中で赤ん坊が泣き叫んでいて、カウンターの奥では、店長が涙目のレジ係を厳しく叱《しか》っている。スピーカーからは、トニー・ベネットとオウム・カルソウムの曲が交互に流れてくる始末だ。

年配のハキムが、カーネル・サンダースのポスターに顎をやった。

「やつはユダヤ人だと思うか」

「だれが?」ボボホンは周囲を見渡して、訊《き》き返した。

ハキムはポスターを見てうなずいた。

「このチェーン店のオーナーさ。唇の形がユダヤ人だ」

ボボホンは肩をすくめた。黒いTシャツに、きちんとアイロンをかけた〈ラッキーブランド〉のジーンズという格好だ。〈メフィスト〉のローファーと〈パテック・フィリップ〉の腕時計で、全体のコーディネートがさまになっている。どれも一週間前に、ベルリンの新しいアパートから数ブロックのところにあるショッピングモールで買ったものだ。

「もしこいつがユダヤ人なら――」ハキムは続けた。「肉はたぶん、イスラムの戒律に従って処理されたものだ」

――だからどうしたってんだよ。

ボボホンはそう思ったが、実際にはこう答えていた。

「そうだな」ユダヤ人のことなんかろくに知らない。アレンウッド刑務所にいたころは、四人のなかに何人かいるとは聞いていたが……。

「歩こう」ハキムは急にむかむかしてきたように、そういった。

外ではゼロとカーリドが、BMWに乗って煙草を吸いながら待っていた。アーム・ハキムが甥《おい》のボボホンと一緒にレストランから出てくるのを見ると、ゼロとカーリドは車を降りて、二人のあとについて歩き出した。二十代前半のゼロとカーリドは、二人とも半袖《はんそで》シャツにランニングシューズ、ジーンズという格好だ。ゼロのほうは脂染みのついた茶色い紙袋を抱えて、カーリドはその隣でいきがった歩き方をし、肩にかけたストラップには、〈ディアドラ〉のジムバッグがぶらさがっている。ボボホンは思った。あの二人は食事をすませたし、サッカーの試合に行くわけでもないから、持っている袋やバッグのなかには、サンドイッチや運動用のサポーターより重いものが入っているにちがいない。

爽《さわ》やかな一日だ。もっとも、ベイルートでは毎日が爽やかだといっていい。海岸や〈サマーランドリゾート〉の近くでは、ウィンドサーファーたちが快晴の空の下で風と海を楽しんでいる。

ボボホンとハキムは腕を組み、うつむき加減で話をしながら、ココナッツや焼きトウモロコシの屋台が立ち並ぶなか、街の景観にそぐわない観覧車のほうへと歩いていった。日曜日で、崖沿いの道はごった返している。ローラーブレードで走る子どもたち、恋人たち、ジョギングを楽しむ人々。黒い民族衣装アバヤを着た女たち、ミニスカートの女たち。迷彩服でめかしこみ、防波堤に寄りかかっている、シリアのゲリラ兵たち。

「ベルリンはいいところか」

「ああ」ボボホンはうなずいた。

「どこが一番気に入ってる？」ハキムは微笑みながら訊いた。

「仕事さ」

「もちろん今回の仕事は気に入ってるだろう。だが私がいってるのは、仕事以外のことだ」

ボボホンは肩をすくめて、結局こう答えた。

「建築だな」

「ほんとか？」

「ああ、好きだよ。新しいし」

ハキムは地面に目を落としながら歩いた。考えこむように眉根を寄せている。

「それと、プッシーか？」

ボボホンは息が止まるかと思った。ハキムは笑って続けた。

「ベルリンじゃ、プッシーが最高なんだろ？」ハキムはボボホンの腕をつかんだ。「そう聞いたぞ」

ボボホンは自分の耳を疑った。頰が赤く染まるのがわかった。顔をそむけ、もごもごと口走ったが、自分でもなにをいっているのかわからなかった。

叔父は声をあげて笑うと、ボボホンを引き寄せ、ふと真面目な声になって命令した。

「女を見つけるんだ。ドイツ女、オランダ女、だれでもいい。その女とデートしろ。一緒にいるところを人に見られるようにするんだ。それから、顎ひげは落とせ」

ボボホンはびっくりした。

「けど……そいつは禁止行為《ハラーム》だ！」

叔父は首を振った。

「いったとおりにしろ。それからモスクには近づくな。情報屋たちがうようよいるからな」

ボボホンは一瞬戸惑ったが、すぐに呑みこんで、笑みを浮かべた。

「わかった」

「おまえの友だちのウィルソンだが、やつは異教徒《カフィル》か」

「そうだなあ……」ボボホンは曖昧《あいまい》な返事をした。ウィルソンがイスラム教徒じゃないことを指摘するなら、ほかにちゃんとした訊き方がありそうなものだ。

ハキムはボボホンに、焦れったそうな視線を投げてきた。

「その男を信用してるのか」

「ああ」

ハキムは怪訝《けげん》な顔をした。

「クリスチャンなのか」

「クリスチャンじゃない。なんの宗教にも属してないよ」

ハキムは顔をしかめた。

「人間は、なにかしら宗教を信じているものだ」

ボボホンはもう一度首を振った。

「あいつに関しては当てはまらないよ。無宗教なんだ」

「ということは、ミスター・ウィルソンはどんなやつなんだ?」

ボボホンは少し考えてから、こう答えた。

「爆弾さ」

ハキムは微笑んだ。通俗的なものが好きなのだ。

「どんな爆弾だ?」

「賢い爆弾《スマートボム》」

その答えをハキムは気に入ってくれたらしい。アイスクリームの屋台に立ち寄って、〈ダブ・バー〉を買ってくれたからだ。また歩きはじめたとき、ハキムは訊いた。

「それにしても、おまえのその爆弾は、なんで私たちの力になりたいんだ?」

「怒りだよ」

「怒りを持たない人間がいるものか」ハキムは一笑した。

「そりゃそうだけど……ウィルソンの怒りは正しいんだ。おれたちと同じことを望んでる」

ハキムは呆《あき》れたように溜息《ためいき》をつきながら、目を落として首を振った。

「信じられないな、おまえがアメリカ人を信用してるとは」

「あいつはアメリカ人じゃないよ。いや、アメリカ人だけど、アメリカ人とはちがう。ウィルソンの民族は、おれたちに似てるんだ」

「そいつらは貧しいということか」

ボボホンは首を振った。

「貧しいだけじゃなくて……」そのときイスラエルのジェット機が、スラム街に隠れた対空砲の射程の届かないところを飛んできた。二人は黙ってそのジェット機が滑空していくのを見つめた。近くでは、小さなトウモロコシの袋を持った老婆のもとに、鳩《はと》の群れが降り立った。「あいつらは昔のおれたちみたいなんだ。砂漠の民なんだよ」

ハキムはせせら笑った。

「あいつらはテントで暮らしてたんだぜ！」ボボホンはいい張った。

「映画の見すぎだ」

ボボホンは肩をすくめて続けた。

「そりゃずいぶん前の話だけど、あいつらはちゃんと覚えてるんだ。おれたちが覚えてるように」ボボホンは語彙《ごい》の豊富な男じゃない。豊富だったら、「比喩《ひゆ》的な意味で」とつけ加えていただろう。なぜならボボホンの家族は、難民キャンプに赤十字が設置したテントをのぞけば、だれ一人テント暮らしなどしたことがないからだ。ボボホンの父親は、六七年戦争後にアルバニアに移民したカイロの労働者だった。育ったのは、カイロ郊外のスラムにある二部屋のフラットだ。ということは、アラブ人ではあっても、馬に乗ったり鷹《たか》を使って狩りをしたりする人間じゃない。母親のほうは……アルバニア人農夫の五女だった。イスラム教信者ではあっても、アラブ人ではない。

それでもボボホンは、覚えているという。

アーム・ハキムは、チョコレートでコーティングされた〈ダブ・バー〉をひとくちかじり、ふたたび歩きはじめた。

「そのウィルソンのことだが、もう一度教えてくれ。知りあってどれくらいになるんだ」

「四年八ヵ月と三日」なんの躊躇《ちゆうちよ》もなくボボホンは答えた。

「そんなに長いつきあいじゃないな」

ボボホンは苦笑いした。

「それが長いつきあいに思えるんだなあ。だって一日二十四時間週七日、ずっと一緒にいたんだぜ。結婚してたようなもんさ」

今度はハキムが肩をすくめる番だった。

「とにかく、一度テストしてみないことにはな。頭のいかれたやつとは一緒に仕事をしたくない」

「あいつの頭はおかしくなんかないぜ」

ハキムは甥に疑わしげな視線を向けた。

「少しもか」

「まあ、ちょっとはおかしいかも」ボボホンはにやりと笑った。

ハキムはそらみろといわんばかりに、呆れ声で訊いた。

「どんなふうに？」

「べつにたいしたことじゃないけど――」

「いいからいってみろ」

「ときどきやつは、自分を小説のなかの登場人物だと思ってるんだ」

ハキムは途方に暮れたように甥を見つめた。ボボホンのいっていることがなんなのか、計りかねたのだ。

「小説？」

ボボホンはうなずいた。

「たとえば、エジプト人作家のマフーズが書いたみたいな小説か？」

ボボホンは〈ダブ・バー〉をかじって、チョコレートのコーティングとバニラのハーモニーを味わいながら、答えた。

「いいや、叔父さん。そこまで立派なやつじゃないよ」

2

二〇〇四年十二月十七日　ワシントンDC

ワシントンに到着してジャック・ウィルソンが最初にしたことは、風呂に入ることだった。おかしなものだ。なぜならウィルソンは、風呂が好きじゃないからだ。けれども監視下でシャワーを浴びる生活を九年も経験し、これからは一人で熱い湯にのんびり浸かれるんだと思うと、いてもたってもいられなかった。

そこでウィルソンは、湯のなかに横たわり、なかば目を閉じて、蛇口からしたたる滴《しずく》の音を聞きながら、その静けさに戦《おのの》いて、立ちのぼる湯気にわれを忘れた。刑務所での昼と夜が、身体からゆっくりと剝がれ落ちていく。さながら氷河の氷が溶けて剝がれ落ちるように。

——近いうちに温泉に行こう。ワイオミングにあるような温泉に。自分のほかには、岩と温泉、森、川、松葉があるだけだ。まるで別世界だといわれている。まるで……昔のような。

ペンシルベニアのアレンウッド連邦刑務所での最初の一日がいつものスピードで再生された。まず、指紋採取、書類記入、それから真新しい服でおめかし。おめかしといったのはジョークだ。なぜなら囚人服はサイズがあわなかったからだ。あったのは靴と腕時計だけ。その腕時計は壊れていた。

べつにそれがたいして問題だったわけじゃない。アレンウッドやほかの刑務所で起こったことはどれも以前起こったことであり、それが悪化しただけの話だからだ。刑務所では、時間はあってもやることはないし、夜明けとともに看守たちが、長い一秒一秒をしっかり務めさせようと起こしに来てくれる。だから腕時計など必要ないのだ。必要なのはタイマーだった。あと何年、あと何ヵ月、あと何日と、残りの刑期を数えてくれるタイマー。

今朝、刑務所の最後のゲートが開いたとき、夜明けから一時間が過ぎていた。フェンスの外には連邦刑務所のバンが、鈍色《にびいろ》の空の下で排気ガスを出しながら待っていた。運転手はホワイトディアの郊外までバンを走らせ、〈バディズ・ピク&パク〉という雑貨店の前のバス停で、ウィルソンともう一人の男を降ろした。外は摂氏マイナス六度だというのに、ウィルソンがコートがわりに着ていたのは、刑務所に入ったときのスーツのジャケットだけだった。

急いで雑貨店のなかに避難したが、長居はしなかった。レジには「ひやかし禁止」の看板があったし、レジ係の顔にも、「おまえのことだ」と書いてあったからだ。

そこでウィルソンともう一人の男は、雑貨店の入り口で、寺院の前に屯《たむろ》する野良犬よろしく、たがいに警戒しあいながら、寒さのなかで足踏みしていた。地元の一般人たちは、二人のほうを見ようともしない。

——そんなにバレバレなのか？

考えてみれば当然だ。なにしろドアに忌まわしいアルファベット〝BOP〟が記されたバンが駐まっている（BOPは連邦刑務所の略だ）。それにランニングシューズ。地面に雪が積もっている冬に、ランニングシューズをはいているやつはいない。しかも二人とも、荷物を抱えている。ダクトテープを貼《は》った段ボール箱だ。人が目をそらすのも無理はない（目をそらせば二人が救われると思うのはまちがいだ。なにものも二人を救わない。救えないのだ）。

ようやくバスがやってきた。もう一人の男は、気の利いたことをいいたい気分になったのか、こういった。

「なんだよ、こいつは〝長い犬〟じゃねえか！」（おわかりだろうか？〝グレイハウンド〟バスにかけているのだ）。ウィルソンたちはニューヨークのポートオーソリティ・バスターミナル行きの切符を買った。ニューヨークに到着してみると、そこはいままでいたどの連邦刑務所よりも人でごった返していた。だがわくわくする場所でもあった。なぜなら何年ぶりかでお金を——本物の金を——店で使うことができたからだ。だから〈ネイサンズ〉ではホットドッグ、〈スミス〉では新聞を買った。ウィルソンはそのあとまた別のバスに乗って、ワシントンに向かった。

四時を少しすぎたあたりでワシントンに到着し、タクシーに乗って〈モナーク・ホテル〉に行った。ボボホンがこのホテルに部屋を取ってくれてあったのだ（ありがたかった。なぜならウィルソンは、所持金が五十ドルもなかったからだ）。

「すべてご用意ができております。ルームサービス、ミニバー、それに〈ニンテンドー〉も……」フロント係は自分のささやかなジョークに笑みを浮かべると、カウンターの上に宿泊者カードを差し出した。「これにご記入いただけますでしょうか」

ウィルソンは自分の名前を記入したが、住所の欄を書くときにためらった。フロント係が偽の郵便番号を見破る可能性がないとはいえない。けれども思いつく郵便番号は、アレンウッド刑務所の私書箱だけで、さすがにそれはまずい。そこで、刑務所の郵便番号の一桁《ひとけた》を6に変えて、あとの住所はでっちあげた。郵便番号17886、ペンシルベニア州ルーガン市パイン通り12番地。フロント係は瞬きひとつしなかった。ということは、この男は刑務所暮らしの経験がないのだろう。もしあれば、にやりとしたはずだ。なぜなら〝ルーガン〟とは、頭のおかしくなった囚人をあらわすスラングだからだ。

「お荷物のほうはだれかに持たせましょうか」

ウィルソンは顔をあげた。この男、人をバカにしてるのか？　所持品の入った段ボール箱は足もとの床に置いてあった。

「だいじょうぶだ。自分で運べる」

フロント係は慇懃《いんぎん》にうなずくと、宿泊者用ホルダーにカードキーを差しこんだ。それからホルダーの表紙に部屋の番号を書きこみ、ウィルソンのほうに差し出したところで、思い出したように顔をしかめた。

「そういえばたしか、お客様にお渡しするものがありました」フロント係はカウンターから離れ、奥の戸口の向こうに消えると、数秒後に出てきて、フェデックスの小包を、まるで王の戴冠式《たいかんしき》のピロウであるかのように、恭《うやうや》しく差し出した。

「ようこそ〈モナーク〉へ……」

ウィルソンは三十分ほどバスタブに横になり、左足を少しひねってお湯を止めた。しばらくして、お湯の温度が体温と同じになり、目を閉じていると、お湯と肌の境界が曖昧になってきた。まるで身体が溶けてしまったみたいだ。

眠ったり目覚めたりして、二つの世界と、さまざまなアイデンティティのあいだを漂った。警察の世界とワシントン。囚人と面会者。瞼《まぶた》の裏に光が躍る。

頭の奥で囁《ささや》き声がした。

——このまま放っておくものか。漂い、夢を見ているだけでは、マラーの二の舞だ。

その絵が脳裏に浮かんできた。ジャック＝ルイ・ダビッドが描いた、バスタブで刺殺されているフランス革命の指導者マラーの絵。マラーは仰向けで失血死していた。ウィルソンがスタンフォード大に在学していたころ、美術史の教授がこの絵についてこんなジョークをいったことがある。

——この絵はブラッドバス（虐殺）という言葉に新たな解釈を加えたな。

それでふと、ウィルソンは思い出した。自分にはやるべき仕事がある。

バスタブの縁から滝のようにお湯をこぼしながら立ちあがり、バスタブを出て、シンクのほうに行く。鏡の前に立って自分を見ると、肌がすべすべして赤く輝いている。まるで、脱皮したばかりの蛇のようだ。

けれども胸のタトゥーは、当然ながら消えはしない。同房の囚人が折れた針とボールペンで彫ってくれた、皮膚に刻まれたゴーストシャツだ。片方の肩に三日月、もう一方の肩にいくつかの星。鳥、熊《くま》、トンボ、そして本の銀板写真から写した、自分と同じ名前を持つインディアンのスケッチ。それらのすぐ下には、パイユート族の言葉を翻訳したものが、点と線で書かれている。

大地が揺れるときも

私は〝ゴーストダンサー〟なのだ。

剃刀《かみそり》で頬を剃《そ》りながら、ウィルソンはまたしても思っていた。ボールペンのインクのタトゥーは失敗だったかもしれない。刑務所のなかには、男らしさを誇示する雰囲気がクレゾールの臭いと同じくらい充満していて、タトゥーもその勢いでやったことだった。

どちらかといえばウィルソンは、インクのタトゥーがなくても、人に覚えられやすかった。身長が一メートル九十三センチもあるし、何年も自分専用の檻《おり》に閉じこめられているあいだ、ずっと身体を鍛えてきた。赤銅色の顔は、全体に平面的で大きい。鼻は鉤鼻《かぎばな》で、目は髪と同じく、カルト教団の教祖ジム・ジョーンズを思わせる黒だ。

インディアンらしく顎ひげは薄いので、石鹼《せっけん》の泡は必要ない。何度か剃刀であたればそれで充分だ。ウィルソンは剃刀をゴミ箱に放り投げ、ドアにかけてあった白いローブを取った。はおると、まるで雲に包まれたような気分になった。

バスルームのドアのすぐ向こう、ベッドの横には、フロント係から受け取ったフェデックスの小包が置いてある。包みを開けると、なかにはビデオカセットテープひとつと、《ドキュメンタ・マテマティカ》が入っていた。口もとに小さな笑みを浮かべながら、ウィルソンはその雑誌を開き、見出しのページをめくった。

J・ウィルソン
位相共役スカラ・ペアにおける等方性と因数分解

満足げに鼻で笑うと、ウィルソンはミニバーへ行った。よく冷えたシャンパン、〈ヴーヴ・クリコ〉の小瓶があった。コルクをポンと抜いて、ラッパ飲みでごくごく飲んだ。

——連邦刑務所の囚人のなかでいったい何人が、去年の数学の専門誌に論文を掲載されただろう？　私以外に一人でもいたか？　いやしない。

それにこれは、ただのまぐれでもない。ここ四年で三度めだ。これだけの実績があれば、たいていの大学で終身在職権が与えられるところだ。しかも私が大学で取得した学位は、数学じゃないときている！

雑誌をベッドの上に放って、ウィルソンはVHSのカセットテープに注意を向けた。ケースを開けると、なかには金属製のクリップで留められた百ドル札の束がひとつと、青い表紙に赤い文字で「チリ共和国」と書かれたパスポートがあった。開いて見なくても、なかがどうなっているかはわかる。自分の顔写真と、うまくすれば、ボボホンに頼んでおいた名前があるのだ。ウィルソンは希望と不安の入り混じった気分で、パスポートを開いた。

あった。ダンコニアという名前。フランシスコ・ダンコニア。アドレナリンが一気に心臓に流れこんで、ウィルソンはあらためて思った。

――はじまった。本当にはじまったのだ。

胸のなかで不安が渦巻いて、まるで深淵《しんえん》を見つめているような気分だ。心臓が早鐘を打つ。部屋がぐるぐるとまわり、ニーチェがいったようになった。〝底知れぬ淵《ふち》が自分を見つめている〟

――今回の仕事は、やっぱりよくないかもしれない。自分で一からはじめるべきなのだ。この金を持って逃げろ。

メキシコに店でも持って、一人ではじめればいい。たった一人で、そこからコツコツと積みあげていくのだ。そうすればボボホンの協力なんかいらないし、ほかのだれの助けも必要ない。

しかし、金だけはどうしても必要だ。この程度の金じゃまだまだ足りない。だからこそボボホンやその仲間たちと一緒に、仕事をするのだ。

ウィルソンは〈ヴーヴ・クリコ〉をがぶ飲みしながら、ベッドに腰かけ、アレンウッド刑務所から持ってきた段ボール箱のダクトテープをはがした。なかには古い特許書類の束、あちこちへこんだソニーのウォークマン、弁護士が作成した申し立て書類が入っていた。ほかに入っていたのは、カセットテープ二本（セルビア語会話Ⅰ、Ⅱ）、手垢《てあか》がつくほど読んだ数冊の本。セルビア語で書かれたハリー・ポッター・シリーズの一冊、セルビアの地図、プラトンの『対話篇』だ。

ウィルソンはベッド脇のテーブルに本を積み重ねて、カセットテープの二本めをウォークマンに入れた。あとで聞くためだ。

だがまずは、店に行くことにした。まともな格好をするには、手に入れたほうがいいものがいくつかある。ひとつはコート、上等な靴、それにスポーツウォッチだ。

服を着ながら、つい目がVHSのカセットケースのほうへ行った。カバーに描かれているのは胸のでかいブロンド女で、恐怖に目を見開き、巨大な津波から逃げようとしている。ブロンド女と津波のあいだには、破滅を目前にした進歩的な大都市があり、その上に映画のタイトルが、真っ赤な血の色で記されている。『アトランティス』。

ウィルソンは思った。このケースはジョークのつもりなのだろうか。いやちがう。どう考えてもボボホンなりの〝調査〟だ。そうとしか考えられない。たとえその水没した文明が架空のものだろうと、ボボホンのいわんとしているところは明らかだ。

夜の独房でまんじりともせず横になっていたとき、二人はいろんな話をした。読んでいる本の話もした。ウィルソンはボボホンにニーチェを紹介し、ボボホンはお返しにクトゥブという名のアラブの革命家の言葉を教えてくれた。アトランティスは二人で見ていたテレビ番組のなかに出てきたもので、二人ともアトランティスについてしょっちゅう話をした。アトランティス神話の出所はプラトンだったので、ボボホンは、この話は絶対に本当だといい張った。ウィルソンは懐疑的だったが、この神話にはある程度の有用性があった。文明は脆《もろ》いという考えを、ますます強めることになったからだ。

ホテルを出たのは暗くなってからだが、まだ遅くはなかった。タクシーを拾い、ポトマック川を渡って〈ペンタゴンシティモール〉に行き、ボボホンが送ってくれた金で自分へのクリスマスの買い物をした。〈アランエドモンズ〉で靴を一足、〈ノードストロム〉でカシミアのオーバーコートと着がえの服を買い、宝石店で腕時計の電池を交換してもらって、〈ライトエイド〉で必要なトイレ用品をいくつか買った。そのころには遅くなりすぎて散髪はできなかったが、ノートパソコンを買うことはできた。モールのなかにある〈サーキットシティエクスプレス〉で安い機種を見つけたのだ。思わず目を疑ったのは、以前使っていて国に押収されたコンピューターの半分の値段しかしないのに、処理能力は十倍、メモリー容量は五十倍もあることだった。

ホテルに戻る道は渋滞していたが、気にはならなかった。自分へのプレゼントを持ってタクシーの後部座席に座っていると、〈ゴールドマン・サックス証券〉が一日に二度電話で最新情報を伝えてきた、あの栄光の日々を思い出した。あの最新情報を担当者はなんといっていただろう？　「近い将来の金融界の動向」だ。

そんなわけで、久しぶりに娑婆《しゃば》の空気を吸いながら、ワシントンという政治のテーマパークをゆっくり走るのはいい気分だった。一方にペンタゴン、もう一方にアーリントン墓地。ポトマック川と橋。リンカーン記念公園。まるで映画の主演スターになったような気分にさせる舞台だ。

〈モナーク・ホテル〉に帰着。まずはボボホンに、こっちの状況を伝えなければならない。ホテルは宮殿のようだった。八階まで吹き抜けになったガラスの塔の形をして、いたるところに噴水や熱帯植物、大理石の歩道とペルシャ絨毯《じゅうたん》がある。ロビーでは、高価なスーツに身を包んだ女たちが、白いカウチに座ってマティーニを飲んでいた。ビジネスマンと役人たちは、小さいボウルに入ったナッツを食べながら、頭を寄せあってなにやら小声で密談している。

自分にも、こういうことがごく当たり前だった時期があった。けれどもそれは、ベンチャーキャピタルを探して国じゅうを飛行機で飛びまわっていた過去のこと。いまは当たり前なものなどなにひとつない。小さなボウルに入ったナッツさえもだ。

だからエレベーターさえも、いまの自分にはすばらしいものに思えた。木目調の神聖な薄明るい空間に、ケーブルのかすかな音に重なってコール・ポーターの曲が流れている。かすかに香水の匂いもする。ここ数年を過ごした刑務所の、白と緑の味気ないブロック壁、絶え間ないざわつき、全体に染みついた異臭とは大ちがいだ。

部屋に着くと、ノートパソコンの梱包《こんぽう》を解き、電話の横のジャックにプラグを差しこんだ。十分ほどかかってセットアップし、起動させる。しばらくぶりのインターネットへの接続だ。

〈my.yahoo.com〉に行き、ユーザーID（wovoka）と、あらかじめ決めてあったパスワード（tunguska）でログインする。そのページのロードは、はじめはゆっくりだったが、まもなくページ全体が一気に表示された。「メール」をクリックし、「下書き」ホルダーを選ぶ。そこにはひとつのメッセージが待っていた。

宛先《あてさき》：

タイトル：木曜日

メッセージ：部屋で待て。出かけるな。

ウィルソンはそのメッセージ部分を消去し、「そうするつもりだ」と置き換えた。それから新しい下書きを保存し、ログアウトした。

この連絡方法はウィルソンのアイデアだ。〈Yahoo!〉のEメールアカウントは無料であり、インターネットに接続できて正しいパスワードさえわかっていれば、だれでもアクセスできる。アカウントは、持つのも簡単だが破棄するのも簡単であり、ユーザーがメールを送る準備ができるまでメッセージを下書きホルダーに保存しておけるという特徴がある。ウィルソンとボボホンの連絡に関しては、メールが送られることはない。二人にとって、下書きホルダーが掲示板であり、パスワードに守られてだれにも見られることのないメッセージセンターの役割を果たしているのだ。メッセージは下書きにすぎず、下書きは送られることがないので、だれかのレーダースクリーンに引っかかることもない。

とまあ、そういうわけだ。

——部屋で待て。出かけるな。

別のいい方をすれば、〝いまそっちに向かっている〟ということか。

——いいだろう。取りかかりが早ければ早いほど、いい。

そのあいだ、ウィルソンにはインターネットがある。ネットサーフィンは何年ぶりだろうか。これからは存分にやれると思っただけで、わくわくしてくる。この〈グーグル〉というのは……はじめて見るものだ。検索ボックスに引用符で囲んだ自分の名前を入力し、リターンキーを叩く。二十万件近くヒットした。ほとんどが自分のことじゃなかった。同じ名前の人間が、ピッツバーグ・パイレーツのショート、フロリダの自動車ディーラー、マサチューセッツ大学の学長をはじめ、うようよいる。歴史に名を残した同名のインディアン、〝ジャック・ウィルソン〟はいうまでもない。そこでウィルソンは、〝刑務所〟とつけ加えて検索し、もう一度リターンキーを叩いた。ヒットの件数が千四百八まで減った。〝特許〟とか〝陰謀〟という言葉をつけ加えれば、もっと絞りこめるかもしれないが、ウィルソンにはそれ以上にやりたいことがあった。〈グーグル〉のデータフィールドにエントリーした言葉をバックスペースキーで消していき、かわりに本当に知りたい言葉を打ちこむ。〝ロシアの花嫁たち〟。瞬時に百万件がヒットした。〈ukrainebrides.org〉というウェブサイトをクリックし、出てきた写真や文字をスクロールする。

――マリナ……オルガ……とても女らしいロシア人女性です……リドミラ……しとやかな女になりたいと思っている女性です。タチアナ……このロシア人女性はウーマンリブに関心がありません。まず夫に尽くすのが先で、仕事は二の次です！

この花嫁探しは、ボボホンのアイデアだ。アレンウッド刑務所で過ごした最後の年、二人はときどき、ベッドに横になったまま夜更けまで、そのあとの世界はどんなだろうと、ひそひそ声で話しあったものだ。ボボホンにとってそのあとの世界は、なるようになるさ、アラーの思し召しのまま《インシャラー》にだった。しかし、イスラム教徒じゃないウィルソンは、そうじゃなかった。ウィルソンには、そのあとの世界でやることがたくさんあった。ボボホンとちがって、そのあとの世界で着実に生き残っていくつもりだったのだ。

同房のボボホンは、死を覚悟していて、天国へ行きたがっているのは明らかだった。その話をボボホンがするのを聞いていると、天国は温泉地によく似たものだという印象を持った。もっともその温泉地は雲の上にあって、ワインを注いでくれるのは、やりたくてしょうがない透明な処女たちだったが。

それでも、ロシアの花嫁たちの話をしてくれたのはボボホンだった。もっともいまのウィルソンは、なにもロシア人だけじゃないことを知っている。いろんな国から選べるのだ。コロンビア、フィリピン、タイ。どの国の女でも手に入れることができる。「カートに入れる」とある小さなボックスをクリックするだけで、女のEメールアドレスが手に入るのだ。そのあとで女をくどいたり、デートしたり、結婚したりするかどうかは、好きにすればいい。

ウィルソンが見ていたページには、長い髪とはにかんだ笑顔の、厚化粧ながらも魅力的な女たちの写真が十数枚あった。写真の隣には短い紹介文と、自己アピールが並んでいる。

たとえばリドミラは、体重五十七キロで、身長百六十八センチ、二十四歳だ。髪はブロンドで目はブルー。職業は「科学技術者」。「心が温かい」。お酒はときどきたしなむ。煙草？　吸わない。趣味？　たくさん！　裁縫、編み物、ケーキ作り。「心やさしくて立派な西側の紳士を求めています」

——そうか、それじゃ私はだめだ。

椅子の背もたれに寄りかかると、木曜日にソーシャルワーカーとの約束があるのを思い出した。ウィルソンが世間での生活に慣れるように「援助する」ことを任された男だ。仕事や住まいを世話してくれたり、熱心に忠告してくれたりするのだろう。その話を聞いてみようかという思いが、脳裏を過ぎる。ほかになにもなければ、ペンタゴンがこっちの動向に注意を払っているかどうかを確かめるのも面白い。自分が釈放されたことをペンタゴンの連中は知っているだろうか？　連中は自分の就職を制限するだろうか？　旅行は？　たぶん制限するだろう。

だがそれも、自分が出所したことを連中が知っているとすればの話、連中が自分に対して注意を払っているとすればの話だ。

実際には、そんなことはどうでもよかった。戦争はすでにはじまっている。イラクでの戦争のことじゃない。ウィルソンにしてみれば、本物の戦争は今朝まではじまっていなかった。ウィルソンが自由な人間としてアレンウッド連邦刑務所から一歩踏み出した瞬間に、はじまったのだ。

だが別の見方もある。ある意味、戦争は昔からはじまっていたのだ。ゴ、、、ーストダンス、、、と同じくらい昔、あるいはゴ、、、ーストダンス、、、よりもっと前から。

だから、自分の未来について話すために政府側の人間と会ってもはじまらない。ジャック・ウィルソンに、彼らが思うような未来はないのだ。

そして世界にも、彼らが思うような未来はない。

3

ウィルソンは眠れなかった。

不眠の原因は、ボボホンたちがどんな仕事を依頼してくるか知らないことだ。知っているのは、多くの人間が血塗れになるということだけ。そうでなければなんの意味がある？　とはいえ……

夜の闇《やみ》が、夜明けに向かってゆっくりと溶けていく。いつしかウィルソンは、浅い眠りに落ちていた。疲れの残る眠りだ。目覚めたときには、ほんの少しうたた寝をして朝を迎えたような気分だったが、時計を見ると、すでに正午だった。

さっとシャワーを浴びて、ルームサービスに電話をし、ゆうべ買っておいた服を手早く着た。ワゴンに載ってやってきた朝食は、さながら車に乗ったアフリカの村のようで、こんろ付きの金属皿が、まるで銀色の小屋のように輝いている。ベーコンエッグ、トースト、ハッシュドポテト。オレンジジュースにコーヒー。

——部屋で待て。出かけるな。

ウィルソンはレーズントーストを一枚取ってかじった。腹に入れられるのはこれだけだ。あとはコーヒーだけ。ポットいっぱいのコーヒーを飲んだ。片手にソーサーを、もう一方の手にカップを持ちながら、ゆっくりと部屋の端から端までを往復する。テレビのリモコンが目に入り、それを取りあげ、なにも考えずにスイッチを押して、拍手の波が正面に押し寄せてきた瞬間、スイッチを切った。

——あの番組は『レジス&ケリー』だな。

腕時計を見たも同然だった。一時十二分前。

中国では、一日の時刻が匂いでわかるという。あの国には香辛料やハーブで作った渦巻状のお香があって、お香が燃えるにつれ、香りが変わる仕組みになっている。白檀《びゃくだん》、乳香、ラベンダー、パチョリ、それらの香りの変化が、時間を告げてくれるのだ。

同じことが刑務所にもいえた。ただし刑務所の場合は香りじゃなく、テレビだ。テレビ番組にはそれぞれ固有の、スタジオ観覧者の歓声やサウンドトラックがあり、クイズショウも独特の背景音を作り出している。刑務所に入ってしばらくすると、腕時計を見なくても時間がわかるようになった。テレビの音声を聞いていればいいのだ。

ただし、重警備刑務所ではそんなわけにはいかない。

あそこは例外だ。ウィルソンはコロラド州にある連邦重警備刑務所で四年を過ごし、最初の二年間は独房から出られる時間が一日たった一時間だけだった。一日が何百時間にも感じられた。コンクリートの檻のなかでコンクリートの簡易ベッドに横たわり、十二インチの白黒テレビを見るだけ。テレビは壁に埋めこまれていて、〝スピリチュアル〟番組と怒りのコントロールについての講義番組しか見ることができない。壁の高いところには、幅十センチ長さ百二十センチの細長い窓があって、かろうじて空の切れ端が見えるだけだ。蛍光灯は昼も夜も煌々《こうこう》として眩《まぶ》しいくらいだった。

囚人たちはほとんど毎日、看守たちに手かせ足かせをつけられ、懸垂棒のある大きめの部屋に連れていかれる。この部屋がトレーニングルームであり、一日一時間だけ、この部屋が自分一人のものになるのだ。奇妙なことに、ウィルソンはこの部屋に行くのがいつも楽しみだった。ほかの服役囚とすれちがう機会が多かったからだ。自分の靴に爆弾を仕込んだいかれた風貌《ふうぼう》のイギリス人も、そうしてすれちがった一人だ。ユナボマーことテッド・カジンスキーともすれちがったことがある。

カジンスキーを見かけたときは、自分がレベル1からレベル2の房に移されたらいい話し相手になってもらえるんじゃないかと期待した。けれどもレベル2に移されるのに二年がかかり、結局、二度とカジンスキーに会うことはなかった。残念だった。なぜならカジンスキーとは、考え方がよく似ていたからだ。

——部屋で待て。出かけるな。

ウィルソンは唸って、吹き抜けを見おろす窓辺の椅子に腰をおろした。八階下のロビーは、悪天候のせいで薄闇に包まれている。

ウィルソンは待った。窓を見おろしながら、うたた寝した。そして考えた。

――これが罠《わな》だとしたら？　いったいどうなる？　これがもし……。

そのとき、ドアに小さくノックの音がした。

ウィルソンはびっくりした。なぜならボボホンがホテルに入ってくるところを見ていないし、ロビーのフロアを歩いてくるところも見ていないからだ。椅子から立ちあがり、ドアまで行って開けたとき、もっと驚いた。ボボホンじゃない。ボボホンの友人でもない。ラテン系の若いベルボーイが立っていて、隣に荷物のワゴンがある。ワゴンに載せられているのは、フィルムで密封包装されたキャリーケース二個だ。

「これをお待ちじゃなかったですか」ベルボーイは訊いてきた。

ウィルソンは目をしばたたいて、驚きを悟られまいとした。

「ああ、やっと来たか、待ってたんだ！」

「なかに運んでもいいですか」

「いいとも。どこにでも置いてくれ」

若いベルボーイはキャリーケースの取っ手をつかんで、テレビとミニバーのある戸棚の隣の荷物置き場に、ひとつずつ積んでくれた。ウィルソンはポケットの小銭を探して、十ドル札を一枚見つけ、ベルボーイに渡した。

「うわ、ありがとうございます！」若者は喜んだ。「なにか必要なことがあったら、ロベルトを指名してください、よろしく！」

ドアを閉めると、ウィルソンはベッドの縁に腰かけ、キャリーケースを見つめた。機内持ち込み用の荷物だ。収納フレームにきれいに収まったキャリーハンドル、静かなキャスターがついた、黒の〈トラベルプロ〉。なかなか上等なキャリーケースだ。それほど軽そうじゃない。ベルボーイが運んでくれたときの様子からそれはわかる。肩が下がり、肘もまっすぐ伸びていた。おそらくどちらも十キロ近いだろう。

ウィルソンは深々と息を吸った。

――ここに私の余生がある。フィルムで密封包装された、このキャリーケースのなかに。

コンピューターのほうへ行って、昨夜訪れた〈Yahoo!〉のアドレスにログインし、下書きホルダーをクリックする。接続速度が遅い。ページがロードされないんじゃないかと思ったが、やがてロードされると、宛先とタイトルが空欄になったメッセージがひとつあった。

接触者と、いい、話しあいが、できた《Good meeting with contacs.》。
おれとおまえで忠実なところを見せれば、向こうは仲間として迎えてくれる。いいな？
今回の指示はこうだ（気持ちの準備はできたか？　行くぞ）
フィルムの密封包装を剥がせ。

キャリーハンドルは引っぱり出すな。絶対にだ！
そのままダレス国際空港のターミナルに持っていけ。
着いたらそこで、キャリーハンドルを引っぱり出すんだ。
そしたらすぐに歩いて立ち去れ。
時間は十分。
おれは時間貸し駐車場に六時から六時半までいる。
15番の列でジープを探せ。
なにも起こらなかったら、おれは帰ったと思ってくれ。
だがそのときは、おまえはまずいことになる。そうならないことを願ってるぜ。

ウィルソンは険しいしかめ面になりながら、言葉をじっくり噛《か》みしめた。まちがいない。このメッセージはボボホンからだ。この下書きモードはあくまでウィルソンとボボホンしか知らない。言葉が暗号化されていなくても、ウィルソンとボボホンは、二人だけのメッセージのやりとりを確実にするために、ある決まりに従うことになっていた。それは、最初のセンテンスを四つの単語にすることだ。それ以上でも、それ以下でもだめ。有史以前なみの単純な取り決めだが、充分機能していた。
崩れるように椅子に腰をおろすと、ウィルソンは天井を仰いで、自分にいい聞かせた。

――ひとつの標的だけでも充分なはずだ。一人でも多すぎるくらいだ。どこかの政府次官でも、ホームレスでもいい。実際、ホームレスなら理想的だ。大きなニュースにならないからだ。しかも充分目的にかなう。それより多い標的なんてばかげている。殺しすぎだ。

考えれば考えるほど、内心の動揺が広がった。爆弾をしかけて、どうやって逃げる？　空港からだけじゃない。どこまで逃げ続ければいいんだ？　ＦＢＩは躍起になって犯人を探すだろう。探さないのは、自爆テロのときだけだ。

――時間は十分。

ほんとに十分あるのか？　ボボホンはどうするんだ？

――15番の列でジープを探せ。

わかった。探そう。だがもしジープがなかったら？

部屋が不快なくらい暑くなった。玉の汗が背筋を伝い落ちる。心臓の高鳴りは、まるで赤信号で停止しているオートバイのエンジン音だ。

――しっかりしろ。

唇から思わず囁き声が洩《も》れた。

「おまえはこの仕事をやり遂げるんだ」ウィルソンは自分にそういい聞かせて、深呼吸をひとつし、身を乗り出して、ボボホンからのメッセージをひと文字ずつ消去した。空っぽになったボックスに、自分のメッセージを書きこんでいく。

遅れないでくれよ。

それからふたたび背もたれに寄りかかり、考えた。
——いろいろ必要になってくるな。手袋、帽子……。
しばらく考えて、さらに思いついた。
——それと三角巾《さんかくきん》だ……。

4

タクシーに乗って空港に向かいながら、ウィルソンは思った。

——悲しい事件がただ連続するだけだ。おまえはそれを乗り越えていかなくちゃならない。しばらくすれば、そういう事件のことなんかどうでもよくなるからだ。人の悲しい顔もどうでもよくなるからだ。残るのは出来事だけ。それはまるで……戦艦アリゾナ号だ！　いまじゃだれも、あの戦艦内の簡易ベッドで焼け死んだり溺《おぼ》れ死んだりした水兵たちのことを想ったりしない。ほかにも大空襲で焼け死んだドレスデンの良き市民たち、広島の原爆、〈キャンター・フィッツジェラルド証券〉のトレーディングデスク——死体は至るところにある。だからどんな呼び方をしてもいい。残虐非道と呼んでもいいだろう。だが結局は、同じところに行き着くのだ。歴史である。

そして死人に関していえば、だれも死者たちの名前を覚えてはいない。ただし、カルト・グループのリーダーだったチャールズ・マンソンと九・一一の首謀者モハメド・アッタ——彼らはいまやわれわれの一部で、暗闇と同じくらい慣れ親しんだ存在だ。実際、しばらく時がたてばショックは薄れ、十六世紀のコルテスみたいな殺人アーティストさえ称えられるようになるのである。英雄、文化をもたらした者、偉大な開拓者、血を流すプロメテウスと。

——過去は軟化する。

最初は大量殺戮《さつりく》だったものがニュースとしてテレビで取りあげられるにつれ、〝インフォテインメント〟として消費されていく。結果として、テレビのミニシリーズと少しもちがわないものになるのだ。

——だが今度はちがう。どんな再現もない。その意味では、ニュースも一切ない。ただ、出来事が一度起こるだけだ。そしてすべてがゼロになる。

その考えに、ウィルソンは思わず笑みを洩らした。

黄色いリボンもテディベアも、だれも覚えてはいない。スナップ写真や手書きのメモも、豪雨のあとのキノコのようにどこからともなく湧《わ》いてくる文明の遺物だ。すべては忘れられる。結局、壁や床はホースで洗い流されるのだ。殺戮の場は記念館となり、観光客はぽかんと見とれる。

ちょうどイギリスの元皇太子妃がフランスで死んだときと同じだ。当時ウィルソンはコロラドで、レベル1の囚人として重警備刑務所に収監されていた。だがキリスト教系のテレビ番組で、この事故のことが取りあげられていた。人々は彼女の葬儀の際、何時間も雨のなかに立ち尽くし、〝弔問録〟のようなものに署名しようと待っていた。ウィルソンはそれがずっと不思議でならなかった。あの人々はいったいなにを得たのだろう？　やがてウィルソンはわかった気がした。彼らは元皇太子妃の死の一部、彼女の名声の一部がほしかったのだ。

「レシートはいるかい？」タクシーの運転手が訊いてきた。

「いや、いらない」ウィルソンは物思いから醒《さ》めて、深々と息を吸った。

——帽子をかぶれ。

自分にいい聞かせる必要があった。いままでろくに帽子をかぶったことなどなかったからだ。だが今回はちがう。今回はきちんと帽子をかぶらなくちゃならない。至るところに監視カメラがある。そこでウィルソンは、ボルサリーノを頭にポンと載せ、タクシーのドアを押し開けて、シャーベット状に積もった雪の上に足を踏み出した。

空にも軽い雪が舞っていた。

飛行機の乗員や乗客は、スーツケースや機内持ち込み荷物を携帯したり、子ども連れだったりして、飛行機に乗り降りしている。

——いいぞ。混雑している。混雑はいい。彼らが混雑を望んでいるからだ。混雑していなくちゃはじまらない。

タクシーの後部にすばやくまわって待っていると、運転手がトランクを開けてくれ、ウィルソンは身を乗り出して告げた。

「自分で取るよ」

自分の客が三角巾で腕を吊《つ》っているのがわかって、運転手はびっくりした顔をしたが、けっ、好きにしやがれと思ったらしい。

ウィルソンはトランクに手を伸ばし、いいほうの腕でストラップをつかんで、キャリーケースを引っぱった。

「空港のポーターを呼んできてやろうか?」

「いや、だいじょうぶだ」ウィルソンは首を振ってそういうと、運転手に二十ドル札二枚と十ドル札一枚を渡した。

ウィルソンはオーバーコートをケープのように肩からはおって、縁石のそばに立っていた。首からさげたシェニール織のスカーフは、左腕を吊すシルクの三角巾の支点となっている。周囲ではタクシーや乗用車、バンが、停まっては去っていき、〈出発ロビー〉の看板の下に搭乗客を吐き出していく。数メートル先では、若い白人警官が道路の真ん中を歩きながら、アイドリングしている車のルーフを叩いて、「停まるんじゃない! とっとと行け!」とみんなを急かしている。

気温は零下だ。ウィルソンは雪のなかに立ち尽くし、白い息を口から吐きながら、キャリーケースにじっと目を落とした。

——引き出せ。キャリーハンドルを引き出すんだ。だが……。

警官がこっちを見ている。

――ちきしょう。

ウィルソンは、光と炎が大爆発するのをなかば予想しながら、手を伸ばしてキャリーハンドルを引きあげた。なにも起こらない。もうひとつのキャリーケースも同じようにした。今度もなにも起こらない！　安堵《あんど》の溜息を洩らして、袖口をたくしあげ、このために買った腕時計を見る。

カシミアのオーバーコートに似合う腕時計じゃない。黒いプラスチックバンドがついた、デジタルの安いスポーツウォッチだ。〝タイマー〟表示になっていて、十分〇秒〇〇となっている。表示の下のほうにある〝スタート〟ボタンを押して、数字が少しずつ減りはじめるのを確かめる。九分五十四秒……九分五十一秒……九分……

顔をあげ、左右に首を振って、空港のポーターの視線をとらえる。ポーターは急いでやってきた。

「どちらまで？」

「BのA」

「了解しました！」

目をきらきらさせてきれいな歯並びをした痩《や》せた黒人のポーターは、さっそく仕事に取りかかり、かがんでキャリーハンドルをケースに押しこんだ。それから二つのキャリーケースをカートに載せて、行こうとした。

「ファーストクラスですか?」

ウィルソンは快活に笑おうとしたが、作り笑いにしかならなかった。

「だといいんだが」自分の耳にさえ、虚ろな声に聞こえた。ポーターは大笑いして、カートに体重をかけ、自動ドアのほうへ押していった。つぎの瞬間、暖かい空気、人々の喧噪《けんそう》が一気に押し寄せてきて、ウィルソンたちはターミナルの混乱のなかに呑みこまれていた。ポーターは、チケットカウンターの前で、迷路のように張りめぐらされたロープのなかでくねくねと蛇行している乗客の列のほうに顎をやって、こういった。

「ちょっとここにいてください」

ウィルソンは肩をすくめた。

「こいつを前のほうに置いてきますから。そしたら重たい思いをして列に並ばずにすむでしょう」

ウィルソンはポケットから五ドル札を一枚取り出して、助けてくれた礼をいい、英国航空のカウンターの前にくねくねと延びている列に加わった。その列にはすでに五、六十人ほどいて、退屈そうな顔や焦れったそうな顔、旅がはじまる前なのにもうくたびれた顔がずらりと並んでいる。そうやって荷物や機内持ち込み品を持っている姿は、まるで難民そのものだ。ウィルソンは、ポーターが列の先頭に進んで、そこでカートから二つのキャリーケースを両手で降ろすのを見ていた。ポーターはチケットカウンターの係員の一人に大声で何事か伝えて、ウィルソンのほうに顎を向けた。係員は顔をあげて、三角巾に目を留めると、うなずいた。

ウィルソンはシャツが汗で濡れ、寒気を覚えたが、顔は熱く上気していた。胃は腹のなかでぐるぐると動きまわる。しかも最悪なことに、右目の視野の隅に波紋ができはじめていた。銀色のちらつきが、視野の片隅で小さな丸になっている。じきにその丸いちらつきは、右目から左目に広がって、やがて目は見えなくなるだろう。多少は見えるにしても、目がくらんでしまうことはたしかだ。

目の前の人々は、旅芸人の一座よろしく、いっせいにスーツケースを持ちあげ、前に進み、停止する。そしてまたスーツケースを降ろし、おしゃべりに戻っていく。

はじめて発作が起こったのは、十七、八歳のときだった。いったいなんなのかわからず、どうしていいかもわからなかった。死ぬほど怖かった。脳腫瘍《のうしゅよう》でもあるのだろうか。本当に目が見えなくなるんじゃないだろうか。だがそうじゃなかった。病院でCTスキャンを受けたところ、結果は正常だった。医者の診断は眼性偏頭痛で、どうやらストレスに起因するめずらしい現象らしい。関係文献はあまりないが、知能に関係していると考えられている。なぜなら眼性偏頭痛を訴える人々は、「抜群に頭脳優秀」だからだ。

だからこの発作は、じつはたいした問題じゃない。ちょっと不都合なだけだ。それにありがたいのは、発作が起こっても痛みがないことだった。しかも長くは続かない。せいぜい三十分だし、起こるのも年に数回だけ。いまではウィルソンも、対処の仕方はわかっている。おさまるまでじっと待つのだ。

実際にはいうほど簡単じゃない。発作が起こるのは、強烈なストレスがかかっているときだからだ。

といっても、対処できないわけじゃない。高校三年のときには、フットボールの試合で、自分とボールのあいだでヘリンボーン模様が揺れていたにもかかわらず、パスを三つもキャッチした。それから数年後、政府の検事たちと面会しているときも――おまえはもうおしまいだといわれたときだ――この発作が起こった。けれどもだれ一人気づかなかった。ウィルソンの目になにが映っているか、だれもわからなかった。目の前でぎらぎらする光が躍っていたのだ。コウモリみたいに目が見えないまま検事たちに囲まれて座るウィルソンに、ペンタゴンの男が説明していたのは、その男が「現実」と呼ぶものだった。米国特許法第131条。知的所有権に適用される収用権。

つぎに発作が起こったのは……いつだっただろう？　判決をいい渡されたときだ！　そのつぎは、コロラドまで飛行機で護送されたときだった。コロラドで独房送りになったときの容疑は、単なる願望の吐露にすぎなかったものだった（法廷ではそれに、「殺人教唆」という法律用語を当てはめた）。

けれどもウィルソンの目のことにはだれも気づかなかったし、疑いもしなかった。看守たちも、ほかの囚人たちもだ。実際、ウィルソンにとってもただのありふれた現象、〝また来たか〟的なものにすぎなかった。

それでも、さすがに無視はできない。発作は広がりつつあって、両目の隅という隅がぎらぎら光っている。周辺の視野はほとんど見えない。人や物が消えかけている。じきに――

「――なの？」

ウィルソンは瞬きした。

「え？」目の前で問いかけているのは、若い女、いや、女の子だ。

「はじめてなのって訊いたのよ」

ウィルソンはなんとか焦点をあわせ、ぎらぎら光る幕を通してその子を見ようとしたが、もちろん見えやしない。それでも少女であることはわかった。十二か十三だろう。赤みがかった短めの髪をして、バックパックを背負っている。一瞬だが、緑のイヤリングが鮮明に見えた。ガンビー人形みたいにダサい。

「はじめてって、なにが？」

「飛行機に乗るの」

あまりにおめでたいトンチンカンな質問で、笑い出しそうになった。

「いいや。何度か乗ったことはあるよ」

少女は考え深げにうなずくと、しばらくしてまた訊いてきた。

「飛行機に乗るのって怖い？　あたし、はじめてなの」

「冗談だろ！」

ウィルソンは腕時計を見やった。五分四十八秒……五分四十五秒……五分四十三秒。

「地上のほうがよっぽど危険だよ。飛行機は安全な乗り物だ」そのとき列全体が数歩前に進んで、ウィルソンは、少女の動きがぎくしゃくしているのに気づいた。杖《つえ》に寄りかかって、左足を引きずっている。

「スキーに行ってきたみたいだね」

残念そうな笑い声が小さく聞こえた。

「ううん、スキーなんてしたことない」

少女がほかにもなにかいいそうな気がしたが、その瞬間は去った。列がまた少し前進し、少女も前に進んだのだ。ギプスはしていない。杖だけだ。

――ということは、なにか先天的な障害か。

「あなたのほうは？」

はじめ、少女がなんのことをいっているのかわからなかった。それから三角巾のことを思い出して、こう答えた。

「ああ、このことか！　じつをいうと……キリングトンにいたんだ」ぎらぎら光る波紋の向こうに、ガンビー人形のぎこちない笑顔がゆらゆらと漂っている。五分か六分後には、この少女は死ぬのだ。ここにいる、ほとんどの人間たちと一緒に。

その光景が目に見えるようだ。大理石の床には血やガラスが飛び散り、血塗れで黒焦げの死体があちこちに横たわっている。瓦礫《がれき》のなかをよろよろと歩く人々は、血を流し、シェルショック状態で、耳が聞こえない。そして、自動車事故の直後にも似た静寂。ほんの数秒間だけかもしれないが、一切が沈黙に包まれる。やがてその沈黙は、状況を理解した人々の悲しい泣き声に取って代わられる。空気は震え、泣き声は高まり、がらんとした空間をざわめきが満たして、やがていっせいにはじまるのが、人々の長い悲鳴だ。

腕時計を見たい衝動を抑えながら、ウィルソンは少女のほうに顔を近づけた。

「あの……」

少女は振り返ってウィルソンを見あげた。

「この場所、取っておいてくれないかな」

「ええ、もちろん！　喜んで」

「すぐ戻るから」声にかすかな恥ずかしさをこめた。

「任せといて」

「ありがとう」

微笑んだつもりが苦笑いになって、ウィルソンは列を離れ、少女のもとを離れて、二つのキャリーケースを置き去りにしたまま、新聞の売店のほうへ向かった。全神経を傾けて振り返らないようにし、走り出さないようにして、ゆっくりとトイレのほうへ歩いていき――

そのまま歩き続ける。

エスカレーターに乗って、汗をかき息を切らしながら、下の荷物エリアにいく。腕時計に目を落としたが、ぎらつく視野で残り時間が読めない。

――あと二分四十秒？　二分十秒？　それとも三十九秒か？

わからない。

歩く足も速くなって、ウィルソンは通路を抜けて外へ出た。すばやく道路を横断して、短時間駐車場へ行く。

――列番号15だ。

ジープはなかった。胃が裏返り、胸のなかでパニックが沸騰した。騙《だま》されたのだ。あたりを見渡しても逃げる場所はどこにもない。このまま空港が爆発するのを待つしかないのか――と、クラクションの音がして、振り返ると、一列後ろにジープが見えた。車内にはボボホンがいて、笑いながら手招きしている。ウィルソンは駐車してある車のあいだを猛然と走り、助手席のドアを勢いよく開けて、飛びこんだ。

ジープが走り出すと、ウィルソンはほかにも人が乗っていることに気づいた。アラブ系の顔をした男が一人、後部座席にいる。見知らぬ年配の男だ。笑みを浮かべ、満足げにうなずいている。

いつも準備のいいボボホンらしく、膝の上には駐車券と、ドル紙幣を用意してあった。それでも、駐車場からはなかなか出られなかった。一台前のBMWが駐車場係のブースの前で停まっていて、運転席の女が謝りながらハンドバッグのなかを探していたのだ。

――こっちはいまにも空港ターミナルが爆発して、噴き出した地獄があたりを舐め尽くすんじゃないかと気が気じゃないのに、このいかれたメス犬は、プラチナカードごときを必死に探しているのだ。

後部座席の男が身を乗り出して、煙草の箱を差し出した。ウィルソンは一本もらい、手の震えを必死に隠しながら、火をつけてもらった。

フロントガラスに煙を吐き出して、目を細めて腕時計を見る。

――一分十二秒……一分八秒……一分四秒……

女はまだハンドバッグのなかを探している。

ウィルソンは思った。あの女を殺してやりたい。叫び声をあげたい。あの女を殺して、思い切り叫びたい。

しかし、ボボホンの様子はちがっていた。ウィルソンから女に視線をやって、またウィルソンに戻し、後部座席の男にアラビア語でなにかいって、大笑いしている。

つぎの瞬間、その女も笑った。顔をあげ、ウィルソンたちには聞こえない驚きの声をあげて、ハンドバッグからプラスチックのカードを取り出している。あった《ヴォアラ》！　退屈していた係員は、機械の長いスリットにそのカードを通して、レシートが印刷されるのを待った。時間にして三十秒ほどだったが、その一秒一秒が拷問のように長い一分に感じられた。ようやく女は駐車券を取って、車を発進させ、さよならと窓から手を振った。

三十秒後、ウィルソンたち三人は、ダレス国際空港からワシントンに向かう有料道路で、女の運転するBMWの後ろにいた。ボボホンはすっかり気が緩んでいるのか口笛を吹いていたが、ウィルソンはまるで自分が爆発するかのように、手首の腕時計に釘《くぎ》づけだった。

――四秒……三秒……二秒……

腕の毛が逆立って、背中の筋肉が痙攣《けいれん》しはじめる。

ボボホンはウィルソンを一瞥《いちべつ》して目をそらし、道路のほうを見た。腕時計がピピピと鳴ったとき、ウィルソンは心臓が胸を突き破って飛び出してくるかと思った。するとボボホンが、いきなりウィルソンのほうに身を乗り出して大声をあげた。

「ドカーン！」

後部座席の男はくっくっと笑った。

5

二〇〇四年十二月二十一日　ワシントンDC

ＦＢＩ捜査官のレイ・コバレンコを悩ませるのは、この類《たぐい》のことだった。テレビ局の〈アルジャジーラ〉で放送される半月刀《シミタール》のぶつかりあう音でも、ウェブサイトの〈アルファロク〉で流される絶え間ない脅迫でもない。こういう説明のつけられないものなのだ。

腕を三角巾で吊って二つのキャリーケースを持った、背の高い男。コバレンコは明かりを落とした会議室に座って、サングラスの片方の蔓《つる》をしゃぶっていた。会議用のテーブルの端には十九インチの監視カメラ用モニターが置いてあって、音声のない白黒ビデオテープが流れている。画面の下に光っているのは日時だ。

12-18-04　17：51

解像度はまずまずだが、コントラストが甘い。全体に灰色がかっていて、細部がはっきりしないのだ。どうやら連邦運輸保安局の能力を買いかぶっていたらしい。

テープはダレス国際空港で録画されたものだ。英国航空の乗客係が、チケットカウンターの前にキャリーケース二つが「三十分か、それ以上」置いてあることに気づいて、運輸保安局員に連絡した。キャリーケースの持ち主が名乗り出てこないので、運輸保安局はそのエリアを封鎖し、空港警察に警戒態勢を取らせた。特別機動隊が派遣され、ターミナル内から全員が避難した。

「最初の対応者たち」（運輸保安局は自分たちのことをそう思っている）は用心して、キャリーケースをその場で無力化できるように、爆発物処理班の派遣を要請した。各分野の専門家たちも集結してきた。

ポーターは、キャリーケースをカウンターまで運んだことを覚えていた。

「腕を三角巾で吊した男がいたんで、ケースを運んでやったんです。たいしたことじゃありません。いつもやってることですから」

テロ情報統合センターから来た女がコホンと咳《せき》払いして、もう一度コホンと繰り返した。

コバレンコは眉根を寄せて顔をしかめ、女を一瞥した。

女の名はアンドレア・カボット。伝説的なＣＩＡ捜査官で、頭が切れ、魅力的で、年は四十そこそこだ。噂《うわさ》によると、彼女は「自分の財産」を持っている。それもしこたまだ。モロッコ育ちで（父親はカサブランカの港湾管理委員会を運営している）、英語は「三番めに得意な言語よ」とジョークを飛ばすのが好きだ。一番得意なのはフランス語とアラビア語で、四番めに得意なのが中国語だという。

黒っぽいスーツを着て、パールのネックレスをかけ、七センチはあるヒールをはき、つけているコンタクトレンズは不自然な色あい、ディズニーワールドでしか見かけないインディゴブルーだ。コバレンコと同じで、じきにほかの国に異動になる。彼女の場合はクアラルンプール——その筋ではKLで通っている——で、行けばじきに支局長のポストが待っているだろう。

——変わった女だ。

と、コバレンコは思った。しかも物怖じしない。だれかから聞いたが、彼女はRFKスタジアムで行なわれたサッカーの試合で、四万人の観衆を前にアメリカ国歌を歌ったことがあるという。つまり、度胸があるのだ。ありすぎるかもしれない。CIAで対敵諜報《ちょうほう》活動をしているポーカー仲間の一人が、彼女はトルコ東部で自分がお膳《ぜん》立《だ》てした逃亡犯引き渡しをめぐって、窮地に陥ったことがあると教えてくれた。引渡しそのものは首尾よく終了した。それから彼女たちは犯人を冷蔵車の後部に放りこみ、キューバのグアンタナモへ護送してくれる飛行機が待つ飛行場まで、四百八十キロを走った。ところが、到着してドアを開けたとたん、犯人のアラブ人が転がり落ちてきた。死んでいたのだ。だれもがわが目を疑ったにちがいない。空気の供給に問題があったのだ。

そんな逸話はほかにもいくつかある。正確には逸話というより、むしろ当てこすりに近い。トルコで彼女と仕事をしたことのある陸軍大佐は、コバレンコが彼女のことを訊いたときに顔をしかめた。しかも返ってきた答えは、「変わった女だ……」のひとことだけだった。どういう意味でです？　とコバレンコは訊き返した。大佐は浮かない顔で答えた。「尋問ではきわめて攻撃的になることがある。かならずしも悪いわけじゃないが——」大佐は急いでつけ加えた。「ただ……それを目の当たりにすると、けっこう驚くんだ」

だがそんなことは、コバレンコにはどうでもよかった。コバレンコの目から見れば、アンドレア・カボットはほとんど完璧《かんぺき》な女だった。唯一の欠点は——というより、コバレンコが彼女を口説こうとしない唯一の理由は——彼女が中国に精通していることだ。コバレンコにはどうしてもそこが引っかかったのである。だから顔をしかめたのだ。もしアンドレアが中国語を操るなら、おそらく中国人としゃべる機会があるだろう。だとすれば、ただの咳払いから、風邪やインフルエンザを移される可能性があるし、それ以外の可能性だって出てくる。たとえばSARSや鳥インフルエンザといった病気だ。

コバレンコが頭のなかでそんなことを考えている一方で、アンドレアはモニターに身を乗り出して、険しく目を細めた。

「ここで止めて」アンドレアは小声で命じた。

コバレンコはテープを止めた。画面では、一人の男が英国航空のカウンターの前のくねくねした行列の最後尾あたりに立っている。黒っぽい長めのオーバーコートに、帽子という姿だ。だが顔はほとんど見えている。

「あの男?」アンドレアが訊いた。

コバレンコは不機嫌にうなずいた。モニターの男は、腕を骨折しているかのように三角巾で吊している。あるいは本当に骨折しているのかもしれない。だがコバレンコはそうは思っていない。三角巾はおそらくダミーで、キャリーバッグを自分で運ばずにカウンターまで持っていってもらうための策略だ。強姦魔《ごうかんま》テッド・バンディが、何人もの婦女暴行で使った手だ。

「いいわ」アンドレアの合図で、モニターはまた再生をはじめた。そしてまた咳払い。

――なんてことだ。これだけ唾《つば》の飛沫を浴びれば、おれも自分の唾のなかで溺れてしまうだろう。

コバレンコは九・一一以来ずっと、ガス欠のまま動いているエンジンのような気分で、転々と異動を繰り返してきた。ワシントンからハンブルク、ハンブルクからドバイ、ドバイからマニラ、ジャカルタ、イスラマバード。いまじゃ身体の抵抗力はなくなり、二十四時間周期の生活リズムもめちゃくちゃになって、身体はまるで、フリージャズの権化ファラオ・サンダースのサックスソロのような気分だ。それにこの海軍工廠《こうしょう》内に隠してある建物も、コバレンコにとっては大きな問題だ。

〝セキュリティ上安全な施設〟として、衛星画像の研究のために国家偵察局（NRO）がこの建物を引き継いだ七〇年代初期から、窓はレンガで塞《ふさ》がれている。文字どおり、〝日の当たらない場所〟だ。ときには、ここで働いている人間みんなが、病気かなにかの伝染病にかかっているように思えてしまう。

――かくいうおれもそうだ。おれはずっと前から、なにかの病気にかかっている。

モニター上では、三角巾をした男が、列の前にいるだれかと話をしていた。

「あの女の子はだれ？」アンドレアがモニターを見つめながら訊いてきた。「身元を確かめた？」

イギリス訛《なま》りの素っ気ない声が、テーブルの暗がりのほうから聞こえてきた。

「いーえー」いつまでも語尾を引きずるいい方だ。「だれも確かめてないんじゃないかな」

「どうしてだ？」コバレンコは訊き返した。「きみの国の飛行機じゃないか。乗客名簿があるはずだ。ちっともむずかしくないだろう」

イギリス人は肺いっぱいに陽イオンを吸いこんでから、溜息をついた。フレディという名の変人で、MI6から派遣されている連絡係である。

「それがじつに厄介なときもあってね」フレディは身を乗り出した。「あの便には女性が百三十一人いたし、リストに名前も載っている。だが年齢、体重、列の場所などは載ってないんだ。全員を調べるだけの人力はうちにはないし」フレディは続けた。「とりわけ、実際にはなにも起こってないときはね」フレディはコバレンコを見た。「おたくがロンドンに着いたら——」

「ロンドン?」アンドレアが訊いた。

コバレンコは肩をすくめた。

「レイはロンドンのアメリカ大使館付きに昇進するのさ」フレディはアンドレアにいった。

「彼から聞いてなかったのか?」

「聞いてないわ」アンドレアは感心した様子だった。

「まだ正式じゃないんだ」コバレンコは小声で答えた。

モニター上には、三角巾の男が少女に背を向けて、画面からはずれていった。

「これで終わりだ。明かりをつけてくれ」コバレンコはいった。このテープを見たのはこれが九回めで、もう得るものはない。

天井の蛍光灯が、かすかな唸りをあげて点灯する。コバレンコは立ちあがり、大型の書き物テーブルのほうに行った。そこには〈トラベルプロ〉のキャリーケース二つが、なかを開けて置いてある。どちらのケースにも、入っているのは新聞紙の束だ。新聞紙は麻紐《あさひも》で縛ってあり、指紋は一切残っていない。どこにもだ。

「重さはそれぞれ二十二ポンド」コバレンコはいった。

「てことは、十キロか」フレディがいった。

「そこが気になるんだ」コバレンコがいった。

アンドレアは親指と人差し指でネックレスのパールをもてあそびながら、にっこり笑って、すぐにこういった。

「二十二ポンドっていう切りの悪い数字は、アメリカ人の発想じゃない。このケースの中身を詰めた人間は、メートル法で考えてたってことね」

イギリス人のフレディはそのことを考えて、くっくっと笑った。

「そうだな。ひとつ手がかりができたぞ。なにも起こらなかったばかりか……」フレディは目を細め、抜け目のない顔つきで左右に目を配った。「背後に外国人がいる可能性が出てきた」

「実際には、なにかが起こったことはたしかだ」コバレンコは真顔でいった。

フレディが訝《いぶか》しげな声で訊いた。

「そうかい？　いったいなにが起こったんだ？」

「テストだよ」

フレディはその可能性を考えた。

「これはテストだったんだ」コバレンコはいった。

「かもしれないし、ただの悪ふざけかも」フレディはいった。

「悪ふざけだとしたら」コバレンコはフレディにいった。「かなり金をかけた悪ふざけだな。このキャリーケースは新品だ。しかも決して安くはない」

「そりゃそうだが……ふつうテストなんかするか？　空港で大勢の人間を殺したければ、練習する必要なんかないだろう。ただロビーに入って……やることをやればいいじゃないか」

「まったくだ」コバレンコは答えた。

ＭＩ６のフレディは、顔をしかめた。

「それに、なんで空港でテストなんかする？　電車の駅のほうが標的として狙《ねら》いやすいはずだ。あるいはレストラン、劇場とか……」

コバレンコは左に目をやった。

「きみはどう思う？」

ＣＩＡのアンドレアは脚を組み、その脚をまたほどいた。ナイロンの擦れる音がかすかにした。アンドレアは唇を真一文字に結んで考えこんでいたが、まもなくその口を開いた。

「レイがいっているテストって、空港のことじゃないと思うの。三角巾の男よ。だれかがあの男をテストしてたのよ。空港の警備じゃなくて」

フレディはその可能性を考えた。それからすぐに訊いてきた。

「それじゃ、やつらはなんでそんなことを？」

アンドレアは肩をすくめた。

「あの男がどこまでやるか確かめたかったんじゃないかしら」

コバレンコはうなずいて、こういった。

「なるほど、これでやつらは確信したわけだ。この男はきちんとやり遂げると」

6

二〇〇五年一月二十四日　ダブリン

——柔らかい雨。

こんな天気を指して、アイルランド人はそういう。雨というより霧だ。マイク・バークは机の横の窓辺に立ち、下の通りをなにげなく見つめていた。風に乗って吹きつける雨がときおり窓ガラスを叩き、目の焦点がガラスに移る。雨粒はガラスに散って、伝い落ちていく。

オフィスは赤レンガの建物のなかにあり、広々して天井が高い。ここはリフィー川の近くで、狭い通りや裏路地が迷路のように走っていることで有名なテンプルバーの端っこに位置する。バークがふだん座っているところからは、マーチャンツアーチの屋根が見えた。レオポルド・ブルームという架空の人物が妻モリーのために本を買いに——たまたまポルノ小説だった——立ち寄ったという、屋根つきの路地だ。

寒くて雨も降っていたが、バークは走りに行きたかった。机の下には必要なものが揃《そろ》ったジムバッグがある。ないのはそれを使う機会だけ。バークには依頼人との約束があった。ダンコニアという男だ。そのダンコニアが遅れている。今朝電話してきて、会社の設立について訊《たず》ねたいといっていたのだ。実際にはかなり急いでいるという。

フェアプレイ、それがぼくらのやり方だ、とバークは思った。けれども頭のなかには別のことが浮かんでいた。ケイトの父親、またの名を〝オールドマン〟。彼の本名は、オフィスの入り口になっているずっしりしたオークのドアの横で、真鍮《しんちゅう》製の記念銘板に刻まれている。

トーマス・アハーン&アソシエイツ

そこには若干の嘘《うそ》がある。アソシエイツは複数形だが、バーク以外には共同経営者《アソシエイト》など、ここ何ヵ月もいないのだ。ケイトが……ケイトが死んでからずっと。

いまでも「ケイトが死んで」という言葉を思っただけで、息が止まるようだ。その言葉は頭の奥で闇雲に暴走する終わりのないセンテンスであり、その続きはどうしても考えられず、言葉も未熟児のまま死んでしまう。

――ケイトが死んだとき……

そういう考え、そういう事実があるとき、人はどこへ行くだろう？　ケイトの死は雪崩《なだれ》のようにバークを襲った。ケイトの放つ光のなかに立って、二人の未来を夢見ていたと思ったら……つぎの瞬間、足もとから大地が崩れ落ちたのだ。不意打ちを食らって、バークは悲しみのなかに生き埋めにされた。それから冷たい悲しみがバークの心の奥に染みこみ、ゆっくりと全体に広がっていった。悲しみは徐々に薄れ、やがて感覚が麻痺《まひ》し、それからなにも感じなくなった。

オールドマン、義父のトミーはもっとひどかった。ある日机に向かっていたかと思うと、つぎの日にはいない。人々は何年も前から異口同音にいっていた。「あの事務所はトミーの人生だ。トミーからあの事務所を奪ったら、トミーは死人も同然だ」けれどもそうじゃないことがわかった。会社はオールドマンの生き方、趣味、楽しみだったが、ケイトは……ケイトは彼の命そのものだったのだ。

トミーはケイトがまだちっちゃなガキのころから（彼がそういったのだ）、彼女を育ててきた。砂の城の作り方から、馬に乗り、文豪たちの作品を読んで、男の子に用心することまで教えてきた。ケイトが美しかった母親の面影をますます濃くしていくのを、トミーは心から喜んで見ていた。赤みがかった髪、エメラルド色の目、真新しい紙のように白くすべすべした肌。ケイトが大学を主席で卒業し、ダブリンに戻ってきてインターン生活をはじめたときは、トミーは誇りが胸にあふれる思いだった。ところがケイトは、そのあとまったく想像できない行動に出た。アイルランドでの優雅で快適な外科医暮らしに背を向けて、医者たちの慈善事業に運命を託し、果てしない戦争が続く辺地のマラリア多発地帯にあるクリニックに派遣されたのである。

そして、マイク・バークに出会った。

もちろんすぐにではない。だが出会いは早くて、劇的だった。ケイトがリベリアに到着して二年後、バークはクリニックから数キロのところで墜落し、そこに煙をあげながら横たわっていたのだ。

自分を勝手に〝殺人大佐〟と任命した男がリーダーとなっている反乱軍の偵察隊が、バークを見つけた。というより、彼らがヘリコプターを撃墜したのかもしれない。バークは森の端にある水路に横たわり、片脚が折れ、片方の耳は半分ちぎれていた。胸と肩は火傷で皮膚が剝がれ、しかもそこには蜂が寄生して、バークは細かく意識を戻したり失ったりを繰り返していた。

髪をドレッドロックに編んだ大佐によれば、バークは何日もそこにいたように見えたという。

「ヘリがあったんだ。鉄クズ同然で、丸焦げで、そりゃもうめちゃくちゃだった！　するとこの白人の若いのが泥んなかに横たわってて、まるでなにかの悪い兆候というか、神様からの合図みたいに、蜂のなかを泳いでたんだ。ヒエロニムスはこの男の心臓を取りたがった。なかに手を入れて、引っこ抜くのさ、おれたちがときどきやってるみたいにな。それが政府軍へのメッセージになるんだ。グリーティングカードみたいだろ！　ところがこの男、パスポートにアメリカと書いてあった。自由の国アメリカだ！　おれたちはすぐにみんな人道主義者になった。紛争にも前向きな面があるってとこを見せたのさ」髪をドレッドロックに編んだその大佐と部下たちは、実際には報酬目当てで、自分たちが乗ってきたピックアップトラック（十二・七ミリ口径のマシンガンが後部にマウントされた四輪駆動車）までバークを引きずっていき、弾薬ベルトの山の上に放りあげた。そうしてアイルランド人の女医ケイトがいるポクパのクリニックまで運んでいったのだ。

ポクパは田舎道沿いにあばら屋が建ち並ぶみすぼらしい貧民窟《ひんみんくつ》だが、クリニックがあるのが誇りだった。黄土色やピンク、灰色がかった青のペンキでペイントされた四角いコンクリートの箱に、錆《さ》びたブリキの屋根をかぶせただけの建物だったが、ベッド十二台、小さな検査室、救急車を備えたこのクリニックは、数キロ四方で唯一の基幹施設だった。女医のケイトは、このクリニックでの最初の一年のほとんどを、子どもたちの治療やお産、健康教育、ワクチン接種に費やした。戦争が激化すると、クリニック内の優先順位は変わった。バークのヘリコプターが撃墜されるころには、クリニックは昼夜無休の外科治療棟となっていて、優先リストのトップが銃創やマチェーテによる傷の手当てだった。

脚の骨折と全身の十パーセント以上に及ぶ二度から三度の火傷で、バークはクリニックに七週間入院していた。そこまで長く入院している理由はなかったのだが、行く当てもなかった。バークが不運なヘリコプターに乗りこんでから四日後、首都は激しい攻撃を受けた。たとえ首都に行けたとしても、すべての機能が麻痺していた。港は閉鎖され、大使館もシャッターを降ろしていた。救済病院は迫撃砲で攻撃されて武装兵の略奪を受け、瓦礫の山と化していた。だからポクパにいたほうが無難だったのだ。

もっとも、「無難」という表現は的確じゃない。クリニックで行なっているのはせいぜい応急処置程度だったし、感染の脅威は絶えずあった。医薬品の供給もごくわずかだし、ただでさえ少ないスタッフは、戦闘が近づいてくるにつれてさらに減っていった。バークが運びこまれて一ヵ月もすると、ケイトを手伝ってくれる看護師はたった一人となり、そこに動けない患者が九人、十二歳程度にしか見えない警備員が一人という状態だった。バークにできることは、元気になるか死ぬ以外になかった。

動きまわれるようになったら、できるだけ役に立つようにした。膝《ひざ》にショットガンを置いて戸口に座り、夜間の見張りをやったりした。それからまもなく、患者の包帯を取りかえたり、キッチンの手伝いをしたりするようになった。一番の手柄は発電機だ。壊れていて、「黒い煙を吸ったら死んでしまう!」とだれもがいっていた。けれども、農場育ちのバークはそう思わなかった。農場ではなんでも自分たちで修理する。さいわい、クリニックの発電機は〈ジョンディア〉製だった。ネリスフォードで父が持っていたものより大きいが、仕組みは同じで、故障箇所も同じだった。一時間ほどいじくりまわしたあと、吸気口が塞がっているのがわかった。十分後、発電機は快調な音を立てて作動していた。

暇なときは――むしろ暇なときしかなかったが――ショットガンの薬莢《やっきょう》や鉛管製品、薬の空瓶で、チェスの駒《こま》を作った。見た目は悪かったが、なんとか形にはなった。ケイトは夜になると疲労困憊《ひろうこんぱい》で、真剣にゲームをやれるような状態じゃなかったが、娯楽は町にこれひとつしかなかったので、二人はほとんど毎晩チェスをやった。

チェスをしながら、二人は話をした。ケイトはアイルランドでの子ども時代、オックスフォード時代の男友だち、医学への志について聞かせてくれた。アフリカについては？「お産を手伝ったと思ったら、つぎの日には寄生虫を駆除したり、銃創やエイズを治療したりしている。もちろん、あなたみたいな人が運びこまれてきたら放っておけないしね！　そんな国がほかにある？」

バークはケイトの明快な姿勢に感心した。自分のほうは曖昧で、恥ずかしささえ覚えた。まだ三十前だったが、大人になってからほとんど世界じゅうを旅してまわり、「あらゆる紛争地帯で写真を撮って」きた。カメラマンとして無名である以上、それしか写真発表の方法はなかったのだ。だから、他人が行かないようなところへ行った。たとえばグロズヌイ、アルジェ、モンロビア、ポルトープランス。町一番のホテルが、一番高く土嚢《どのう》を積んである場所、そんなところだ。

ニューヨークの〈Fストップ協同組合〉で仕事をしていて、仕事は気に入っていた。生活も、人々も、写真も好きだった。飛行機でつぎからつぎへと飛びまわり、とにかく現場に行ってみるのだ。アルジェのような町で飛行機を降りたら、すべてをカメラに収める。その場で、その瞬間！　いまその現場にいる、〝中心にいる〟という感覚は最高だった。もしこうなっていなかったら、オレンジ色の囚人服を着て喉《のど》にナイフを突きつけられていただろう。

――てことは、ダイバーみたいなものね。

ケイトはそういってからかった。

――なんのダイバーだい？

――崖から飛び降りるアカプルコのダイバーたちよ。

バークは首を振った。

――ぼくはカウボーイじゃない。戦争は西部劇じゃないからね。

――よくわかってらっしゃること。

もちろんわかっていた。バークは記者でもあったが、書くことは写真とは勝手がちがった。なにを書いても、しっくりきたことがないのだ。いつも話を聞き逃した人がいたり、把握できていないことがあったりする。けれども写真はそうじゃない。写真は、言葉では伝え切れない事実を伝えてくれる。

バークはケイトに、バージニアで週刊新聞の仕事からはじめたことを話した。その新聞社には労働組合がなかったため、いろんな職種をこなした。記事や社説を書き、写真を撮り、ページのレイアウトをやったりしたのだ。オフィスの隅には警察無線受信機があって、たえず無線のやりとりと接続音が聞こえ、ダイオードが光っていた。火事、銃撃、交通事故といった言葉が聞こえてくるたび、バークはカメラ数台を持ってオフィスを飛び出したものだ。

——わくわくするわね、交通事故なんて。

ケイトはあくびをしながらそういった。

ああ、もちろんさ！　とバークはいった。ふだんは新聞社の主任カメラマンだったサルって名前の年配のカメラマンが運転する車の助手席に乗ってたんだ。サルは口癖のようにいってたよ。「どこへ行くにもかならず引っかけておけ」引っかけるってのは、カメラのストラップのことさ。

——てことは、あなたはいつでも写真を撮る用意ができてるのね。

まあそんなところかな、とバークは答えた。けれどもそれだけじゃなかった。本当に大事なのは、どんなに小さなものでも、カメラを持っていると、自分が変わることだ。

——自分が変わる？

バークはうなずいた。

——勇敢な気分になるんだ。

——どんなふうに？

カメラを持っていれば、写真を撮りたくなる。だからじっとその場を動かない。ほとんどの人はちがう。人が走ったり悲鳴をあげたりするのを見れば、本能的に逃げ出すのだ。だが腕のいいカメラマンは、その場でじっとしている。そして、シャッターチャンスを待つ。

――待ってるものが高波だとしたら？

――泳ぎがうまくなる。

バークは笑ってそう答えた。けれども写真については、いつも思うところがあった。山ほどの賞をもらって、シベリアの放浪民族の結婚式からマカオの竜船レースまで、ありとあらゆるものをカメラに収めてきたが、仕事のほとんどは騒乱や暴力に関係したものだった。トルコの地震、コソボの集団虐殺死体墓地、リヤドの〈首切り広場〉の首切り処刑。しばらくすると、そういう無秩序に慣れてきた。ほとんど当たり前のことのように思えてくるのだ。

――そんな状態は、自分の魂にとっていいはずがないんだ。

バークはそう思った。たまたま現場に居あわせて偶然の目撃者になることと、死にかけた人間の顔の前にカメラを突き出すことはちがう。バークは後者の経験が一度ならずあり、そんな写真を撮ることを恥と思う気持ちがあった。自分が騒乱や暴力の共犯者のように思えてくるのだ。

――悪いカルマみたいなものね。

ケイトはそういった。

――まあ、そんなところかな。

バークはにっこり笑ってそういった。

二人の気晴らしはチェスだけじゃなかった。かつて郵便局だった瓦礫と雑草の敷地が、野外劇場みたいなものになっていたのだ。毎週金曜日の夜、損壊した建物の、のろを塗ったシンダーブロックの壁の前に、十二のパイプ椅子が並べられた。古い八ミリ映写機がパタパタと息を吹き返し、光に集まって飛んでくる蛾《が》やカブト虫の影とともに、光の筋を投げかける。バークがポクパに滞在してから二ヵ月めには、ケイトと半ユーロずつ払って、リチャード・バートン主演の『聖衣』、ジョン・ウェイン主演の『ハタリ!』、マイケル・レニー主演の『地球の静止する日』を見た。

どこからフィルムが来るのかは謎《なぞ》だった。

謎でなかったのは、バークとケイトがたがいに惹《ひ》かれはじめたことだ。ある意味、当然の成り行きだったのかもしれない。二人は若いし、場所はアフリカだ。マイケル・レニーの映画を見たあと、二人はクリニックのカウチに座って、子どものように抱きあった。そのまま一、二分そうしていただけで、ケイトはバークの身体を押し返し、いたずらっぽく微笑んで、もう寝ましょうといった。

けれども、二人一緒にという意味じゃなかった。ケイトは、考える時間が必要なのといってバークの頬にキスをし、茶目っ気たっぷりにハミングしながら、部屋を出て行った。しばらくして、バークはケイトがハミングしていた歌がなにかわかった。コール・ポーターのスタンダード、『よくあることさ』だ。

おかしかったが、当たってはいなかった。二人のあいだに愛、欲望、孤独、なにがあるとしても、「よくあること」なんかじゃなかった。そんなものとは「ちがうこと」だった。バークがそれを伝えに行こうとしたとき、考えられない事態が起きた。

二人は「救出」されたのだ。

正確には、バーク一人だった。ケイトがお産を手伝っているとき、国連の輸送トラック団が、赤い三日月模様を側面につけたトラックをエスコートしながら轟音とともにポクパにやってきたのだ。武装した兵員輸送車はクリニックの前で停まると、なかからナイジェリア人の大尉が飛び降りてきて、すぐに全員避難してもらうと告げた。

「全員？」バークは小さなトラックに目をやった。

「そうだ。白人全員だ」大尉は答えた。

バークはわざわざ迎えに来てくれた礼を述べたが、その招待を断わった。すると、これは招待ではない、命令だ、という返事が返ってきた。押し問答が続いたが、バークは一歩も引かなかった。ぼくはどこへも行かない、ここの医者と一緒でなければ。

三十分後、バークはトラックの荷台で目を覚ました。手首はプラスチック製手錠で縛られていた。そのままベルイエラにある空港まで運ばれると、ほかの避難者たちと一緒に国連のヘリコプターに乗せられて、沿岸で待機しているアメリカ海軍の船に運ばれた。二日後、バークはワシントンにいた。

バークのアパートはコネチカット通りにあるワンベッドルームで、動物園から数ブロック北にあった。ごくふつうのアパートだったが、ひとつだけ変わっていたのは、朝には車の往来の音のほかにテナガザルの鳴き声が聞こえてくることだった。留守にしていることが多かったが、少なくともここが住所であり、本や衣類を置いておく場所だった。

バークはケイトと連絡を取ろうとしたが、方法はなかった。短波送受信機は使えず、Eメールも届かずに戻ってきた。モンロビアにアイルランド大使館はなさそうだった。ケイトは月にいるのと変わらなかった。

ケイトはぼくの身になにが起こったと思ってるだろう？　だれかが彼女に伝えただろうか？　ひとこともいわずに最初の脱出便に飛び乗ったと思っているだろうか？　きっとそう思われているにちがいない……

ニューヨークに〈国境なき医師団〉の支部があったので、電話をかけた。すると、パリにある〈国境なき医師団〉本部を紹介された。高校で習ったフランス語をなんとか駆使して、バークはパリに電話をかけ、ポクパのクリニックについて訊いてみた。

――閉鎖しました《セ・フェルメ》よ。

――それで、主任医師は《エ・ラ・ディレクトゥール》？

バークの発音がよほどひどかったのだろう。電話の向こうの人物は苦痛を感じたらしく、英語でこういった。

——英語で話してもいいですか？

——もちろんです！　クリニックは閉鎖したといいましたか？

——ええ、閉鎖しました。

——それと、主任医師のことを訊いたんです。ドクター・アハーンですけど。

——彼女はもう〈国境なき医師団〉をやめました。

——なんですって？

バークは息が止まった。

——われわれはもうリベリアでは活動できないでしょう。危険すぎますから。

——そうですか……。

息が戻ってきた。

——彼女の電話番号を知りませんか。

——知ってますが、機密扱いですね。よければ手紙を送り届けますが。

その日の午後バークは手紙を書き、夜には破り捨てた。翌朝、もう一度手紙を書いた。けれども書くことがあまりに多く、説明することもたくさんあった。自分が消えたことについてじゃない。それ自体は説明が簡単だった。むずかしいのは、二人についての話だった。自分とケイトのことについてなにを話す？　アフリカのことや、そこでの出来事すべてについて考えると、記憶はまるで幻覚のようだった。ローターが吹き飛んだときのヘリコプターの横揺れ。迫りくる地面。胸にできた蜂の小さな毛布。ケイト。

結局手紙は、ケイトに宛てたものであると同時に、自分に宛てたものとなった。感じがつかめてくると、何ページにもなり、何日にもなった。ケイトへの感情だけでなく、自身のありようの不確かさもわかってきた。自分はだれなのか？　自分は何者になりたいのか？　なにが大事なのか？　なにが大事でないのか？　考えれば考えるほど、その答えがケイトとともにあることがわかってきた。

そのころになると、バークはダブリンの病院全部に直接電話をかけていた。ドクター・アハーンはそちらで働いていませんか？　答えはイエス。アハーンという名の医者は何人もいたのだ。整形外科、小児科、地域医療。メアリー、ロリー、デクラン。いったいどちらのアハーンですか？

ケイトを見つけたのは〈ミーズストリート病院〉でだった。その病院の新しい職員名簿に、救急医療棟の内科医としてキャサリン・アハーンの名前があったのだ。けれども勤務の開始は一、二週間後で、病院の受付係は、「実際に仕事がはじまっても勤務は夜間と週末じゃないでしょうか、そこからはじめてもらうことになってますから」といった。

ある意味、バークはケイトと連絡が取れないことにほっとしていた。話すことがたくさんありすぎた。それに、もし電話を切られたらどうしよう？　少なくとも手紙なら、自分の感じていることを伝えることができる。ちゃんと文章にできたら、すぐに手紙を送ろう。

そのあいだにバークは、〈シブリー病院〉で形成外科手術を受けた。胸と肩の斑《まだら》模様の火傷跡はどうにもならなかったが、医者たちは耳を作ってくれた。というより耳の残りを、「美顔的に充分通用する」ものにしてくれた。

奇妙な期間だった。バークはＹＭＣＡのジムで身体を鍛えはじめ、午前中はウェイトトレーニングをしたり、バスケットボールをしたりした。午後はほとんど、〈フォスターブラザーズ〉前の歩道に置かれたテーブルでコーヒーを飲みながら新聞を読んだり、街の美術館めぐりをしたりした。木曜日の夜にはジェームズ・マクラウドの家でポーカーをしたが、「人づきあい」といえばそれだけだった。

そのころにはバークが戻ってきたという噂が広まっていて、編集者たちから電話がかかってきた。〈Ｆストップ〉も〈パタゴニア〉のカタログ写真撮影の仕事を頼んできた。チリのパイネ岩塔群を三日間トレッキングする仕事だ。興味あるか？　バークは一時間ほど考えた。それから飛行機に乗った。

その夜、窓側の座席でバークはまんじりともせず、何キロも下の真っ暗な大西洋を見つめていた。朝にはヒースローで飛行機を乗りかえ、午後にはダブリン行きの便に飛び乗っていた。時差ボケで頭がふらふらになり、グラフトン通りのばか高いホテルに部屋を取って、ベッドに倒れこんだ。五時間後に目覚めると、〈ミーズストリート病院〉に行き、救急医療棟の待合室に座った。

つぎの夜も同じことをした。そして、そのつぎの夜も。そのつぎの夜も。最後には、女性看護師の一人が哀れに思ってくれ、こっそり教えてくれた。ドクター・アハーンは、ダウキーに住んでるわ。「〈U2〉のボノもダウキーに住んでるのよ」

そのあとは簡単にケイトを見つけることができたが、事情を説明するのに週末までかかったし、彼女を口説くのにもう一週間かかった。それから二週間後、二人は結婚した。

義父もケイトを諦《あきら》めてくれた。彼は概してアメリカ人が好きだし、とくにバークのことは気に入ってくれた。ケイトがダブリンにいたがっているあいだはバークも快くダブリンに滞在してくれたからだ。まもなくバークは義父の事務所で働きはじめ、義父の仕事を手伝った。半年もしないうちに、ケイトは病院で救急医療棟の主任となり、人生は申し分のないものとなった。二人は赤ちゃんの話をしはじめた。

そんな幸せを、敗血症が奪っていった。

7

――ケイトが死ぬと……

義父は事務所に来なくなった。しばらくすると簿記係が、ラスマインズにあるソフトウェアの新会社に雇われることになって辞めていった。それから十九歳の受付係フィオナも、地中海のイビサのほうへ旅立って、もう義父が来なくなった事務所には、バーク一人しかいなくなった。

――このままじゃいけない。

バークは自分にいい聞かせた。義父は階段と思い出が多すぎる幽霊屋敷でたった一人、椅子に座りながら酒に溺れている。この事務所もほとんど儲《もう》けがなくなった。それにぼくは、まるで湯水のように日々を無為に費やしている。

もうケイトは死んだのだ。二度と戻ってはこない。それが事実だ。

しかし、ただの事実じゃない。ケイトの死は、新たな次元を作り出すほど大きな状況だった。バークと義父にとって、ケイトの不在は経度と緯度であり、空間と同じく触れることはできないが、現実であることにかわりはなく、虚しいものだ。義父にとってはそれ以上かもしれない。彼を引きずりこむブラックホールなのかもしれない。

窓を雨が叩く。

バークは瞬きして、物思いから醒めた。眼下の通りでは、一台のタクシーが縁石から離れていった。角で男を一人、小雨のなかに降ろしたのだ。男はまるで自分の立場を理解しようとするかのように、周囲を見渡している。

――ダンコニアだ。彼にちがいない。

バークは窓辺を離れて、義父のものである骨董《こっとう》的な木製机の奥に座った。必要な書類は、吸い取り紙の上の封筒のなかにある。机の端のほうには、ケイトの銀縁の写真が置いてあった。ポクパのクリニックの入り口で、手術着姿のまま泥の水溜りに立ち、煙草を吸っているケイト。

ダンコニアが階段をのぼってくる足音を聞こうとしたが、なにも聞こえてこない。すると、ドアに小さなノックの音がした。

「どうぞ」個性派悪役俳優のピーター・ローレでも来たのかと思いながら、バークは立ちあがった。

けれども訪問者は、それほど鬼気迫る感じの男じゃなかった。ダンコニアはバークより数歳年上なだけで、映画の主演男優でもこなせるくらいハンサムだ。髪は長くて黒く、オールバックにしてあって、ほどよく乱れている。えらが張って歯は白く、鼻筋は力強くて、肌はオリーブ色。頬に無精ひげがあるのは、外見に無頓着《むとんちゃく》だと思わせるためだ。けれども頭にかぶったボルサリーノ、カシミアのコート、明るい色のスカーフは、それが嘘だと証明している。

「フランシスコ・ダンコニアだが」訪問者はそう告げて、ドアを閉めた。

二人は握手を交わした。

「マイク・バークです。なにか飲み物でも?」

ダンコニアは机の脇にある袖つきの安楽椅子に座って、帽子から雨の滴を払い、膝の上に置いた。

「いや、けっこう」ダンコニアは室内を見渡して、壁にかけた数点の写真に顎をやった。

「いい写真だ」

「ありがとう」

「きみが撮ったのかい」

バークはうなずいた。

「あの写真は?」ダンコニアは小首を傾げてそういい、雄大な峡谷の写真を指さした。霧におおわれた斜面がごろた石の谷に収束して水路を形成し、そのなかを急流が流れている写真だ。

「ツァンポ峡谷です」バークはろくに見ないで答えた。

「場所は?」

「チベット」

ダンコニアはコートのポケットから煙草の箱を取り出して、手首に打ちつけた。

「私がヨーロッパを好きな理由は、煙草を吸えることだ」ダンコニアは少し待ってから、煙草に火をつけ、煙を吐いた。そして顔をしかめた。「別の人を期待していたんだがな。銘板にあるアハーンさんだよ」

バークは遺憾の意をあらわした。

「トミーは体調がすぐれなくて。もう若い人間《ヤングマン》じゃないんです」

ダンコニアの眉がV字型に寄った。

「それで……きみは?」

バークは名刺を机の上に滑らせた。

「〝&アソシエイツ〟の一人です」

「それを訊いたんじゃない。発音からして、アメリカ人のようだが」

「ええ、アメリカ人ですよ。二重国籍を持ってるんです」

「ほほう、どんな経緯で?」

「祖父がコネマラ出身だったんです」

「それでアイルランド人に?」

バークは肩をすくめた。

「申請する必要がありますが、ほとんど機械的な手続きです。それに妻がアイルランド人だったので……」バークは話題を変えた。「あなたは? ダブリンは長いんですか」

「いや、いま着いたばかりだ」

「そうですか。でもダブリンにはしばらくいるんでしょう。ダブリンに会社を持つんですから」

ダンコニアは首を振った。

「でもないんだ。乗り継ぎ便で来ただけで、明日の朝にはここを発つ」

「だったら、さっそく仕事に取りかかったほうがいいですね」バークは書類の入った封筒を手に取って、封筒の耳の丸い薄紙に縛ってある紐をほどいた。「あなたがどういう理由でうちに決めたのか、私は訊かなかったですが、オールドマンは知りたがるんじゃないでしょうか」

「オールドマン?」

「義父のミスター・アハーンです」

ダンコニアは不服そうに答えた。

「広告を見たんだ。雑誌の《エアリンガス》。項目別の広告欄で」

「そうそう！　項目別の広告欄です！　広告を出した甲斐《かい》があってよかった。あの広告、高いんですよ」バークはそういって机の上の封筒から書類を取り出し、二人のあいだに置いた。

「その耳はどうしたんだい」

突然の予期せぬ質問に、バークは思わず笑みがこぼれた。まるで子どもみたいな質問だ。

「事故にあったんです」

「どんな事故に？」

「ヘリコプターの墜落です。燃料が噴き出しましてね」右手で種を蒔《ま》くようなしぐさをする。「それで火傷を負ったんです」

「腕のいい外科医だったようだ。よくよく見なければ気づかない」

バークはまた話題を変えた。

「電話でお話ししたとき、あなたは秘密であることが大事だといいましたが」

ダンコニアはうなずいた。

「だとすれば、有限会社ですね。マン島の」

「マン島？」

「アイリッシュ海の島です。世界でもっとも古い立法府があって、きれいな島ですよ。歴史もある」

「しかし、あそこはイギリス領じゃなかったか?」

バークは首を小さく左右に振った。

「独立国ですよ。国防と外交はイギリスがやってますが」

ダンコニアの目に、疑いのさざ波がちらついた。

「アイルランドに会社を設立するんだとばかり思ってたが。電話で話をしたとき、てっきり私は――」

「そっちがご希望でしたら、まさにうちの事務所の仕事です。しかし、秘密性を希望するなら、必要なのはマン島の会社ですね。アイルランドじゃなくて」

「どうしてだ」

「なぜならマン島では、アイルランドとちがって、会社の〝受益的所有者〟を開示する必要がないからです。秘密を守るという点でこれ以上のものはありません。人は知らないことを開示できませんから」

ダンコニアは考えこんで、こういった。

「では、パナマの会社は?」

バークは微笑んだ。

「たしかにパナマという手もあります。それにバヌアツも! 実際のところ、喜んで金を受け取って口座を開いてくれる国は何十もあるんですよ。しかしそういう国は、秘密性を重視しません。それに人目を引きやすい。ところがマン島はヨーロッパの一部です。実際にはイギリス領でもないのに、イギリスっぽいところがある。いってること、わかりますよね」

ダンコニアはじっくり考えて、すぐにいった。

「わかった。それで行こう」

バークはペンを取って、身を乗り出した。

「少し情報が必要です。それと、千三百ユーロの小切手も」

「現金でかまわないだろう？」

「かまいません」

「それで手に入るものは？」

「有限会社です。登録されるのは、ファイアーウォールの完璧なマン島。それからダブリンの登録代理店――うちですが――そして、五百ユーロを預けた当座預金」

ダンコニアは満足げだった。

「どの銀行だ」

「ジャージー島のカドガンです」バークはイギリス風にカーダッギンと発音した。

「それは……どこに？」

「チャンネル諸島」

「そこはイギリスか」

バークは肩をすくめた。

「イギリスっぽい、といっておきましょう」

　ダンコニアはにやりとした。

「書かなくちゃならない書類が少しあります」バークはいった。「株式の証明書、会社定款、名義人の誓約書――」

「名義人？」

「書類上の名前ですよ。この人たちが、設立された会社の役員になります」

「なるほど。だがその人たちは、現実にはどんな人たちなんだ」

　いままでだれも、そんな質問をしてきたことはない。

「彼らが名義人でないときはなにをしているか、という意味ですか」

　ダンコニアはうなずいた。

「まあ、いろいろですね。名義人であることは、一種の副業なんです。マン島の人間に与えられる特典みたいなもので――」バークは机の上にある書類のひとつを示した。「たとえばこのアマンダ・グリーン。とても面白い人ですよ。聡明《そうめい》な女性で、夫を亡くしてから――」

　ダンコニアは手を振ってさえぎった。

「きっと面白い話なんだろうが、要するに彼女は、金をもらって名前を貸しているってことなんだろ？」

一瞬バークは黙りこんだ。ダンコニアの不躾《ぶしつけ》な態度が意外だったのだ。宝石のなかに気泡を発見したような感じだった。

「そのとおりです。彼女は名目上の役員となり、会社はその見返りとして、彼女に百ユーロ払います」

「毎年？」

「いえ、一度だけ」

ダンコニアは考え深げにうなずいた。

「で、彼女は会社のことをどこまで知ることになるんだ？」

「社名だけです。それで思い出しましたが、会社に名前が必要ですね。ご希望に添えない場合もあるかもしれませんが、なるべくあなたの希望する社名が通るように努力しましょう」

ダンコニアは思案顔になった。

「考えていたんだが……〈トウェンティース・センチュリー・モーター・カンパニー〉あたりはどうだ？　その名前で通りそうか？」

「努力してみましょう」バークは約束して、付箋《ふせん》紙にその名前を書きつけ、ふと手を止めた。「〈トウェンティース・センチュリー・モーター・カンパニー〉、でしたっけ？」

「ああ」

「二十世紀じゃ、古くありませんか？」

ダンコニアは肩をすくめた。

「まあ、たいした問題じゃありません。私たちが作る会社の半分は、〈二一二〉とか〈AB X〉といったありふれた名前ですから」

ダンコニアはまた別のことを考えた。

「なにかの誓約書が必要だといったが」

「ええ。会社は新しく設立されたものであり、役員たちは会社の財産に関するいかなる権利も持たない、という内容です。彼らが解雇される場合も同様で、実際、いつも解雇されているんです。あなたが受け取るもののなかには、彼らの辞表もある。署名があって、日付のないものです」

「銀行口座のほうはどうだ？ その名義人たちは――」

バークは首を振った。

「いいえ、口座に関しては、名義人はあなただけです。それで思い出しましたが、あなたのパスポートを見せてください」

「パスポート？」

「銀行用です」

「銀行がパスポートなんかなんにするんだ？」

「銀行は、あなたがだれかを知る必要があります。だれかがふらりと銀行にやってきて、あなたの名前を名乗ったとき、銀行は、あなたかどうかきちんと見分けなくちゃいけません。そうあってほしいでしょう、あなただって」

ダンコニアはオーバーコートからパスポートを取り出して、机の上に置いた。

表紙は意外な色だった。青と金。

――この男はチリ人か？

「すぐお返しします」バークはオフィスの隅にあるコピー機のほうへ行った。機械が息を吹き返し、まもなく蛍光色の光があがった。緊急連絡先のページをめくると、サンチアゴの住所が鉛筆で書きこまれていた。コピー機はもう一度光を発した。

「それで終わりかな」ダンコニアはいった。「準備はすべて整ったんだろう？」

「あと少しだけ」バークはそう答えて机に戻り、パスポートを依頼人に返すと、椅子に座った。「教えてください《デイガ・メ》、アイルランドへは今回がはじめてですか《エス・ス・プリメル・ビアッヘ・ア・アイルランダ》」

ダンコニアは身じろぎひとつしなかった。それから小首を傾げて、バークの視線を正面から受けとめた。長い時間がすぎたような感じがした。ようやくダンコニアは口を開いた。

「ああ《シ・バレ》、はじめてだよ《プリメル・ティエンポ》」

バークはにっこり笑った。この男のスペイン語の発音は、筋金入りだ。

「すばらしい国ですよ」

「それじゃ、取りかかってくれ」ダンコニアはそういうと、コートのポケットに手を入れ、紙幣が詰まった革の財布を取り出した。そこから千三百ユーロ数えると、机の上に扇形に広げて置いた。

バークはその紙幣を束にして、一番下の引き出しのなかの、鍵《かぎ》のかかる箱に入れた。それから領収書を書き、ダンコニアに渡した。

「それじゃ書類は、パスポートにある住所に送ればいいですね。サンチアゴの」

ダンコニアは一瞬思案顔になって、首を振った。

「そこにはしばらく戻らないつもりだ。だが銀行関係の、電信送金の暗証番号やなにかは、できるだけ早くほしい。一番いいのは、私のホテルに全部送ってくれることだ」

「ホテルでは――」バークは顔をしかめて首を振った。

「しょうがないだろう、ほかにないんだから。ベオグラードにある〈エスプラネード・ホテル〉に二週間ほど滞在する予定だ」

バークは溜息をついて、ホテルの名前をメモした。

「いっておきますが、それ以後もいろんな郵便物が送られてきますよ」

ダンコニアは顔をしかめた。

「それは避けられません。ですが、あなたを〈ホールドメール・リスト〉に入れることはできます。郵便物の留め置きサービスですよ」事務所のほうからは基本的に連絡を取らない依頼人が何人かいる。どんな通信も、依頼人のほうから発せられるのだ。〈ホールドメール・

リスト〉の目的は、ほとんどといっていいほど共通している。財産の秘匿だ。妻から、債権者から、政府から。

「すばらしい」ダンコニアはいった。

「ですが、ときどき連絡を入れてもらわなければなりません。毎年税金の請求が来ます。税金が支払われなければ、会社は資格を失いますので」しかし、ダンコニアは聞いていなかった。会社がどうなろうと関係ないのかもしれない。一度きりの取引に使って、あとはほったらかしなのだろう。だとしても、バークにはなんの関係もなかった。バークは面会の終了を告げるかわりに、小さく微笑んで立ちあがった。二人の男は握手を交わし、ダンコニアは部屋を出て行った。

バークは首を振って、沈んだ笑みを浮かべた。窓辺に行って見おろすと、依頼人が雨のなかを、肩をすぼめて通りに歩き出すのが見えた。

——あの男は脱税しようとしている。

バークはそう判断した。どちらにしても、自分には関係ない。税を徴収するのは国税庁の仕事、自分は自分の仕事をするまでだ。

しかし、そうは割り切っても、ダンコニアに対してはどこか引っかかるところがあった。国籍ではない。引っかかっているのは、ダンコニアという名前だ。どこか聞き覚えがあった。たとえば、二流三流の芸能人みたいに。

もしかすると、そうなのかもしれない。あの男は俳優なのかも。ダンコニアがテレビで医師役を演じている姿が、容易に想像できた。ほんの気晴らしにときどき患者を殺す、聡明な若い外科医だ。

8

二〇〇五年二月十八日　レバノン　バールベック

ウィルソンは壁を背にして立ち、ターバンをした男たちが、バケツに入ったガソリンのなかにその缶をひとつずつ浸すのを見ていた。この倉庫に一日じゅういて、ガソリンは服、髪の毛、毛穴に染みこんでいる。味さえわかるほどだ。いらいらが募った。煙草を吸いたくてたまらないからだ。しかし、たとえ外に出たとしても、火をつけるわけにはいかない。もしつければ、あっというまに火だるまになってしまう。

外に出ない理由はもうひとつ、自分を守ってくれるべビーシッターたち、ゼロとカーリドだ。二十代前半の二人は、ブーツにジーンズ、アメリカ風のスローガン（〝汚染しないように気をつけろ！〟）が入ったTシャツ姿で、〈ヘックラー&コッホ〉のサブマシンガンを、傘でも持つような気軽さで持っている。ハキムの差し金で、ウィルソンがどこへ行くときにもついてくるため、だんだん癇《かん》に障ってきた。一人は何語をしゃべっているかわからないくらい英語が下手くそだが、もう一人は流暢《りゅうちょう》にしゃべる。だがなにより厄介なのは、二人がウィルソンの友だちになりたがっていることだ。二人はアメリカへ行きたいのだ！　だから金魚の糞《ふん》みたいにウィルソンのあとを追いかけまわし、頭を揺らしてバカげた薄笑いを浮かべている。その顔は、まるでこういっているかのようだ。〝アメリカに死を！　けど友だちのあんたは例外だ！　あんたにはーーうまいファラフェルを！　おれたちにはグリーンカードを！〟

ウィルソンはハキムにいった。〝私にはボディガードなんか必要ない。しかもあの二人はただのおめでたい田舎者じゃないか！〟　だがハキムは、絶対必要だからといって譲らなかった。ハキムのいうとおりなのかもしれない。レバノンは、表面的にはフランスとアラブの礼節をわきまえているように見えても、中身は紛争の火種そのものだ。いままでずっとそうだったし、これからもずっとそうだ。そしてバールベックは、発火しやすい。

バールベックの町はベカー谷にあり、この町を見おろす寒々とした高原には、〈シーク・アブドゥラー兵舎〉が建っている。この兵舎は、一九八〇年代にアメリカ人の人質が、暖房のラジエーターや配管に鎖でつながれて拘束されていたところだ。ハキムはウィルソンに、できるものならその監房を見せたいといったが、あいにく時間がなかったし、どのみちハキムは、そこを本部とするシリアの諜報機関の人間を信用していなかった。見学できないのは残念だった。ウィルソンは、刑務所についてはかなりの知識と関心を持っていたからだ。それに、その監房について知りたいことがあった。人質は、道の向かいにある遺跡が見えただろうか？　見えるのと見えないのとでは大ちがいだ。なぜならその遺跡は、この世のものと思えないほどすばらしいものだからだ。

技術的な観点からしても、その遺跡はとてつもないしろものだった。ホテルにあったパンフレットによれば、その遺跡はローマ時代の聖地だったという。中心となっているのはジュピター神殿。基礎部分が広くて深い巨大建築物で、使われている石の量は、ギザの大ピラミッドよりも多い。

しかし、いまでは残骸《ざんがい》と化してしまった。草のなかに五十本の円柱があちこちに倒れているさまは、まるで石の森が伐り倒されたかのようだ。

ローマ人にとって、ここは太陽の都市〝ヘリオポリス〟だった。パンフレットによれば、使徒パウロが光を見たのも、ダマスカスとツロを結ぶ交易路にあるこの場所だ。銘板かなにかがありそうなものだが、なにもない。あるのは電柱に貼ってある、サマーミュージックフェスティバルの広告ビラだけ。毎年遺跡のなかで行なわれるもので、今年の出演者はビョークとスティングだ。

ウィルソンが煙草の煙に飢えながら立っている倉庫は、窓が割れ、あちこちが錆びているプレハブの廃屋だった。道路から奥まったところにある一エーカーの固い地盤に建ち、なかはひんやりしている――溶接工たちが作業しているところ以外は。

倉庫には一トンの大麻があった。高品質で、国防省にいるハキムの知人の監督のもと、地元で育てられたものだ。単純な流れ作業ではあっても、製品輸出の準備にはかなりの時間がかかった。一個を重さ五百グラムにして、国境を越えるときに検知されないように包装しなければならない。これはつまり、製品を小さなビニール袋に五百グラムずつ入れ、ガソリンを染みこませたスポンジでその袋を拭く、ということだ。袋を拭いたら、別の作業員たちがそれをカートで倉庫の反対側へと運んでいき、ひと袋ずつ五インチ×七インチ×一インチの缶に入れていく。これらの缶は別の部屋へ運ばれ、ガソリンを染みこませたスポンジで拭かれて、さらに大きな缶のなかに入れられる。この大きな缶には溶かした蠟《ろう》が流しこまれ、はんだづけが行なわれる。それからもう一度、バケツに入ったガソリンに浸されてから、五十五ガロンのドラム缶の底に置かれる。このドラム缶はフォークリフトで倉庫の端にある大きな部屋へと運ばれ、二重底になるように金属板が張られて、大麻を隠してしまう。ドラム缶のなかには約五十ガロンのザクロのシロップが流しこまれ、封印される。最終的にドラム缶には、「シロップ　レバノン産」と、フランス語でスプレーペイントされるのだ。

ウィルソンの計算では、すべての袋を処理するにはドラム缶が二百以上必要だった。だがそれをやり終えたら、このドラム缶に吠《ほ》えつく麻薬探知犬は、世界じゅうどこを探してもいないだろう。

その夜、ウィルソンはハキムと食事をした。レバノンに来て一週間近く経つが、このハキムとは、まだ五分以上話をしたことがない。二人は別々の車で、向かいあう山脈のあいだの乾いたベカー谷を北に向かって、バールベックに入った。到着すると、ウィルソンは一人放っておかれ（もちろんベビーシッターどもの監視つきだ）、ハキムは大麻密輸の準備に専念した。

まさか大麻密輸の片棒を担がされることになるとは、思っていなかった。アレンウッドに服役していた当時、ボボホンはウィルソンに、おまえの計画の資金なんてわけないよ、金はどうにでもなるんだ、と保証してくれた。当時ハキムの軍事作戦は、リヤドの内務省高官である一人の皇太子から資金援助を受けていたのだ。ハキムはその見返りとして、王室は自分の作戦の標的にしないと約束し、そのとおりにした。

だが九・一一以降、すべてが変わった。皇太子は自動車事故で死亡し（サウジアラビアはそう主張している）、ハキムの資金源はひと晩で枯渇してしまった。ウィルソンが出所するころには、ハキムの軍事作戦は、複製したり盗んだりしたクレジットカード、銀行強盗、誘拐、ドラッグで資金をまかなっているありさまだった。

かつてサウジ内務省の皇太子と組んでいたように、ハキムはいま、レバノン国防省にいる将軍と組んでいる。

ベカー谷には近代化された広大な農場に大麻畑が広がっていて、さながらパッチワークのようだった。大麻はトラクターで収穫され、納屋で乾燥されたあと、目の粗い布で手揉《ても》みされ、塊に圧縮しやすいよう樹脂状の粉にされるのだ。

製品を梱包して運ぶのはもともとハキムの仕事だったが、そこにウィルソンが入った。ウィルソン自身は、現金の詰まったスーツケースをぽんと渡され、そのまま自分の計画を実行しに行くほうがよかった。ところが、計画の資金を自分の手で稼がなければならなくなったのだ。麻薬と銃とダイヤモンドの、三角貿易のなかに飛びこんで。

人の道だのなんだのは気にならなかった。そんな次元はとっくに超えている。ただ気がかりなのは、アメリカ人を毛嫌いする男の手に自分の人生を委ねていることだ。ハキムについては、ボボホンから聞いたことしか知らない。しかもボボホンは、ウィルソンとハキムがおたがいを知らなければ知らないほど、二人にとっては都合がいいのだと、いう。とはいえ、これから食事を同席する男について、いくつか知っていることはあった。

ボボホンによれば、〝アーム・ハキム〟はエジプト人だ。イスラム教徒であり、イランとアメリカで大学に通った。一九八〇年代、アフガニスタンでタリバンと一緒にロシア兵と戦い、ベイルートでヒズボラに加わってアメリカ兵と戦った。レバノンの内戦が沈静化してきたとき、ハキムは、外国の諜報機関をはじめ、不法活動との関連を公式には否定する機関と契約して、秘密作戦を実行する組織を作った。

ハキムが作ったその組織は、アルカイダの一部なのか？　とウィルソンは訊いてみた。ボボホンはその質問にはっきり答えず、こういった。アルカイダはそんなもんじゃない。大きなアルカイダと小さなアルカイダがあるんだ。大きなアルカイダは、組織っていうよりネットワークだな。インターネットみたいなもんさ、絶えず接続が変わっていて、中央司令部みたいなもんはない。似たようなことを考えてる人間の緩やかな集まりってことさ。知りあい同士もいるが、ほとんどはたがいを知らないんだ。

ハキムはビン・ラディンを知っているのか？　ウィルソンは訊いた。

その質問がいやだったのか、ボボホンは無関係な答えをいった。

「やつはビン・ラディンなんて呼ばれてない。コントラクターと呼ばれてるんだ」契約人という意味だ。

ＦＢＩのウェブサイトにある〈最重要指名手配者リスト〉には、アーム・ハキムも載っている。ＦＢＩによれば、ウィルソンがこれから一緒に食事をする相手はエジプト人で、本名はハキム・アブドゥル＝バクル・ムサウィで、アリ・フセイン・ムサラーム、アーメド・イザルディンなど、八つの偽名を持つ。

会計学の学位を取得していて、「〈地上で迫害されし人々の連合〉の軍事作戦指揮官と思われる」。

ウィルソンはＦＢＩのサイトにある、アルカイダの各分派のイデオロギーを解説するリンクをクリックした。〈地上で迫害されし人々の連合〉は、反米のサラフィ主義聖戦士で構成されている。彼らは、世界から現代性を排除することがイスラム世界の復興につながり、世界じゅうのイスラム教徒たちをイスラムのもっとも正しい道に呼び戻すことになるのだと信じて疑わない。テクノロジーについては拒絶しないが、西欧の（なかでもアメリカの）文化的覇権は拒絶する。そんな筋金入りのサラフィ主義者たちを〈地上で迫害されし人々の連合〉に集めたら、できたのが「よくある傭兵《ようへい》と歩兵の寄せ集め集団」だった。そのウェブサイトによれば、「西アフリカと極東にあるアメリカの施設への攻撃」はこの連合によるものらしい。

ウィルソンとハキムは、〈ホテル・ダーマス〉のダイニングルームに座っていた。高い天井と埃《ほこり》っぽいシャンデリアのある、老朽化して過去の遺物となった広間だ。どちらかといえば、ゲストルームはもっと古びた感じで、木製ベッドもわら布団とたいしてちがわない。全盛期は魅力的なホテルとして、ジョセフィン・ベイカーやシャルル・ド・ゴールといった人々をもてなしたことがある。だがそれは昔の話で、いまやベカー谷の埃にすっかりおおわれてしまった。配管はがたがた鳴るし、ドアはきしむ。タオルと敷物は、すり切れて糸が見えている。

けれども、食事はうまかった。

ドアの近くのテーブルでお茶を飲んでいるゼロとカーリドをのぞけば、ダイニングルームにいるのはウィルソンとハキムだけだ。ホテルにはほかに客もいないらしい。それが偶然なのか意図的なものなのか、ウィルソンにはわからなかった。

いまではウィルソンは、ワインが出てきたことにも、ハキムが儀式にも似たワインの試飲に喜びを感じていることにも、ショックを受けなかった。イスラム教ではアルコールが禁止されているが、このハキムは、ワインボトルのラベルを読んだり、ウェイターの差し出すコルクの匂いを嗅《か》いだり、グラスに注がれた少量のワインを味見したりするのが好きなのだ。

ハキムは舌鼓を打ってうなずき、ウェイターを下がらせた。自分のグラスにワインを注ぎ、ウィルソンのグラスに注ぐ。

ハキムはウィルソンの心を読んだかのように、グラスを照明のほうに掲げ、液体をゆっくりとまわした。それからひとくちすすって、こういった。

「私はタクフィリなんだ」淡々とした低い声だ。「どういう意味かわかるか？」

ウィルソンは首を振った。

「われわれに戒律は関係ない、という意味だ。ワイン、女、豚肉、なんだろうと許されている。禁止行為《ハラーム》などなにひとつないんだ」

「いい身分じゃないか」

そこに込められた皮肉を無視して、ハキムはいった。

「いいとか悪いとかじゃない。われわれはなにもかも特別なんだ。そうでなければならない」

「どうして？」

「われわれは戦争をしているからだ。それも敵陣の背後で戦ってるからだよ」わかりきったことを説明するような口ぶりだ。「われわれにとって戒律を破ることは、一種の偽装なんだ」

ウィルソンはうなずいた。

「そうやって、自分の姿を敵から隠すのさ」ハキムはいった。

ウィルソンは理解はしたものの、信じはしなかった。レバノンで一週間近く過ごしてわかったが、コーランになんと書いてあろうと、明らかにこのアラブ人は、人生の楽しみ方を知っている。ベイルートでの二日めの夜、ハキムは〈セントジョージズ・ホテル〉のバーで酔っ払い、最後には孫といってもいいほど若い高級娼婦《しょうふ》を連れて出て行った。それが偽装の練習といえるだろうか？

いずれにしても、「大義」に対するハキムの傾倒ぶりを否定することはできないし、目前の計画を否定することもできない。なぜならハキムは、アメリカ人と一緒に仕事をすることにどれほど懐疑的だとしても、ウィルソン自身の計画がうまくいくことにどれほど懐疑的だとしても、ことごとく約束を果たしてきたからだ。なぜ約束を破らないのか？　ウィルソンは不思議だった。もちろんハキムは、面白半分にやっているわけでもない。二人がアントワープで合流した時点で、ハキムは分け前の七十パーセントを持って行くことになっている。そこから先のウィルソン一人の作戦が失敗に終わったとしても、ハキムは大金を手にするのだ。そしてすべてのリスクは、ウィルソン一人が背負うことになる。

ハキムはグラスを干して、お代わりを注いだ。ウェイターがやってきて、満面の笑みを浮かべながら、テーブルに小さな皿を並べはじめた。ハキムはほとんど手を動かさずにグラスのなかのワインをまわしている。

「ベオグラードのことはなんにもしゃべらないんだな」ハキムはいった。

ウィルソンは肩をすくめた。

「たいして話すことがないんだ。やるべきことをやりに行っただけさ。あとは、雪が降ってた」

「それからここに来た」質問には聞こえなかったが、たしかに質問だった。

「いや」このアラブ人はどこまで知っているのだろうと思いながら、ウィルソンは答えた。「まずブレッド湖に行ったよ。それからここに来たんだ」

「ブレッド湖?」

「スロベニアの」

ハキムはうなずきながらピタを半分にちぎり、それでババガヌージをすくって、口に運んだ。

「で、スロベニアにはなにがあったんだ」

「ノート」

「ああ、あの有名な〝ノート〟か！　ボボホンから聞いている。それを見つけたのか？」

ウィルソンはうなずいた。

「ああ、何冊も」

ハキムは励ますように微笑んで、ウィルソンと調子をあわせた。実際には、ウィルソンが計画していることを本当は理解していない。何ヵ月も前にボボホンから説明を聞いたが、ちんぷんかんぷんだった。なんでもその計画は、五十年以上も前に死んだ科学者テスラと関係あるらしい。それと、消えた数冊のノート、爆弾ではない爆弾。ボボホンの話だと、ウィルソンは「世界のモーターを止める」つもりらしい。そのときハキムは大笑いした。〝世界のモーター〟ときた！

「なにがそんなにおかしい？」ウィルソンは訊いた。

ハキムは首を振った。

「いや、ちょっとほかのことを考えてたんだ」嘘だった。ウィルソンを侮辱してもはじまらない。この男がいかれた頭の持ち主だろうと、テストはすでにすんでいる。そしてウィルソンは合格した。真面目な男だから、調子をあわせることが大事だ。ボボホンのためにも。ボボホンは重要な任務についている。それにハキムのほうも、大麻密輸の人手が必要だ。ひと息おいて、ハキムは切り出した。

「きみにいい知らせがある」

「なんだい?」ウィルソンは、疑心を悟られないような口ぶりで答えた。

「明日はトリポリに行ってもらう」

「リビアの?」ウィルソンは困惑した。

ハキムは首を振った。

「そっちのトリポリじゃない。レバノンにあるほうだ。ベイルートから八十キロ北にある主要港だよ。すべてはそこから輸出される。シロップもだ」

ウィルソンの困惑は消えた。

「車を一台手配してある。朝出発してくれ」

「あの二人は?」ウィルソンはベビーシッターたちのほうに顎をやった。

ハキムは座ったまま二人のほうを振り返って、手を振った。二人の顔がぱっと輝いた。

「あの二人はドラム缶が行くところにはどこへでも行く」

「ドラム缶を引き渡したあとは?」

「どこへでも行く」

ピタの端でペースト状のホムスをすくって、ウィルソンは口もとに運んだ。

「トリポリに行ったら、どうやって船を見つけるんだ」

「簡単だ。港に停泊している。トルコの国旗を掲げた船だ。ペンキを塗った部分より錆びた部分のほうが多い。船の名前は〈マルマラクイーン〉」

「私が行くのを向こうは知ってるのか」

ハキムは肩をすくめた。

「向こうが来るのを待っているのは、〈アスワンエクスポート〉の輸出代理人だ。きみだよ。それときみのシロップだ」

「ビザは？」

「必要ない。オデッサのドックでベロブがきみを出迎えてくれるはずだ。なにもかも手配ずみだよ。彼が入国させてくれる」

ウィルソンは顔をしかめた。

「どうかしたか？」ハキムは訊いた。

「ベロブのことを考えてたんだ。その男が私を騙さない保証は？　ドラム缶を奪って、逃げたりしないのか？」

「そんなことはしないさ」

「どうしていい切れる？　万一のときはだれが阻止するんだ？　ゼロとカーリドか？」

「かりに万一のことがあったとしても……あの二人ならだいじょうぶだ。優秀な部下だよ」

ウィルソンは陰気にくっくっと笑った。

「私が銃のことを知らないと思ってるんだな」

ハキムは肩をすくめた。

「だったらどうだというんだ。私たちはベロブと何度も取引している。あの男はわれわれを裏切ったりしない。裏切るのは賢明じゃないからだ。それにベロブも、頭の回転の速い男だ。ロシア人だが、ペルシャ湾をのぞむシャルジャを拠点に仕事をしている。だからわれわれも、まったく睨《にら》みがきかないわけじゃない。やつの飛行機はシャルジャにあるし、倉庫もいくつかある。やつにとっては絶好の場所だ。それを失うような危険は冒さないさ。こんなことじゃ」ハキムはそこで、親指と人差し指の先端同士を近づけた。「とにかく、私が少しでもまちがってたら、きみには真っ先に知らせよう」

「そこが心配なのさ」

ハキムは笑って口のなかにオリーブを放りこむと、果肉を嚙んで床に種を吐き出し、こう告げた。

「私は何日か街を出ている。だから、きみのほうが先にアントワープに着いているかもしれない。どっちにしても、〈デ・ウィト・レリー・ホテル〉に部屋を取るんだ。覚えられるか？　〝白い百合《ホワイトリリー》〟だ」

ウィルソンはうなずいた。

「そのあとは？」

「私が到着したら、ダイヤモンドに交換しに行く。きみと私でな。取引相手のユダヤ人がいるんだ」ハキムは目をつぶって首を振ると、その目を開けた。「そのユダヤ人がダイヤモンドを受け取って、電信送金の手配をしてくれる。取り分は前に話したとおり七三で、きみが三だ。そのあとか？　きみの自由さ」

ウィルソンはラムカバブの塊をフォークで口のなかに入れ、舌の上で味わった。

「ボボホンは？」

「ボボホンがなんだって？」ハキムは困惑した表情を浮かべた。

「アントワープに来るのか」

「いや、来ない」

「どうしてだ」

「あいつにはいま特別な仕事をやってもらっている。私も会ってないんだ」

ウィルソンは灰色のピューレのなかにピタを浸して、口もとに持っていった。

「なんだい、このピューレは」

「ラムのタルタルさ」

ウィルソンはそのピタを横にやった。

「特別な仕事って、どういう意味だ？」

ハキムはその質問に考えこんだが、やがて笑みを浮かべながら答えた。

「私の甥はコンピューターが得意でね。だから、通信面で私たちの手伝いをしてもらう」

「どうやって？」

ハキムはワインをすすって、テーブルにそっとグラスを置いた。膝の上で手を組んでいる。

「ひとこと忠告させてくれ」

ウィルソンはどうぞというように、顎をくいっとあげた。

「私たちは一緒にビジネスをやっている。きみと私とボボホンでな。そのこと自体はいいことだ。だがきみは、私たちの仲間じゃない。仕事のやり方に首を突っこみすぎないほうがいいぞ。みんなが神経質になる。私も神経質になる。それはきみにとってもよくないことだ」

ウィルソンがなにも答えずにいると、ハキムは背もたれに寄りかかって、顔をしかめた。

「ひとつ教えてくれ。どうしてきみはこんなことをしてるんだ？」

ウィルソンは目をまわして見せた。とてもひとことで答えられる話じゃない。

ハキムは人差し指を振りながらいった。

「私がなにを考えているかわかるか？　きみは知識人だろう」

ウィルソンはにやりとした。

「ただのエンジニアさ。知識人とはちがう」

「もちろんそうだろう。だが甥から聞いているが、きみは刑務所で読書をしていたそうだな。きみはずっと本を読んでいた。クトゥブの本も読んでたそうだが、本当か？」

「ああ」

「どの本だ」

「『里程標』」

ハキムはうなずいて、訊いてきた。

「どう思った」

ウィルソンは一瞬黙りこんだ。エジプトのナセルによって絞首刑にされるまで、サイード・クトゥブは、イスラム教の原点への回帰と腐敗したアラブ体制の打倒を説いた革命家だった。彼の思想ほど、オサマ・ビン・ラディンのような人々の考え方に影響を与えた思想はない。

「アラブ人だったら、クトゥブは立派な人間だと思うだろう」

「アラブ人じゃなかったら？」ハキムは訊いてきた。

「アラブ人じゃなかったら、ほかのだれかを探す必要がある」

「私もまったく同意見だ。人それぞれだよ！　で、きみはどうなんだ？　クトゥブでないとしたら、だれだ？」

ウィルソンは肩をすくめた。

「ボボホンは、きみにはインディアンの血が流れているといってたが」ハキムは執拗《しつよう》だった。

　ウィルソンはなにも答えなかった。

「気に障ったら許してくれ。私はインディアンについてなにも知らないんだ。古い西部劇で見ただけで」ハキムはいった。「だがこれだけは教えてくれ。きみの部族には、クトゥブのような英雄がいるのか」

「私の部族？」思わずウィルソンは繰り返した。「いいや、私の部族にクトゥブみたいな英雄はいない。パンフレットも《ファイアリー・フライング・ロール》新聞もない」

　ハキムは声をあげて笑った。

「それじゃなんだ。なにがあるんだ」

「悲しみさ」

「悲しみ？」

　ウィルソンはうなずいた。

「ああ、悲しい歌がたくさんある」

「それだけか？」

「いいや」ウィルソンは答えた。「〝ゴーストダンス〟がある」

　ハキムはまた笑って、自分のグラスとウィルソンのグラスにワインを注いだ。

「悲しい歌とダンスか！　たいした民族だ！」

ハキムの皮肉がウィルソンの癇に障った。しかし、アドレナリンが胸に渦巻いていても、ウィルソンの表情は、日時計みたいにほとんど変わらなかった。ウィルソンはすぐにこう答えていた。

「実の親についてはなにも知らない。里子として育ったんだ。だからインディアンの歴史を肌で感じたこともない。おまえはインディアンだといわれたし、実際インディアンみたいな顔をしているのはわかっていたが、別になんとも思わなかった。はじめてゴーストダンスの話を知ったとき、私はまだほんの子どもだった。歯医者に行ったとき、待合室にあった雑誌の記事で読んだんだ」

「ほほう」ハキムは困惑していた。少し酔いがまわってきたのだろうか。

「記事がひとつあって、ウォボカと呼ばれている男の写真があった。写真のなかの男は、星と月が描かれたゴーストシャツでめかしこんでいた」

ハキムは顔をしかめた。このアメリカ人はなんの話をしているんだ？　幽霊か？

ウィルソンは続けた。

「そしたら、私たちは名前が同じだってことがわかったんだ。ウォボカという通称じゃなくて、本名が同じだったのさ。そのときはたいして気にも留めなかったんだと思う。ところがあとになって、刑務所に入れられるはめになった。そして重警備刑務所での二年め――」ウィルソンは思い出し笑いをした。「独房のなかに座って壁を見ていたら、ふとひらめいたのさ！　ウォボカと同じ本名——あれは偶然なんかじゃない。私がウォボカだ、ウォボカそのものだ！　だからウォボカは、私の過去であると同時に、私の未来でもあるんだ。私のすべてといってもいい」

ハキムはうわの空でうなずいた。ウィルソンは、ハキムの困惑が退屈に変わり、退屈が苛《いら》立《だ》ちに変わったのを見て取った。

「いったいなんの話をしてるんだ？」ハキムはあたりを見まわして、ウェイターを探した。

ウィルソンは小首を傾げた。このアラブ人はなにもわかっていない。と思ったら、理由がわかった。ハキムはウィルソンの本名を知らないのだ。知っていたとしても、忘れてしまっている。ハキムにとってウィルソンは「フランク・ダンコニア」であり、それ以外の何者でもないのだ。ということは、もう一人のジャック・ウィルソンについて話してもはじまらない。ハキムにとって、その偶然は存在しないのだから。

ウィルソンはいった。

「ゴーストダンスの話だ。私たちの民族が、クトゥブの代わりに持っているものさ」

「だから、そのゴーストダンスというのはなんなんだ？」ハキムは顔をしかめて催促した。

ウィルソンは身を乗り出した。

「ウォボカには、ひとつの幻視が見えた。そのなかで、インディアンがダンスをはじめるんだ。最初は自分たちだけだが、そこに先祖たちが加わる。しばらくすると、大地が揺れ、踊っていたインディアンたちは、空にあがっていく。ゆっくりと浮かびながら。それから大地は、地上に残ったものすべてを呑みこむ。地上に残ったものとは白人たちだ。インディアンの敵みんなだ。そのあと世界は、回復に向かう」

「回復？」

「ああ。本来の姿に戻るんだ。昔ながらの姿に」

ハキムはウィルソンをじっと見つめ、退屈そうに瞬きして、ようやくこういった。

「きみは少し飲みすぎたようだな」

ウィルソンは深々と息を吸った。この太ったアラブ人には絶対にわからないだろう。するとハキムは、思ってもみない行動に出た。手を振って話を打ち切り、椅子の横の床に置いてあったショルダーバッグのなかに手を伸ばしたかと思うと、小さな黒い宝石箱を取り出し、テーブルの上に置いてウィルソンのほうに滑らせたのだ。

「きみにだ」そして恭しく頭を下げ、指先で胸を触った。

ウィルソンの目は、その宝石箱に釘づけになった。ベルベットのカバーがついたケースで、結婚指輪に使われるものだ。

「気にかけてくれているとは知らなかった」

ハキムは微笑んだ。開けてみろと、目がいっている。

ウィルソンは一瞬ためらった。箱に手を伸ばし、ふたを開ける。本来は指輪があるはずのシルク生地のくぼみのなかにあったのは、血の色をしたカプセルだった。ビタミン剤じゃない。

「死が二人を分かつまで」ハキムはくっくっと笑いながら、シャツの左襟をめくって、襟の裏側にテープで留めてある同じカプセルを見せた。

「私がこれを飲むと思うのか」カプセルを見つめながら、ウィルソンは訊いた。

ハキムは肩をすくめた。

「あくまでもきみ次第だ。だが万一捕まった場合は、死よりもつらい拷問が待ってるぞ」

ウィルソンは箱のふたを閉めて、ポケットに入れた。

「この薬は苦痛をともなうのか」

ハキムは首を振った。

「いいや。ジョーンズタウンの人民寺院の写真を見たことがあるか？　集団自殺のあとの。どの死体も笑ってるよ」

ウィルソンはハキムのほうに顔を近づけて、いい放った。

「あれは口が開いてただけだ。笑ってたんじゃない」

9

二〇〇五年二月十九日　レバノン　コーストロード

車はジュニエのロータリーをまわり、トリポリ方向の看板のあるほうへ出た。

運転手はいかめしい顔をした無口な男だ。後部座席のゼロとカーリドは、アラビア語でのべつまくなしにしゃべり立てている。ウィルソンにはそのアラビア語はただの雑音でしかなく、オーケーだとか、五十セント、バイアグラ、あのバカどもといった英語の単語や表現が、ときおり耳を引くだけだった。

ゼロとカーリドが同行しているのは、ウィルソンの護衛が目的だ。というより、ハキムが表向きそういっているにすぎない。ウィルソンにはわかっていた。ウィルソンがだれかの略奪にあいそうになったとき、二人は守ってくれるだろう。だが二人の一番の目的は、ハキムの取り分をウィルソンが持ち逃げしないようにすることだ。

車は老朽化したハイウェイを何時間か走ったあと、港の埃っぽいはずれに入った。打ち捨てられた果樹園の横を通りすぎる。等間隔に植えられた果樹のあいだには、丈の高い雑草が生えていた。車はそれから、明るい色のテントが立ち並ぶ不法居住者たちの村を通りすぎた。

「シリア人め」カーリドがあざ笑った。「あいつら、仕事を全部取ってやがる」

シリア人の野営地に、巨大な墓を思わせるアパート団地が取って代わった。建物は地面と同じ灰褐色だ。子どもたちが埃を巻きあげながら、サッカーボールを追いかけまわしている。白いローブ姿の女が一人、箒《ほうき》で掃いていた。

するとゼロが後部座席から急に大きな声を出したが、カーリドが少しバカにしたような声で笑い出して、「だめだ」といった。

ドックに通じる検問所では、運転手がすり切れた財布を開いて折りたたんだ紙を取り出し、警備員に見せた。警備員はそれに目を凝らしてから、慎重に折りたたんで運転手に返し、いくつか指示をした。

車は橋形クレーンで積み荷を降ろしている小さな貨物船数隻の横を通りすぎ、乾ドックのような建物の前を走った。そのとき、見えてきた。〈マルマラクイーン〉号。アンカーの鎖のひとつひとつが、ウィルソンの手首くらい太い。翻《ひるがえ》っている国旗は、赤い地に三日月と星が白く輝いているトルコ国旗だ。運転手がその巨大な舳先《へさき》の影に車を停めると、巨大なクレーンがデッキ上を移動して、明るい青色のコンテナを降ろしはじめた。

「見ろよ、こいつのでかさ。フットボール場よりでかいぜ」カーリドはそういって、青いコンテナのほうに顎をやった。「あれがおれたちのだと思うか?」

ウィルソンは肩をすくめた。だがたしかなことはひとつあった。ハキムは分け前の大半を持っていく。だから大きな失敗を避けるため、コンテナは出港直前に積まれるだろう。

ウィルソンの仕事はこうだ。オデッサまで大麻に同行し、オデッサで大麻を武器と交換する。その後、武器の輸送に同行してアフリカに行き、そこで武器をダイヤモンドと交換する――そしてそのダイヤを、アントワープの〈デ・ウィット・レリー・ホテル〉にいるハキムに届けるのだ。

つまりウィルソンは、運び屋の〝ラバ〟ということになる。コロンビアから船でコカインを密輸してくる女たちのように、自分を危険にさらすことで分け前を稼ぐのだ。旅の各区間には危険がともなない、その危険は、旅が続くにつれてエスカレートしていく。予想外の事態が起こる可能性もあるし、なかでも取引現場は、ちょっとした手ちがいで、重大な危険をはらんだものになってしまう。ダイヤモンドをハキムに渡すまでは、ウィルソン自身の身が危ういのだ。

終われば華麗な履歴書ができあがっているだろう。麻薬密輸人にはじまって、武器商人、宝石密輸人だ。だが報酬はリスクに見あっている。大金を稼ぐ元手を持たない人間にとって、もっとも安全な方法ではないにしろ、もっとも手っ取り早い方法だ。

〈マルマラクイーン〉は奇妙な船だった。大きな甲板に百個、あるいはそれ以上のコンテナを積んでいる。コンテナは色が全部ちがうが、サイズはどれも小さなコテージほどだ。船首から船尾までの約三分の二に、多くの窓がついたきれいな白い船橋甲板室が見える。まるで貧民街を見おろすお城といった感じだ。

運転手はぶっきらぼうに顎をやった。車を降りろという合図だ。

ゼロとカーリドは、すり切れたバックパックと武器の入った〈ディアドラ〉のバッグを持った。ウィルソンのローラー付きスーツケースは、船の舷側《げんそく》の出入り口を渡るときに目立ちすぎる感じがした。そこでウィルソンは、スーツケースの取っ手を押しこみ、ストラップで担いで運んだ。

船橋甲板室までは鉄製の階段を六つのぼらなければならない。ヘビースモーカーのカーリドは、すっかり息があがっていた。

船橋甲板室には一等航海士がいて、コーヒーを飲みながら、コンピューターのキーボードを打っていた。ウィルソンと固い握手を交わすと、一等航海士は白い大きな歯を見せて、満面に笑みを浮かべた。それから英単語を一生懸命探して、自分が積み荷の責任者であることと、ウィルソンたちも実際には積み荷の一部であることを説明した。

ゼロがアラビア語で質問した。

一等航海士は、はじめてゼロがいることに気づいたかのように視線を向けたが、いい印象を受けなかったのだろう。その顔に一瞬浮かんだ嫌悪の表情を消して、首を振り、英語で答えた。

「二時間くらいでしょう」

ウィルソンのボディガードたちは予備の航海士用船室の三号室を、ウィルソンは四号室をあてがわれた。

「まあまあだな」案内してくれた船員がドアを開けたとき、カーリドは実用的な部屋を見てそういった。「ほら、テレビがあるぜ」

「トルコのビデオしかないですが。トイレやなにかは廊下の先にあります。必要だったらいま行ってください。そのあとは、迎えを寄こして艦内を案内させますので、それまで部屋で待っててください」船員は警告するように人差し指を立てて見せた。それからウィルソンを四号室まで案内して、同じ口調で同じ忠告を繰り返した。

ウィルソンは船室を見渡した。寝台、流し、鏡、備えつけのワードローブ、チェスト、テレビ、CDプレーヤーがある。寝台に寝そべって伸びをした。窓があることをのぞけば、刑務所の独房のような雰囲気だ。

甲板にコンテナを積む作業が終わるとほとんど物音がしなくなったが、ウィルソンは感じていた。薄いマットレスの下で、船が震えている。刑務所でも似たような経験があった。ゲートがガシャンと閉まったり、電気制御された分厚いドアが低い唸りをあげて閉じるときがそうだった。

船に乗るのははじめてだったので、できるものなら離岸の様子を見たかった。船内を探検するのも楽しかったにちがいない。それに、煙草も吸いたかった。

けれども、いまは部屋で待つようにいわれている。待つのは得意だった。以前はごくふつうにせっかちだったかもしれないが、刑務所がそれを跡形もなく消し去ったのだ。こういう空き時間は緊張感から解放されるので、自由に想いを羽ばたかせることができる。

ウィルソンはコンピューターで印刷したイリナの写真を財布から取り出すと、じっと見つめた。写真は切手を少し大きくした程度でしかなく、折りたたむ必要もないくらいだ。財布のクレジットカード用の差し込み口にぴたりと入る。経験から、折ったり開いたりを繰り返すと紙が傷むのがわかっているのだ。手紙でさえそうだし、写真はいうまでもない。

この女たちは愛なんか求めていない。ウィルソンにはそれがわかっていた。女たちはチケットを求めているのだ。国を出るチケットを。

ウィルソンは、品質のよくないサムネイル写真のなかからイリナを選んだ。にもかかわらず、写真のなかの彼女の顔には、内面の寛容さが光り輝いている。仲介斡旋《あっせん》業者である〈ukrainebrides.org〉、すなわち〈ウクライナの花嫁たち〉を通して、イリナには二度Eメールを送った。このサーバーは会員制で、接触できる女性の数に応じた金額を払うことになっている。金を払えば、女性たちの写真と経歴が送られてきて、求婚までの流れを段階ごとに説明し、進めてくれる。たとえば手紙のやりとりから、チョコレートや花の贈り物までだが、そのどれもがいつか〝ロマンチックな訪問〟へと発展していく可能性があるのだ。〈ウクライナの花嫁たち〉はまた、結婚前の訪問や、最終的な結婚式用に、一時ビザを手配してくれる。

あるいは、もっと直接的な手順を踏む男もいるかもしれない。〝ロマンチックツアー〟に申しこんで、そのツアーのあいだに興味を持った男は、ヤルタからキエフまでの各所で行なわれるパーティに参加するのだ。そうして十五人から二十人の〝求婚者〟が、百人の女性たちのなかを物色してまわる。

ウィルソンは昔ながらの「求婚」コースを選んでいて、まずはメールのやりとりからはじめた。最初のEメールは簡単な自己紹介だった。名前はフランシスコ・ダンコニア、三十歳の裕福なビジネスマンで、現在は貿易事業に携わっている。イリナのほうは、ためらいがちな慎ましい表現で、オデッサのコーヒーショップでウェイトレスをしていて、家には両親と二人の姉妹と住んでいる、という返事だった。たどたどしい英語の文面は、翻訳者の言語能力が不充分だからであって、子どもっぽい純真さからじゃないとは思ったが、それでも魅力的だった。

ウィルソンの二度めのメッセージは、ラブレターに近かった。イリナの美しさを賞賛し、

「人生を分かちあう相手」がほしいという希望を前面に出した。これは本当だった。計画を実行したあとの世界で、一人ではいたくない。一人の時間はうんざりするほど過ごした。あとの世界では、女と一緒に人生を過ごしたい。家族だってほしい。イリナの返事は詩的な言葉で願望が切々とつづられ、文構成が支離滅裂な分、よけいに感動的だった。

ウィルソンは写真を財布に戻した。〈ukrainebrides.org〉という商業的な仲人を通して価値ある人生の伴侶《はんりょ》と出会うチャンスは、宝くじを当てる確率に等しい。そのことは充分承知しているつもりだ。

その一方で、ウィルソンは偶然を信じていなかった。自分が〈マルマラクイーン〉号に乗ったのは、単なる偶然といえるだろうか？〈マルマラクイーン〉号がウィルソンとシロップのドラム缶を乗せて、イリナの家までほんの数キロのところに行くことが？

枕を叩き、靴を蹴《け》り脱ぐと、目を閉じた。瞼の裏に、写真のなかのイリナの笑顔が残っている。ウィルソンは家庭を持つ喜びを想像し、その柔らかな幸福感に包まれながら、眠りに落ちた。

振動で目が覚めた。強烈な振動だ。一瞬、ウィルソンは警戒した。まるで自分の身体のなかから響いてくるような感覚だ。破壊的な共振。振動の正体がわかったとき——船のエンジンが始動したのだ——ウィルソンは自分を笑った。数分後、アンカーの鎖が巻きあげられる音がした。

いよいよ出港だ。

それからまもなく、陽気で小柄な男がドアをノックした。男はウィルソンたちに艦内を案内するため、一等航海士に派遣されたのだ。彼は三等航海士で、名前をハッサンといった。金歯になった前歯二本を見せて、愛嬌《あいきょう》のある笑みを浮かべている。

「この船はとてもすばらしいです。ハッサン、あなたたちを案内できてうれしいです」

まず最初に、ライフボート。カーリドは頭をかいて顔をしかめ、ライフボートから沖合いに目をやった。

「このボートはきっと必要ないと、ハッサン、約束できます」

ゼロはライフジャケットのモデルに選ばれ、ハッサンにストラップを締めてもらいながらくすくす笑った。

みんなで消火器の設置場所を確認し、そのひとつを使ってハッサンが使用法を説明してくれた。

安全対策については省き、つぎは洗面所、食堂、娯楽室に案内された。娯楽室を見たとき、カーリドの目が輝いた。ダーツのボード、チェスのセット、テーブルサッカー、卓球台があったのだ。

そのあいだ三等航海士のハッサンは、船に関する詳細を教えてくれた。つぎにハッサンは、コンテナがひしめく甲板の向こうに水平線が見える船橋甲板室へと案内してくれ、それから機関室に連れていってくれた。広い清潔な空間のなかで、巨大な真鍮製のピストンが上下している。オイルの臭いがきつい。

ハッサンは甲板に戻ると、船首まで通じているコンテナ間の通路にウィルソンたちを連れていき、こう説明した。この通路を歩きたい場合は、かならず事前に私に知らせてください。戻ってきたときもかならず報告してください。

ウィルソンたちは、手すりから海の波を見おろした。じめついた寒い日で、海のうねりを見ていると、ウィルソンは気分が悪くなった。彼らの足もとで、船はまるで生き物のように突き進んでいく。

「この船は、停止するまでに一キロ以上の距離が必要です」ハッサンはいった。「ですから、くれぐれも船から落ちないでください」カーリドが通訳すると、ゼロは反射的に手すりから離れた。

「イスタンブールまで二日、向こうの港に一日、オデッサまではさらに三日かかります。イスタンブールでは降りないんですか？」

「ああ」ウィルソンはうなずいた。「それ用のビザを持ってなくてね」

「ハッサン、残念です。すばらしい町ですよ」

ウィルソンはまたうなずいて、こう訊いた。

「Eメールをチェックすることはできるかな」

「もちろんです。ハッサン、一日に三十分あげましょう。それでオーケーですか？」

ウィルソンは思わず顔をほころばせ、予想していなかったこの寛大さを、両手を挙げて歓迎した。ハッサンも金歯を見せて微笑み返してきた。

「食事のあとで来てくれると一番いいんですが、どうですか？　でも——」ハッサンは警告した。「コンピューターは衛星に接続します。通信状態がいいときもありますが、あまりよくないときもあります」ハッサンは肩をすくめた。「ハッサン、保証できませんよ」

ゼロとカーリドはすぐに退屈して、時間のほとんどを娯楽室でのテーブルサッカーに費やした。けれども、重警備刑務所で数年を過ごしたウィルソンには、退屈など存在しない。風、かもめ、広大な海、規則正しい食事、コンテナの谷を抜けて船首まで行く毎日の散歩、海上での生活のリズムにはすぐに慣れた。

とりわけウィルソンは、静かな船首が好きだった。甲板の先端に立つと、海を切り裂く船の丸い舳先《へさき》が見えた。何世紀ものあいだ、舳先はナイフのような形だった。だがいまはそうじゃない。ウィルソンはその変化について考え、やがて理解した。丸い舳先は船首を持ちあげる。そのおかげで船は、舳先の波の衝撃を効率よく減らすことができるのだ。ウィルソンは、その発想を思いついた人物のことを考え、疑問に思った。その人物は、その功績をきちんと認められたのだろうか。

ゼロとカーリド。

同行するこの二人にはほとんど興味がなかったのだが、囚われの期間が長かっただけに、人生が自分と交差する人々から情報を引き出すのがうまくなっていた。聞き上手なおかげで、人はウィルソンのことを気に入ってくれるのだ。刑務所にいる自分を憐《あわ》れんだり正当化したりする囚人たちの言葉を、親身になって聞いてやることに、ウィルソンは喜んで耐えた。

本当のところ、それは自己防衛の手段だった。ほかの囚人たちや看守たちに気を使うのは、それが自分の利益になったからである。

だから意識的に情報を引き出さなくても、二人の若いボディガードについてかなりのことを知ることができた。ゼロとカーリドは二人ともベイルートのシャティラ難民キャンプで育った。英語が話せるカーリドのほうは、やや性格が悪い。ゼロのほうは甲高い声で笑う楽天的な男だ。ウィルソンが関心を持ったのは、二人とも狂信者ではないことだった。二人が〝大義〟のために活動するのは、金を稼げるような技術をほかに持っていないからにすぎない。二人が対処できるのはただひとつ、トラブルだ。二人ともためらわずに引き金を引くだろう。カーリドは、自分の人生の行きつく先について、幻想を抱いていない。「どうせおれはバカげたことで死ぬのさ。どこかの検問所でへまをするとかな」

二人が兵士として危険な大義に身を投じたのは、殉教者の死後の世界――復活する童貞、酒、甘美な生活――に誘惑されたからではない。シャティラ難民キャンプでの惨めさと退屈の反動であり、教育もなければ先の見通しもない若者は兵士にでもなるしかないという認識があるからだ。

万一、紛争のなかで命を落とすようなことがあれば、彼らは殉教者だ。そうなれば、少なくとも関係者全員の尊敬を得られる。家族は補償を受け、彼らの写真が西ベイルートの通りの壁に貼られるだろう。一週間か二週間は有名人だ――雨が降るまで、あるいは、ほかのだれかが殺されるまで。

一方でゼロとカーリドは、カナダかアメリカへの移住を夢見ていた。たとえ口先だけにせよ、彼らが必死に崩壊させようとしている国だ。好ましいほうの若者ゼロは、ジェニファー・アニストンに夢中で、ハリウッドに行くことができたら絶対モノにしてやると豪語している。カーリドのほうはもっと複雑だ。父親がエンジニアで、母親は薬剤師だが、両親とも本業の仕事を何年もしていない。カーリド自身が受けた教育は、せいぜいその場しのぎ程度。〈地上で迫害されし人々の連合〉に運命を託す前は、空港で荷物取り扱い係をやったあと、チェチニアで戦ってきた。チェチニアでは打ち捨てられたバスの後部で、床屋に盲腸の手術をしてもらった。なぜ〈地上で迫害されし人々の連合〉のために働いているのかとウィルソンが訊ねると、カーリドは肩をすくめてこう答えた。「仕事だからさ。それにアブ・ハキムは、おれたちによくしてくれるんだ」

出発してから三日めの夜、船はマルマラ海に錨《いかり》を降ろした。イスタンブールの町の明かりがあちこちにまたたいている。その光景に、照明をつけた二十四隻の船がお祭り気分を添えたが、それらはみな、東の黒海か西のエーゲ海に向かうのを待つ貨物船だった。

奇妙なことに、ウィルソンはエンジンの響きが聞こえなくて寂しかった。霧に包まれたなかに荘厳なモスクや光塔《ミナレット》が浮かびあがるイスタンブールの町は、すばらしいとしかいいようがなく、上陸できないのが残念だった。

毎朝大声で礼拝の時刻を告げ、信者に祈りを呼びかけてくるスピーカーは、音が割れてハウリングしたが、その効果はいかにも工業製品的であると同時に、奇妙にロマンチックだった。

朝食のあと、ハッサンが部屋のドアをノックしてきた。浮かない顔だ。

「イスタンブールで、ドックのストライキです」

「ドックのストライキ？」

「ハッサン、たくさんの船旅でドックストライキ見てきました。ピレウスのドックストライキ、ナポリのドックストライキ、そして今度は——イスタンブールのドックストライキです」

「いつまでここにいることになるんだ？」ウィルソンは緊張した。

「わかりません。たぶん……あと何日か。ハッサン、後悔してます」

ウィルソンは、「オデッサにいる取引相手」にメッセージを送るためにコンピューターを使いたいんだがと、ハッサンに頼んだ。それからゼロとカーリドに、悪い知らせを伝えに行った。二人は肩をすくめて、見ていたテレビのほうに顔を戻した。テレビのチャンネルは〈アルジャジーラ〉にあわせてあり、ウィルソンは、画面に映っているのがどうやら逮捕劇らしいとわかった。頭にフードをかぶせられた男が、黒いディーゼル式軍用車〈ハンマー〉の後部座席に押しこまれている。

「これはなんだ？」ウィルソンは訊いた。

「マレーシア」カーリドが答えた。「この男がアルカイダなんだとさ」

画面では、〈ハンマー〉が警官や兵士たちのあいだをそろそろと進んでいく。人波は、まるで男を行かせたくないかのように、ゆっくりと分かれた。

カーリドはテレビから顔をそむけて、こういった。

「逮捕されるやつは、いつも決まってアルカイダだ。見ろよ、あの警官の数」

数分後、ハッサンが戻ってきて、コンピューターを使ってもいいですと伝えてきた。ウィルソンはすぐに船橋甲板室に行き、コンピューターを起動した。

ボボホンとの通信に使っているヤフーアカウントに入り、パスワードを打ちこむ。Eメールがいくつか届いていたが、どれもスパムメールだ。ウィルソンはそれを削除して、下書きホルダーに移った。なんのメッセージも入っていない。ウィルソンは自分からメッセージを打った。

こっちはじつに静かだ《It's very quiet here.》。ドックストライキのせいで到着が遅れるだろう。何日続くかはわからない。私が遅れることを先方に伝えてくれ。

ウィルソンは下書きホルダーにメッセージを残して、ログアウトすると、船首まで歩いていった。万事順調だ、と自分にいい聞かせた。まずいところはなにもない、単なる遅れだ。しかし、もしオデッサの取引相手がスケジュールの変更を受け入れてくれないとしたら？ シロップはどうすればいい？ ハキムはどこかへ旅に出ている。このままハキムと連絡が取れなかったら、だれがオデッサの取引を立て直すんだ？

それにオデッサの先には、ウィルソン自身の期限が待っている。四月までに金を持ってアメリカに戻らなければならない。四月までに戻れたとしても、六月二十二日の太陽の踊り《サンダンス》の日までに装置を用意するには、幸運とかなりの重労働が必要だ。

ウィルソンは自分にいい聞かせた。いまの状況を変える方策は自分にはない。心配したところで、わかりきった物理の方程式をいじくりまわすようなもの、エネルギーの無駄づかいだ。それでも不安は、肉体的な不快感となって押し寄せてくる。

ウィルソンは海をのぞきこんだ。うねっては消え、消えてはうねる波。それは混沌《こんとん》として見えるが、決して混沌ではない。ほかのどんな現象とも同じように、海のうねりは理論的に分析できる。風の力と向きによる作用、曲がりくねった沿岸線と海流、水温と気温、月の引力と船の動き、錨の垂れ具合、それらが一体となって作り出しているのだ。

それは混沌ではない。神か、あるいは神に似たものだ。

10

二〇〇五年二月二十七日　クアラルンプール

それなりに見事な眺めだ。

床に寝そべってヨガのエクササイズをやりながら、アンドレア・カボットは思った。遠くに光り輝く〈ペトロナスタワーズ〉のことだ。途方もなく現代的で、町に直立する栄光そのものであり、マレーシア人の目には、未来はイスラムのものだという力強い証明でもある。西欧の人間なら、クアラルンプールに到着して一時間もしないうちに、「あれが世界でもっとも高いツインタワーだ」と教えられるだろう。その塔の高さが世界貿易センタービルをも凌《しの》ぐことは、もうだれも口にしなくなった。

残念なことだ。

アンドレアにとって、この塔は不断の戒めだった。このバンガローに住んでいるのも、この塔が見えるからではない。むしろ見たくなかった。以前は競馬場だった敷地に建つこの鉄鋼とガラスの建造物は、全体的にも細部においても、イスラムを礼賛している。基礎部分は正方形二つをずらして重ねた八角星になっていて、その基礎部分に入っているのが、六階建てのショッピングセンター、六千人の信者を収容できるモスク、〈マイクロソフト〉、〈IBM〉、〈ブルームバーグ〉といった企業、〈マンダリンオリエンタル・ホテル〉だ。内部の建築にも宗教的な敬虔《けいけん》さが生きていて、トイレは日本の方角を向いて小便するように造られている。居住者たちがメッカの方角に向かって小便しないようにするためだ。

アンドレアに外交官という見え透いた偽装を与えてくれる大使館では、このツインタワーのもっとも重要な特徴は、塔のなかほどの地上四十二階で二つの塔をつなぐ、常平架で水平に保たれたスカイブリッジだというのが、共通の認識らしい。これはだれに聞いても安全な特徴だ。万一どこかのいかれた男が飛行機で片方の塔に突っこんだとしても、オフィスで働く人々はもう一方の塔に脱出できる、というわけだ。

それ自体はすばらしいことだが、性が抑圧されているこの国では、遠くから見たツインタワーが、天に向かって突き出す二本の巨大なバイブレーターに見えることにほとんど変わりはない。

アンドレアのバンガローは、裕福なアンパン地区の端にあるゲートつき警備員つきの分譲地の中心にあった。一九八〇年代後半にCIAの建築業者が支局長の家として建てたもので、ヤシの木の庭、照明つきのプール、浴室を兼ねた豪華な安全室がある。

安全室は、ただ安全なだけではない。多かれ少なかれ、金庫の役目も果たしているのだ。リネンの壁紙の下には特殊鋼の格子が隠れていて、あいだに防弾ケブラー繊維がサンドイッチされている。天井と床はコンクリートで強化され、ドアは携帯型対戦車ロケット弾（RPG）くらいならびくともしない。家と敷地内にはあちこちに監視カメラが設置してあるし、通りの向かいにある隠しアンテナに直接つながった無線送信機もある。その無線機は、居間の電話回線と同様に、二十四時間週七日、アメリカ大使館の通信員によってモニターされている。

だから、世界じゅうの聖戦戦士《ジハーディスト》が集まるコンベンションセンターのような場所がクアラルンプールにあったとしても、そこよりも安全だ。一九八〇年代にベイルートで誘拐、殺害されたCIA支局長、ウィリアム・バックレーの二の舞にはなりたくない。

寝室のドレッサーの上には、銀縁の写真立てにバックレーの写真を入れて置いてある。家族の写真と一緒にだ。父と母、妹、姪《めい》、そして……バックレー。その写真を見た者はだれでも、写っている男を親戚《しんせき》かなにかか、あるいは夫か恋人だと思うだろう。だがアンドレアは、バックレーには会ったこともない。彼の写真をそこに置いてあるのは、反面教師として、なにをすべきでないかを日々思い出すためだ。

アンドレアはクアラルンプールのCIA支局長になってまもないが、バックレーのことはずいぶん考えた。独立戦争のジオラマを作るほどの愛国者で、人生のほとんどを海外で過ごし、イスラム教の都市から都市へと飛びまわって、アラブ人が〝アルカイダ〟——拠点と呼びはじめたものに対して、時期尚早の汚ない戦争《ダーティーウォー》を展開してきた。自宅はワシントン郊外の高級ホテルのスイートだった。秘密主義に徹した厳格な男で、家もアパートも持たなかった。

そして彼は、自分自身の最悪の敵だったらしい。報告書を読んだアンドレアには、バックレーが自分を誘拐したテロリストたちの犠牲者であると同時に、自身の傲慢《ごうまん》の犠牲者でもあることは明白だった。自分は無敵だという誤った根深い思いこみがあった。迫撃砲による砲撃が日常茶飯事だった都会のゲリラ戦争のただなかで、バックレーはペントハウスに住むことを選んだ。西ベイルートでだ！ ベイルートの西側はよくないという程度では、状況のひどさはとうてい伝わらない。

ベイルートはグリーンラインによって二つに分断されている。グリーンラインは空爆された中間地帯のことで、ベイルートを東西、つまりキリスト教側とイスラム教側に分ける線だ。東ベイルートでは、人々はキリストを信仰し、西ベイルートではアラーを信仰する。

——彼はいったいなにを考えていたのだろう？ 西ベイルートでペントハウス？ 射撃練習場にテントを設営するようなものだ。

アンドレアはヨガの座法を変えた。ゆっくりした優美な動きで、太陽礼拝のポーズをとり、顔を〈ペトロナスタワーズ〉の方角に向ける。

――バックレー！　なんて大胆な男！

中東のもっとも重要なスパイは、仕事に行くのに護衛の車さえつけなかった。

結局、彼の誘拐は一分もかからなかった。バックレーの車、ベージュのホンダは、タノーキ通りにある彼のアパートの外に駐めてあった。発進しようとしたところ、突然ルノーが前に停まって行く手をふさいだ。二人の男がルノーから飛び出して、銃を振りまわしながら叫ぶ。誘拐犯の一人がバックレーをホンダから引きずり出して、もう一人がブリーフケースを奪う。

バックレーはルノーのフロアに寝かされ、毛布をかけられて、口を閉じているよう命じられた。ルノーは発進し、角を曲がって、崖道に向かう。数分もしないうちに、イスラム兵たちが取り締まる検問所で停止させられるが、兵士たちは車を通過させる。その検問所からは、スラム街はすぐそこだ。支局長はそのスラム街の、窓のない地下室に連れて行かれ、目隠しをされて、床のアイボルトに鎖でつながれた。

ヒズボラにいる捜査官の報告書によれば、バックレーの尋問は数ヵ月続いたという。そしてパレスチナ人の医者がバックレーの拷問に力を貸して、薬物を投与し、生存徴候をモニターしたそうだ。

尋問の内容はCIAのレバノンでの工作が中心だったといわれていて、そこにはCIAがレバノン人の武装勢力やキリスト教兵士の同盟者に〝発注した〟誘拐事件や暗殺事件も含まれていた。

その後、尋問の範囲はバックレーの初期の任務にまで拡大していく。最初の勤務地はエジプトとシリアで、バックレーは中東の工作員たちを評価する調査委員会で働いていた。そのことを考えただけでも、CIAが彼をその地域の支局長に任命したのはまずかった。なぜならひとたび誘拐されれば、中東のCIA工作員全員の正体がばれてしまうのは確実だからだ。

身柄を取り戻したとき、バックレーはすでに棺のなかだった。拷問の最中に死んだのか、わざと放置されて死んだのかは判明していない。彼が長い捕虜生活のあいだにどこに拘束されていたのかも、どれくらいの頻度で移動させられていたのかもわかっていない。

アンドレアは、これ以上ないくらい残酷な方法で地下牢《ちかろう》から地下牢へ移動させられたというほかの捕虜たちの報告書も読んだことがある。彼らは縛られ、さるぐつわを噛まされて、トラックの下に取りつけられた箱に押しこめられたのだ。吸える空気は、ディーゼルの排気ガスと埃しかない。

風邪を引くだけで、死んでしまう可能性もある。

そういう過酷な状況を耐え抜く唯一の方法は、ゾンビになった気分で感覚を無にすることだ。アンドレア自身、そういう不測の事態に対処する訓練を受けている。危険な勤務地に派遣されたほかのCIA局員と同じように、彼女もバージニア州ウィリアムズバーグの近くにあるＣＩＡの特別訓練所《ザ・ファーム》で、模擬尋問を受けたのだ。その訓練のひとつに、〝禁欲生活〟があった。なぜそういうかというと、教官が生徒を箱のなかに入れて、禁欲について数時間、あるいは数日考えさせるからだ。

だからアンドレアは、ヨガのエクササイズを毎朝欠かさない。目的はストレッチというより、呼吸法だ。何年も続けたことで、アンドレアは心拍数を毎分三十以下にまで下げられるようになった。それ以下だと、休眠するか死んでしまう。もっとも、もし箱のなかで目覚めたら、そうなったほうがましだと思うだろう。

手首の腕時計から、軽い振動音が這《は》いのぼってきた。そろそろ時間だ。今朝はこの地域の尋問センターで予定がある。遅れたくはない。自分の代わりにマレーシア警察が、一人の男を拷問することになっているのだ。自分にできるのは、それを見ていることだけだった。

11

大使館のメルセデスが郊外の丘のあいだを縫うように走るあいだ、アンドレアは後部座席に座って、脚を組んだりほどいたりしながら、報告書を読んでいる。四日前に作成されたものので、目を通すのはこれで三度めだ。

前の座席では海兵隊軍曹のニルソン・アルバラードが、尾行を確かめるふりをしながらバックミラーを調整し、支局長の脚をながめている。

報告書を作成したのはマレーシア警察公安部（MSB）で、ニク・アワドという名前の凶悪犯を標的にしたCIAとMSBの合同作戦に関するものだ。ニク・アワドは、〈クンプラン・ミリタン・マレーシア〉と〈ジェマー・イスラミア〉の連絡係であることがわかっている。この二つの組織は、マレーシアをイスラム共和国の一部にしようと躍起になっているテロリストネットワークだ。しかもその共和国の国境は、タイ北部からフィリピン諸島の端にまで伸びている。CIAの関心は、管轄内の取り締まりだ。アワドはスマトラにあるアメリカ軍基地への攻撃を計画していると考えられていた。

最近、電話の盗聴から、興味深い手がかりが出てきた。ベルリンからの電話で、アワドは〝ベイルートから訪問する友人〟を手厚くもてなすよう頼まれたのだ。その友人は〝アーム・ハキム〟という名前で、アワドはスバン国際空港で彼を出迎えることになっていた。マレーシア警察公安部は、どのみちアワドを拘束するつもりでいたので、その友人の到着まで待つことにした。拘束が一日二日遅れたってどうってことはないし、スバン空港は、アワドを捕まえるにはもってこいの場所だ。そのときが来ると、MSBの私服警官は、到着ターミナルで人ごみのなかを歩いていくアワドのすぐ後ろで尾行した。アワドが税関を抜けてくる男と抱擁《アブラソ》を交わしたとき、私服警官たちは動いた。

面白い展開になったのはそこからだ。〝アーム・ハキム〟は、〝バドル・ファリス〟という男に対して発行されたシリアのパスポートで来ていた。本物のパスポートらしく、要注意者リストにもファリスの名前は載っていない。諜報的見地からいえば、この男は〝童貞〟だ。入国しただけではなんの犯罪も犯していないので、拘束する理由はない。国家治安法を適用してもだ。

公安部は落胆した。大きな魚をつかまえられると思っていたのに、網にかかったのは、コンドーム会社の建設場所を探しに来たと主張するビジネスマンだった。胡散《うさん》臭い話だとは思っても、彼らにできることはなにもない。男の政治観はわからないし、宗教にのめりこんでいるわけでもなさそうだ。むしろファリスはきれいにひげを剃ったビジネスマンで、自分でもそれを気に入っているらしい。スーツケースのなかに入っていたのも、〈ジャックダニエル〉の瓶が一本、《ビーバーハント》というポルノ雑誌、ベイルートにある風俗マッサージ&エスコートサービス店の名刺だった。

ファリスは、ベルリンからの電話なんか知らないといった。

「ベイルートの友人から、ミスター・アワドに会うようにと勧められたのさ。役に立つからとね。それで、よし、そうしようってことになったんだ。ミスター・アワドには友人が自分で電話したと思ってたが……どうやらちがうようだ。友人がベルリンのだれに電話したのか、私にはさっぱりわからない。ベルリンには行ったこともない」

――それじゃ、アワドはどうやっておまえだとわかったんだ？

――ああ、それはつまり……私が彼を探してて、彼が私を探していた。おたがいに探しているのがわかって……

アンドレアは報告書から顔をあげた。だとすれば、なぜこの男は電話で〝アーム・ハキム〟と呼ばれたのだろう？　〝アーム〟はアラブ人の尊称で、父方の叔父をあらわす。ファリスがその叔父だとするなら、甥はだれなのか？　ベルリンから電話をかけた男？　それともアワド？　どちらかにちがいないが、ファリスはどちらも顔も知らないという。明らかにファリスは嘘をついている。

アンドレアの目は報告書に戻った。

一時間の尋問を終えて、MSBの捜査官たちがファリスを釈放しようとしたそのとき、刑事の一人が、ファリスのシャツの襟になにかがあるのに気づいた。「なんだ、これは？」刑事はそう訊きながら、シャツの襟に手を伸ばした。

とたんに天地を引っくり返したような騒動となった。ファリスが立ちあがり、その刑事の股間《こかん》を蹴りあげて、ドアに向かったのだ。だがそこまでだった。一人の警官がファリスを床に押し倒し、もう一人が腕を押さえつけた。ファリスは手のなかになにかを持っていて、それを放そうとしない。だが股間を蹴られた刑事がファリスの肘を踏みつけ、前腕の骨をへし折った。

リノリウムの床に一錠の薬が転がって、その瞬間、ファリスがただのビジネスマンではないことが明らかとなった。

そのとき以来、アンドレアは尋問センターに二度足を運んだ。二度とも十一号室の外に座り、マレーシア警察が〝懲戒的尋問〟と呼ぶものをヘッドホン越しに聞いていた。質問があるときには、MSBにいるCIAとの連絡係、ジム・バネルジーに頼めば、バネルジーがその質問を室内の尋問者に伝えてくれる。この方法なら、アンドレアはファリスの尋問（あるいは「いわゆる拷問」）に参加していないと、公明正大にいえるのだ。

そのころにはもう、ファリスは空港にいたときよりも大人しくなっていた。「神は偉大だ！」と叫ぶこともなくなった。その代わり呼吸が荒くなって、怒り声となだめ声で交互に、どうしてこんなことをするんだと問いかけるようになった。尋問に答える声は慄《ふる》えはじめ、ときには電気ショックを招いた。尋問者がスタンガンを押しつけるからだ。

これまでのところ、警察はほとんどなにもつかんでいない。しかし、指紋照合で決定的なことがわかった。拘束されている男の本当の名前は、ハキム・アブドゥル＝バクル・ムサウィ。マレーシア警察公安部のファイルによると、ムサウィは五十四歳のエジプト人であり、好戦的すぎるという理由で、二十年前に〈ムスリム同胞団〉から追放された男だった。以来ハキムは、〈クンプラン・ミリタン・マレーシア〉、〈ジェマー・イスラミア〉、そしてバールベックを拠点とする〈地上で迫害されし人々の連合〉の工作活動に関わってきた。故国エジプトをはじめ六ヵ国で逮捕状が出ているし、オマーン内務省とＦＢＩは懸賞金まで出している。

けれどもアンドレアがこの件についてなにかつかむとしても、ハキムのことを詳しく知るまではしばらくかかりそうだ。いまの段階で小さな波紋を起こしてもはじまらない。ハキムの仲間たちをみすみす逃がすことになるだけだからだ。ハキムはこのまま拘束しておいたほうがいいだろう。もしかしたら、うまく利用できるかもしれない。

クアラルンプールから約三十キロほどのところにある現代的なビル群が、尋問センターだ。九・一一の直後にアメリカの資金で建てられたもので、二車線の取付道路の突き当たりにあり、敷地はレーザーワイヤーのついた巨大なコンクリート壁と電気柵《さく》に囲まれている。

中二階にある受付デスクで、バネルジーが待っていた。あばただらけの顔をした背が高いインド系で、顎の下には泥棒に殺されそうになったときの剃刀傷の跡がある。アンドレアがバネルジーと出会ったのは二年前で、当時バネルジーは、アメリカのCIA特別訓練所で対テロリスト訓練プログラムに参加していた。いまは三十代前半のマレーシア警察公安部の警部補で、週末にはルーズベルトという名のペットのニシキヘビを肩にまわして、スカイダイビングするのが好きだ。

バネルジーはアンドレアに、訪問者用の通行証を渡した。

「受付にサインするかい？」

アンドレアはモナリザ風の曖昧な笑みを浮かべて、小さく首を振った。

バネルジーは肩をすくめ、自分の通行証を回転ドアのひとつにあるスロットに通して、こういった。

「お先にどうぞ」

「ドクター・ナジブは？」

「おれたちを待ってるよ」

「よかった。あたし、やってみたいことがあるの」

「そのために、ドクターが必要なのか？」

アンドレアは肩をすくめて答えた。

「ただの用心よ。あの男を死なせないための――それで、あの男の様子は?」

バネルジーは目をまわして見せた。

「昨日とおんなじさ。捕まったのがまだショックらしい」

尋問室は地下二階にある。エレベーターに乗りこむと、バネルジーはB2のボタンを押した。扉が閉じて、頭上のスピーカーから〈ミューザック〉が静かに流れてくる。We all live in a yellow submarine……。

「訊こうと思ってたんだけど――」アンドレアはいった。「FBIには連絡したの?」

「まだだ」

「それじゃ、彼らはこの件を知らないのね」アンドレアは喜んだ。

「まあ、アワドについては知ってるよ。やつの尋問記録は毎日送っている。だがファリスについては、だれもなにも伝えてないはずだ」

「ファリス?」

「パスポートにあった名前さ」

「それはわかってるけど――指紋のほうは?」

「ああ、そっちか! たしかにその点が……決定的に矛盾してるところでね。いま調べているところさ」

アンドレアはバネルジーに、サーチライト級の明るい笑顔を向けた。

「ということは……」

「ということは、やつはただの拘束者の一人にすぎない。いまのところは」

アンドレアの笑顔が一段と明るくなって、バネルジーは思った。こんなに白くてきれいに揃った歯は、いままで見たことがない。

「いつまで拘束できそう?」

「長期間は無理だな」バネルジーは自信のない顔をした。

「そう……」

ハキム・ムサウィをマレーシアで拘束する期間が長ければ長いほど引き出せる情報が多くなるのは、二人ともわかっていた。CIAと軍は、九・一一以降なりふりかまわずやってきたが、最近はまた紳士的になってきている。かつて拷問は、「臓器不全」という言葉で定義された時期があった。臓器不全がなければ拷問もない、というわけだ。そこへアブグレイブ刑務所のスキャンダルが発覚して、捕虜の尋問には法的手続きと、滅多なことでは降りない──アンドレアにはそう思える──特別許可が必要となった。

捕虜を徹底的に痛めつけていいとか、気が向いたら合成洗剤のバスタブに浸けてもいいという書類に自分の署名が載るのは、だれだってごめんだ。いままで築いてきたキャリアが、台なしになってしまいかねない。

アブグレイブ刑務所で気晴らしに拷問が行なわれていたことが明らかとなったあと、新たな規則が実施された。拷問するのはいいが、怪我をさせてはいけない。恐怖を与えてもいいが、鞭《むち》で叩いてはいけない。

不快感は、たとえそれが「強烈な不快感」であっても許されるが、短時間だけだ。捕虜をストレス状況下に置いてもいいが、そこには限度がある。一度に一時間だけで、一日に四時間を超えてはならない。

この程度じゃ、骨のあるやつは屁《へ》とも思わないだろう。そんなときは自尊心を痛めつけるか、その男が愛するだれかへの脅しで泣かせるかしたほうがいい。けれどもそれには時間がかかる。急いでいるときは、まだ国連の拷問禁止条約の選択議定書を批准していないマレーシアのような同盟国がほしい。MSBが、被拘束者の爪《つめ》の下にガラス片や竹片を挿しこむといった古いルールでやりたがったとしても、それは国内問題にすぎないのだ。アンドレアがその部屋に入って直接質問したりしないかぎり、CIAは、その尋問とは無関係だという立場を取ることができる。

どうにも奇妙なのは、拷問に本当に効果があるのかというくだらない議論だ。マケイン上院議員は効果がないと主張したが、アンドレアは議員に、その誤りを立証する数多くのベトナム人のビデオを見せてもいいと思った。彼女の経験だと、拷問はきわめて効果がある。リベラル派がそれを否定するのは、拷問をやりたくないだけなのだ。

拷問に効果がないのであれば、なぜCIAはこれほど躍起になって、拷問禁止条約から逃れようとしているのか? 効果がないのなら、なぜこんなにも広く行なわれているのか? その答えは、だれかの爪を剝がしたら、おそらく剝がされたほうは質問に答えるからだ。そしてその際には、明かした情報がまちがいだった場合はもっと厳しい拷問が待っていると、その人間に信じさせなければならない。

もちろん、そこには限度がある。尋問を受けている捕虜が知っていることをすべて自白した時点で、拷問は無意味になってしまう。捕虜はそれ以上の拷問を避けるため、情報をでっちあげはじめるからだ。けれども優秀な尋問者なら、たいていその段階に到達したことがわかる。被拷問者が、ああ、ジョン・F・ケネディを撃ったのもおれだし、ベルリンの国会議事堂に放火したのもおれだ、などといい出す段階だ。

「お先にどうぞ」エレベーターの扉が開いて、バネルジーが横にどいた。アンドレアは、長くて広々した廊下の手前にある前室に入った。蛍光灯の明かり、タイルの壁。この尋問センターはいくつかの点で病院に似ているが、ちがうのは、人が健康状態で入ってきて、病気になって出て行くことだ。それも、出られるとすればの話である。

警備官が灰色の金属製机から顔をあげた。

「おれがサインしよう」バネルジーがいった。

警備官はバネルジーにペンを渡した。バネルジーは訪問録にさらさらと書きこみ、腕時計を見て、時間を記入した。「拘束者」の欄には、「ファリス」という名を書いた。

警備官は訪問録に目をやって、廊下のほうへ顎をやった。

「十一号室です。ドクター・ナジブに連絡しましょう」警備官はそういうと、受話器を取り、外線番号を押した。

バネルジーが先に立って歩いた。前のほうでは迷彩服を着た男が一人、部屋のひとつの戸口に車椅子を通そうとしていて、バネルジーはその男を手伝ってやった。アンドレアは、車椅子に座っているのが女で、車椅子のパイプ部分に手錠でつながれているのがわかった。顎を胸につけて、お祈りをしているようだ。

その部屋のドアが閉まると、二人は十一号室に向かってふたたび歩きはじめた。アンドレアは廊下の広さに驚いた。ラングレーの廊下なみだ。そして自宅の廊下のように、片側の壁に一本の色帯が、突き当たりまで水平に走っている。幅十五センチほどの黄色い帯だが、その目的は、ラングレーにあるものと同じだ。基本的に、入ってはいけないところをひと目でわかるようにしてあるのだ。赤い通行証では、ふつうなら黄色い帯の先には進めない。

十一号室の前に立ったとき、アンドレアはためらった。この部屋にひとたび入れば、一線を越えたことになる。もう観察者ではなく、参加者になるのだ。

——それだけの価値はある。

それでもためらいは残った。室内は異臭がするだろう。こういうところはみんなそうだ。

恐怖と怒りが、室内にいる人間の汗を饐《す》えた臭いにさせる。手荒なことになれば、ほかの臭いもするだろう。アンドレアはハンドバッグのなかに手を入れ、〈ヴイックスヴェポラッブ〉の小さな瓶を取り出した。キャップを開け、瓶に小指を浸して、その指を両方の鼻の穴に入れる。大学時代、週末に死体安置所でアルバイトをしていたときに覚えた方法だ。いつものようにメントールの匂いで、忘れかけていた感覚が一瞬蘇《よみがえ》ってきた。十歳のころ、風邪を引いて寝こんでしまい、ベッドの横で加湿器が蒸気を噴き出していたときの感覚だ。

――われながらよくやるわね。

バネルジーがドアをノックした。二人はなかに入った。

室内は清潔で、照明も充分明るいが、臭いはひどい。中央にはハキム・ムサウィが、かすかに低い唸りをあげる蛍光灯の明かりの下で、ステンレスのテーブルに縛りつけられている。看護師が横にいて、左腕に点滴の針を打っていた。アンドレアとバネルジーが入ってくる物音を聞いて、ムサウィは頭をあげたが、その頭をがっくりと落とした。

白衣を着た年配の医者が、にこにこしながらアンドレアのほうにやってきた。

「ドクター・ナジブだ」医者は小声で名乗った。白衣に記された名前は白いテープで隠してある。賢明な用心深さだ。

「うちの患者はどうです？」バネルジーが訊いた。

「それが悪い子でね。一切認めないんだ！」

「みんなでやれば、認めさせることができるかもしれません」アンドレアはいった。

「もちろん私もそう思う。しかし、なかなかタフなやつだ。時間はかかるかもしれない」

「でもないかも」アンドレアはそういって、ハンドバッグのなかからガラスのアンプル容器を取り出すと、ドクター・ナジブに渡した。「アネクチンを使ったことはありますか？」

「いや。一般名は？」ドクター・ナジブはアンプル容器を明かりにかざした。

「塩化スクシニルコリン」

ドクター・ナジブは顔をしかめた。

「だったら使ったことはある。病院でな。気管切開手術で喉頭《こうとう》に挿管するときはいつも使うんだ。管が挿しやすくなる」

「そんなものでどうするつもりだ？」バネルジーが訊いた。「リラックスさせて死なせてやるのか？」

「近いわね」アンドレアは答えた。「でも病院で使うときは、患者は意識がないの。あたしはドクター・ナジブに、この友人が起きているときに使ってもらいたいの」

ナジブはアンドレアを見つめた。

「なるほど。しかし、それで尋問になるのか？　質問はいくらでもできても、どうやって答えさせる？」

「おっしゃるとおりです。彼は口がきけなくなるでしょう。でもそんなことはどうでもいいんです。だって、あたしはなにも質問しないから。何分間か彼に話をするだけ。薬の効きめが切れたときには、胸から吐き出したいことがひとつか二つはあるんじゃないかしら」

バネルジーは、あんたいかれてるのかという顔をして、アンドレアを見つめた。それからその考えを振り払うかのように、首を振った。

「痛みは？」

「ありません」

「痛みがないって、どういうことだ？」バネルジーが訊いてきた。

「不安をかき立てるだけで、痛みはないってことよ」アンドレアはそう答えて、ナジブのほうに向き直った。「除細動器《AED》を用意しておいたほうがいいかもしれません。念のために」

ナジブはうなずいて、部屋を出ていった。

アンドレアはバネルジーに顔を向けると、テーブルの上の男には聞こえないように小声でいった。

「ドクター・ナジブがアネクチンを打つわ。効果はすぐに出てくるから――」

「どんな効果だ？」

「麻痺を引き起こすの。少しずつ。三十秒後には顔の筋肉が麻痺しはじめ、その麻痺が喉に降りていって、胸に広がっていくわ。やがて横隔膜の動きが遅くなり、一、二分もすれば、止まってしまう」

「ということは……」バネルジーは想像した。

「木になったような気分よ。筋肉が死にかけて、肉が死んでいくような気分になるの。呼吸もできないけど、身体のなかはアドレナリンでいっぱいになる。それでパニックになるけど、身体は動かない。悪夢みたいなものよ。でも夢じゃなくて、現実なの」

バネルジーの顔から血の気が引いた。

アンドレアはとっておきの笑みを浮かべた。

「いわゆる〝嫌悪条件づけ〟よ。一度尋問でやってみたくて仕方がなかったの」

「そいつは面白そうだ」言葉とはうらはらに、バネルジーは浮かない顔だった。

アンドレアはハキムのほうに行った。ハキムは目を閉じて、仰向けに横たわっている。だいぶ痛めつけられたようだ。右腕はエアーギプスで固定されているし、下唇は切れていて、そこから折れた歯が飛び出している。左頰は小刻みに痙攣していて、左手は指の様子がおかしい。

アンドレアはその手を持ちあげて、詳しく見た。親指はきれいにマニキュアされ、まったく傷ついていない。けれども人差し指と中指は爪がなくなっていて、あとの二本の指は、血でどす黒く変色している。だれかが――バネルジーかナジブが――爪の下になにかを挿しこんだのだ。

アンドレアがその手を放すと、その手はぱたんとテーブルに落ちた。ハキム・ムサウィはちらっとアンドレアを見て、すぐに目をそらした。

「ハキム、話があるの」アンドレアは切り出した。「英語はわかる？」

ハキムは顔をそむけたままで、無言だった。

アンドレアは、アラビア語で同じ質問を繰り返した。

バネルジーがテーブルにやってきて、教えてくれた。

「こいつの英語はたいしたものさ。カリフォルニアの大学に通ってたことがあるんだ。州立大だよ。おれは調べたんだ。それでムサウィさんは、イスラムにしちゃ躾のなってない〝山猫〟になったってわけさ。そうだろ、ムサウィさんよ」バネルジーはハキムの折れた腕をねじあげ、ハキムが呻《うめ》き声をあげるのを見つめた。

アンドレアが首を振ると、バネルジーはその手を緩めた。アンドレアは小声でハキムに話しかけた。

「あたしを見て」

無駄だった。

背後で部屋のドアが開いて、閉じた。ドクター・ナジブが、テーブルの脇に器材を押してきた。

「体重はどれくらいだと思う？」ナジブが訊いた。

「九十キロ」バネルジーは答えた。「かなりのデブだ」

ナジブは注射器を取り出した。

「てことは、九ミリグラムだな」

ナジブが注射の準備をしているあいだ、アンドレアはハキムに小声で話しかけた。

「ハキム、よく聞いてちょうだい。あたしはアメリカの情報機関の人間よ。あなたはいま、とても困ったことになっている。でもあたしなら、あなたをここから助け出してやれるわ。こんなことを止めさせてやれる。でもその前に、あたしに教えてほしいことがあるの」アンドレアはそこで間をおいた。「いってること、わかる？」

返事がない。

「準備できたぞ」ナジブがいった。その手には、ピストルのような形をした注射器が、天井に向けて握られている。

アンドレアは溜息をひとつついて、ナジブのために場所をあけた。

「ハキム、こんなことしたくないけど、仕方ないわね。でも、必要なら何度でもやるわよ。何度でも」

ムサウィはそれを聞いて、もがきはじめた。

「じっとしてろ！」バネルジーがムサウィの腕を押さえつけた。針が入っていく。

アンドレアはロレックスに目をやった。与えられた時間は六分間だ。効果があらわれるまで一分、筋肉が弛緩《しかん》するのに二分、呼吸困難におちいるまで二分、そこから回復するのに一分。

タイミングが勝負だ。

腕時計はロレックスの〈オイスター・パーペチュアル・デイト・ジャスト・レディス〉、十八金だった。支局長に昇進したときに、自分へのご褒美として買ったものだ。秒針が文字盤の四分の一を移動し、つぎの四分の一、そのつぎの四分の一へと移動する様子を、アンドレアは頼もしげにながめた。腕時計から顔をあげると、ハキムの顎が緩むのがわかった。頬の痙攣はなくなり、目に浮かぶ戸惑いの表情が、警戒へと変わっていく。

アンドレアは、敬意と遺憾の意をこめて、ハキムの名を呼んだ。

「ハキム、ハキム……考えられないわ、あなたがこんなに持ちこたえてるなんて。とても勇敢なのね。でもね、永遠に持ちこたえられる人なんていないのよ。だれも」

ハキムの頭がだらりと横になった。

「あたしはあなたと取引したいの、ハキム」三分経過。「でも、できるかどうか。だって、あたしだけじゃなにもしてやれないもの……あなたがあたしの力になってくれないかぎり」

アネクチンはいまハキムの血管に猛々しく流れ、神経伝達物質の鎖を崩して、神経系を破壊している。アンドレアは手を伸ばし、ハキムの顔を自分のほうへ向けて、ハキムの目が自分の目を見るようにした。

奇妙だ。ハキムは世界に関心があるような顔をしていない。それどころか、眠りながら死んだ男みたいな、虚ろな顔をしている。

アンドレアはハキムの目をしげしげとながめた。土色でどんよりとして、充血している。自分の目とは正反対だ。

ハキムがなにを考えているか、いまどんな状態かを推測するのに、読心術者は必要なかった。麻痺、呼吸困難、パニック。ハキムは内側から死につつあるのだ。

「あなたが過去にアメリカへの敵対行為をしたのはわかってるわ。だからFBIは、当然あなたから話を聞きたがるでしょう。でも問題はそんなことじゃないの」アンドレアは安定した低音で、辛抱強くゆっくりと話した。ハキムが熱心に聞いて、この瞬間を終わらせたいと必死に願うように。「それじゃあなたはここを出られない。あなたをここから出してやれるのはあたしなの。ほかのなにものでもない。ほかのだれでもない。それにあたしは情報機関の捜査官よ。警官じゃないわ。だから昨日のニュースには興味ないの。あたしが知りたいのは——明日なにが起こるか、明日だれがあらわれるのか」五分十五秒経過。「もしそのことであたしに協力してくれるなら、三十分後には二人でここを出られるわ。もし協力できなければ——そうね、その場合には、この状態が永遠に続くことになる」

アンドレアはテーブルから一歩離れて、待った。辛抱強く、期待しながら。

けれどもなにもない。身じろぎひとつない。

殺してしまったのだろうか。

そのとき、ハキムの胸に激しい震えが走った。アンドレアは自分が息を凝らして、ハキムが呼吸するのを待っているのがわかった。

腕時計を見る。尋問のタイミングは完璧で、ちょうど終わったときに、ハキムの胸の筋肉が動きはじめたのだ。

突然、ハキムの身体がテーブルで跳ねた。喉から呻き声が洩れてきて、ハキムは息を切らしながら、途切れ途切れに言葉を吐き出しはじめた。「あ、ある装置を作ろうとしてる、アメリカ人が、いる！　そいつが、いうには……」

「なに？」

「そいつがいうには、それで止めるんだと」

「止めるって、なにを？」

「モーター」

「なんのモーター？」

「世界の、モーターだ」

12

二〇〇五年二月二十八日　イスタンブール

ドックストライキは七日間続いた。華やかな町イスタンブールがそこにあって、手で触れられそうなほど近くにあることを思えば、つらい七日間だ。グリルした魚やラム肉の匂いが、カラコイの船着き場から漂ってくる。カラコイには、通勤客相手に商売をする屋台が集まっているのだ。カーリドは、あの岸まで泳いで渡ろうぜ、と冗談をいった。その気になれば泳げただろう。だが現実には無理だった。トルコへの通過ビザがないため、〈マルマラクイーン〉号からは一歩も出られないのである。

だからウィルソンは仕事をした。毎日毎日、自分の部屋の机に向かい、スロベニアのブレッド湖でユーリ・チェプラクのノートを研究しながら書き留めたメモを参考にしつつ、刑務所で考え出した方程式に変数を当てはめた。

まだ解決できていなかった唯一の問題は、静磁場で定常重力波が電磁波と相互作用するときに起こる光量子束だった。〝ツングースカ大爆発〟のあと、テスラはこの問題に取り憑かれたように没頭した。そしてチェプラクのノートには、テスラ自身の文字で、その難問を発見に変えた瞬間の覚え書きが欄外にあった。テスラはその難問を解いたのだ！　おかげでいまやウィルソンは、標的の調波を計算に入れさえすれば、驚くべき精度でビームの照準をあわせることができる自信があった。

だがその前に、照準メカニズムを屋外でテストできるように、その兵器を小型化しなければならない。これは、比較的〝脆くて〟簡単に接近できる標的を狙うためだ。たとえば、ホワイトハウスではなくフーバー・ダム。北米防空総司令部（ＮＯＲＡＤ）が拠点とするシャイアン・マウンテン・オペレーションズ・センターではなく、ゴールデン・ゲート・ブリッジ。ペンタゴンではなく……カルペパー。

ウィルソンはにやりとして、自分がもたらそうとしている被害に思いを馳《は》せた。それは大規模でありながら、巧妙で、どこからともなく襲ってくる――まるで快晴の日の雷のように。

あいかわらず方程式に没頭していたとき、ドックから叫び声が聞こえてきた。数分後、ドアをノックする音で、予想は確信に変わった。

「ハッサンです、ドックストライキが終わったことを伝えに来ました！」四時間後、彼らは出発した。

船が黒海のうねりと波を突っ切って、オデッサが見えてきたとき、ウィルソンは眠っていた。目が覚めたのは、エンジン音が遅くなってからだ。エンジンの回転が遅くなったとき、心臓の鼓動が船底の振動と同調したため、あたかも心臓発作に襲われたかのようになって、はっと目覚めたのだ。

すぐに服を着てデッキにあがると、足もとが雨で滑った。オデッサの町が、霧雨のカーテンの向こうにかろうじて見える。海と空は境目がなくなって混ざりあい、一面灰色となって、まるで海のホワイトアウトだ。がっかりだった。なぜならオデッサの町には大いに興味を抱いていたからだ。食事で何度か同席したことがある船長によれば、かつてオデッサは旧ソ連最大の港だった。「そのわけは――」船長はいった。「海が一年じゅう暖かいからだ。ほかの港は、氷に閉ざされてるからな」

エンジンの音がしないと、船は静止しているようにも見えた。だがそれは幻想にすぎない。発泡スチロールのカップや煙草の吸い殻を落とすと、航跡のなかに吸いこまれていく。

ウィルソンは足を揃えなおした。

ヤフーアカウントの下書きホルダーに、ボボホンからのメッセージが入っていた。オデッサにいる彼らの友人が、イスタンブールのドックストライキに気づいて、それにあわせてスケジュールを調整してくれることになったという、安心させる内容だ。心配するな、万事順調だ。ボボホンはそう書いていた。

ウィルソンも自分にそういい聞かせたが、不安を振り払うことができずにいた。ハキムがバールベックでくれた赤いカプセルは、シャツの襟の裏側にテープで留めてあった。それを指先で触ってみる。身体の細胞ひとつひとつに酸素が行かないようにして、化学的に窒息状態にしてしまう毒薬だ。手っ取り早い暴力的な死に方だが、ウィルソンの流儀じゃない。

無造作にそのカプセルを襟の裏から剝がして、ウィルソンは手すりの外に放った。

いまではオデッサの町がくっきりと見える。町の真ん中に、ドックはあった。港湾局本部の入ったコンクリート造りの建物はばかでかくて醜悪で、その横にある〈ポチョムキンの階段〉がかすんでしまうほどだ。

その有名な階段についてはガイドブックで読んでいたので、見るのを楽しみにしていた。山の斜面に沿うようにして黒海へと降りる百九十二段の幅広の階段は、建築としてすばらしく、通常の遠近法を一段と強調するように造られている。下から見あげると想像を絶するほど急峻《きゅうしゅん》に見えるといわれるが、これは下のほうの階段が横幅二十メートルもあるのに、それが次第に狭くなっていって、上のほうは十二メートルしかないためだ。

〈ポチョムキンの階段〉は、エイゼンシュタインの映画『戦艦ポチョムキン』の一場面で有名になった。映画のなかで帝政ロシア軍は、オデッサの市民に対して発砲する。倒れる一人の母親。赤ん坊を乗せた乳母車が階段を滑り落ち、死体に乗りあげるたびに跳ねあがって、その無垢《むく》な赤ん坊を破滅へと導いていく。あたりはいたるところ血の海だ。

――いい映画だ。

この目で本物の破滅を見るのが楽しみだ。


通過ビザが手配され、パスポートにはすでに数枚の紙が貼りつけてあった。ウィルソンとボディガード二人が船内通路の最下部に降りると、セルゲイと名乗る顔色の悪い瘦《や》せぎすの男が迎えに来ていた。

「ミスター・ベロブが、みなさんに謝っておいてほしいといってました。残念ながら、明日までここに来られないのです。じつは彼の娘が、その――」セルゲイは顔をしかめて、ピアノを弾くように指を動かした。

「リサイタルをするのか」ウィルソンはいった。

「それです！」セルゲイはうれしそうに声をあげると、「お持ちしましょう」といって、ウィルソンのスーツケースをつかんだ。「こっちです」十分後、ウィルソンたちは税関とサブマシンガンのあいだを抜けていた。カーリドが「高速車線だな」といい、ゼロがくすくす笑った。

三十分後、ウィルソンたちはファーストクラスの〈ホテル・コンスタンチン〉にチェックインしていた。

ゼロとカーリドは、そういうホテルで一泊するというだけで舞いあがった。チェックインしたあと、部屋に〈プレイステーション2〉とゲームソフトの『グランド・セフト・オート』があるのを知ったときはなおさらだった。

ウィルソンもうれしかった。イリナと同じ町で一日過ごすからだ。彼女のことをあれこれ想像する一方で、ウィルソンは現実的だった。あのウェブサイトの女たちの写真は、見栄えのするように修整されている。いざ会ってみるとけっこうちがうだろう。文化のちがいかもしれないが、ウィルソンの目には、分厚い化粧をして胸の谷間を強調する売春婦のように見える女もいた。それとは対照的に、イリナは慎ましやかな感じで、古いホームコメディに出てくる主婦のようだった。紅茶を淹《い》れてくれたり、花を育てていたりしそうな女だった。

イリナに電話をかけて話をしたりするつもりはなかったが、ひと目見たくてたまらなかった。

午後三時、ウィルソンは、デリバソフスカヤ通りにある〈カフェ・マヤコフスキー〉で、小さなテーブルの前に座っていた。広い店内は忙しそうで、おそらくウェイトレスが十数人はいるだろう。ウィルソンの担当は、がっしりした体型とピンク色の頬をしたブルネットだ。ウィルソンは紅茶を注文し、待っているあいだ、ウェイトレスたちがトレイを高く掲げて出入りする厨房《ちゅうぼう》の自在扉のほうをじっと見つめた。どのウェイトレスも、レースの襞《ひだ》飾りを髪につけ、白いエプロンのついた緑のチェックの制服を着ている。年輩の女も太った女も優雅に効率よく動いて、混雑したテーブルのあいだを滑るように移動し、直感的なレーダーを働かせてたがいを避け、膝を曲げて温かい飲み物や凝ったケーキを客に出す。どこにいても脳みそが秩序とパターンを探そうとするウィルソンにとって、ウェイトレスたちの姿はリズムとバランスが振りつけされているかのようで、見ていて楽しかった。

そのとき、彼女の姿が見えた。

重たそうなトレイを高く掲げ、ダンサーのように凛《りん》として歩きながら、自在扉から出てきたイリナ。その姿を見ただけで、ウィルソンは純粋な喜びが身体を走るのを感じたが、おそらくそれは、認識時の低ボルト数の電気ショックにすぎない。重要な方程式を見つけたり、建造物に最後のボルトを固定したりする満足感と、それほど変わらないものだ。

想像していたより小柄だが、その身体は豊かな曲線美に包まれている。それを見て、ウィルソンは喜んだ。ウェストからヒップにかけてのサイズと多産が関係あることは、科学的に証明されているし、男が豊満な女に惹かれる理由も生物学的に説明されている。写真のなかの笑顔とちがって、仕事に集中しているその顔は真剣そのもので、彼女はその顔のまま、混雑した店内を窓辺のテーブルまで優雅に進んでいった。

ウィルソンは二杯めの紅茶を飲みながら、イリナが厨房を出入りする様子をながめていた。

いまイリナは、肩の高さにトレイを掲げてテーブルの上を片づけながら、精算したがっている客や新しく来た客がいないかと、周囲に目を走らせて――ウィルソンと目があった。

もちろん、彼女が気づいた様子はない。ウィルソンは写真を送っていないからだ。けれどもウィルソンは、とたんに自分のなかに情炎が燃えあがるのを感じて、不意を突かれた。じっと見つめていると、イリナのほうから目をそらした。狼狽《ろうばい》している様子で、テーブルの脚につまずいている。トレイから銀食器がいくつか床に滑り落ちて、イリナはそれを拾うためにひざまずいた。

ウィルソンは、手を貸してやりたい誘惑に駆られた。

けれどもそうはせず、担当のウェイトレスに合図をして、料金を払い、チップをはずんでやった。イリナはトレイを持って厨房に入る直前、もう一度ウィルソンのほうを振り返った。今度は微笑んでいる。ウィルソンも微笑み返した。二人のあいだには、電気のような興奮が走っていた。

ウィルソンはふと思った。レストランの外で待っていようか。イリナを自宅まで追いかけていくのだ。なんとか口実をつけて。

――いや、だめだ、まだそのときじゃない。いまはまだだ……。

13

二〇〇五年三月一日　ベルリン

ボボホン・シモニは縁石に立って、ヨルク通りを左右に見渡しながら、タクシーを探していた。背後の壁にはコミック本の一ページのような落書きがあって、ニューヨークが燃えている絵を背景に、ジョージ・ブッシュが街灯で首吊りになっている姿が描かれている。

通りの向かいにある銀行の上には、時刻と気温を表示した看板があった。四時半。〇度。すでに日は落ちていて、凍える寒さだ。少なくとも公式にはそういう表現だ。だが現実は、いま雨が降っていたかと思うと、つぎの瞬間には雪になっている。そのつぎには、雨とも雪ともつかないシャーベット状のものが舞っているだろう。そのどれだろうと、風の吹くほうを見ると、目に入って痛かった。氷に顔を押しつけて激しく瞬きするようなものだ。

といっても、自分を責めるしかない。その本を持ってくるのを忘れたのはボボホンであり、彼はいまその代償を払わされているのだ。その本が、すぐ目の前に見えるようだ。肉屋の茶色い紙できれいに包まれ、テープで留められ、紐で縛られて、キッチンのテーブルの上にある長方形の本。送り先のボストンの店の住所も書いてあり、あとは切手数枚と税関の書類さえあれば送ることができる。ただ残念なことに、いまはボボホンが忘れてしまったため、アパートに取りに戻らなければならないのだ。

アパートを出てきたのは四十五分前で、頭のなかには用事のリストがあった。〈ウスクダル〉、郵便局、トイレットペーパー、お祈り。〈ウスクダル〉という店でコーヒーを一杯飲むつもりだったのだ。モスクからそう遠くないところの横道にある小さなカフェだ。カフェのほかの客と同じように、飲むコーヒーはトルココーヒーで、あまりうまくない。だが店主はイスラム教徒のボスニア人で、ボボホンのようにサッカーが好きだ。だから隅の壁の高いところに設置されたテレビではいつも試合中継をやっていて、労働者たちはそれに見入っている。

カフェ自体はアパートから一・六キロもないが、歩いてアパートに引き返すとなると、戻ってくるあいだに郵便局は閉まってしまう。だがタクシーもなかなかつかまらないし、雨降りの日はなおさらだ。〝SO36〟では、タクシーはそれほど走っていない。SO36というのは、ボボホンが住んでいるさびれた界隈《かいわい》の呼び名で、トルコ人とクルド人を中心に二十万人近い〝外来労働者〟が生活している。呼び名の由来は、クロイツベルク地区の東半分をあらわす古い郵便番号で、ここにある〈チェックポイントチャーリー〉は、いまでは観光名所になった。

カフェに戻るのも悪くない。あの本は明日の朝郵便で送っても、だれも気に留めないだろう。そう腹を決めて戻ろうとしたそのとき、どこからともなく一台のタクシーが、縁石に近づいてきた。左右に動くワイパーがぐりぐりと音を立てている。運転手は助手席側に身を乗り出して、ボボホンを見あげた。

「行き先は《ヴー・ツー》?」

ユルゲンは単独で仕事をするのが好きで、たいていは一人でこなした。だが今日はちがう。今日は相棒が必要だ。

ユルゲンは相棒と一緒に、二十分前からボボホン・シモニのアパートを見張っていた。半ブロックの距離をおいて、黒いBMWの座席に座っている。デフロスターが壊れていて、フロントガラスが蒸気で曇りがちだ。きれいにしておくために、タブロイド新聞《ビルド》の一面で曇りを拭き続けている。一面の見出しは「ターボ・オーガズム」とあり、その最中らしきブルネットの写真が載っていた。

少しバツが悪いし、それに間も悪い。ユルゲンは、隣のシートに座っているクララに好かれたいと思っていたからだ。クララは護憲局（BfV）の新人捜査官だ。いったいどう思うだろう? 最初はデフロスター、つぎはこのターボ人間だ! もちろん彼女は気づかないふりをしているが……やれやれだ《マインゴット》！

結局二人は窓を降ろし、コートの前をかきあわせて、寒さに凍えるほうを選んだ。

今日の仕事で厄介なのは、二人とも標的の人相を知らないことだ。知っているのはボボホン・シモニという名前、住所、電話番号だけ。年齢は二十歳かもしれないし、四十かもしれないし、六十かもしれない。背は高いかもしれないし、低いかもしれない。太っているかもしれないし、痩せているかもしれない。立派な身なりをして、顎ひげを生やしているかもしれない。絞り染めの服を着て、ひげはきれいに剃ってあるかもしれない。だがボスニア人だ。あるいは――ボスニア人のパスポートで旅行している男。

この件が単独では遂行できないのは、アパートが空っぽであることを確かめる方法がないからだ。人はわざと電話に出ないことがある。暗闇にじっと座っているか、カウチでうたた寝していることもある。だからユルゲンは、〝ものみの塔作戦〟で行くつもりでいた。部屋の前まで行って、三回ノックする。だれかがドアを開ければ、パンフレットと雑誌〝ものみの塔〟を渡すのだ。それからユルゲンは、エホバの証人と終末についてべらべらとしゃべりまくる。たいていドアは目の前で閉じられ、そこでおしまいとなる。だがいつもそうとはかぎらない。ユルゲンがビール何杯かで陽気になったときには、〈赤い旅団〉のメンバーをキリスト教に改心させた話を披露してくれるだろう。

腕時計を見る。四時五分。じきに真っ暗になる。アパートに三度めの電話をかけてみた。

またしても出ない。ユルゲンはクララに顔を向けた。

「行こうか？」

クララは渋い顔をした。

「行こう」ユルゲンは励ますようにそういい、二人は車を降りた。

クララは美人で、たぶんユルゲンより十歳は若い。ユルゲンはクララによく思われたかったし、ＢｆＶのこともよく思ってもらいたかった。ＢｆＶはエリート情報局で、その主な任務は、右派や左派、宗教過激派を追跡することだ。クララの前の職場であるＢＫＡは犯罪を取り締まるやぼったい連邦警察だが、ＢｆＶはちがう。ジェームズ・ボンドみたいな精鋭揃いの洗練された組織なのだ。

頭を下げて雨を避けながら、シモニのアパートに向かって通りを渡るとき、ユルゲンは思った。使い古したブリーフケースにウールのオーバーコート姿のユルゲンたちを、ほとんどの人はソーシャルワーカーだと思うだろう。それでいい。これ以上ありふれた格好はないからだ。クロイツベルク地区のソーシャルワーカーといえば、ルール工業地帯の鉄鋼労働者のようなものだった。

部屋に侵入したら、クララは盗聴器をしかけ、ユルゲンはコンピューターを探す。もしコンピューターを見つけたら、ハードディスクのデータを、ブリーフケースにあるノートパソコンのハードディスクに丸ごとコピーする。実際には十分もかからないだろう。だがもちろん、気分的にはそれが何時間にも感じられる。いつもそうなのだ。

唯一の問題は、シモニだ。彼がいまどこにいるのか、いつ戻ってくるのか、二人は知らない。二日前、ＢｆＶにマレーシアから問い合わせが来た。ＣＩＡのクアラルンプール支局長からだった。マレーシアの国家治安法によって拘束されている一人の外国人から、アメリカの施設および人員に対する攻撃が差し迫っているという供述が得られたのだ。シモニは連絡係としてなんらかの関わりを持っているという。

ＢｆＶはただちに捜査を開始。二十四時間以内で、シモニがボスニアのパスポートを使ってドイツに入国したことを確認できた。シモニは約半年前にベイルートからベルリンにやってきて、オラニエン通り五十四番地のアパートに部屋を借りた。それからまもなく、〈ドレスナー銀行〉の支店で通帳式の預金口座を開いた。シモニの毎月の残高は平均九百三十六ユーロ。仕事を持っているようには見えないのに、公共の援助も受けていない。メヴラーナのモスク前にいる情報屋たちもだれ一人、シモニという名の男を知らなかった。聞き込みは続けられている。

その部屋は、エレベーターのない三階にあることがわかった。ユルゲンはドアの前に着いたときに息を切らしていたため、呼吸を整えるのに少し時間がかかった。準備ができたところで、ユルゲンは持ってきたブリーフケースを開き、数冊のパンフレットを取り出した。クララに二冊渡してから、ヤニだらけの歯が許すかぎりの明るい笑顔を浮かべ、元気よくドアをノックした。

ユルゲンたちの知っている範囲では、シモニは一人住まいだが、たしかなことはわからない。ゆうべ来ていたら、女と一緒だったかもしれない。犬を飼っている可能性だってある。あるいは……もぬけの殻かも。

部屋のなかは石のように静かだ。ユルゲンはクララに横にどいているようにと合図し、彼女がそうすると、道具を取り出して、慣れた手つきでピッキングをはじめた。数秒後、二人は部屋のなかに入っていた。

「すぐ戻るからな！」ボボホンはタクシーの運転手にいいおいた。「小包を取ってきたら、郵便局に行くぞ！」

運転手は黙って肩をすくめた。ボボホンはタクシーを降りると、オラニエン通り五十四番地の階段を駆けあがっていった。

階段にはキャベツの匂いが漂い、それを支えるように、アラブの音楽が地下の管理人室から流れてくる。ボボホンはその匂いが嫌いじゃない。むしろ、故郷を思い出させてくれる匂いだ。

三階分の階段を一段飛ばしで一気に駆けあがったところで、立ちどまって呼吸を整えた。身体はけっこう引き締まっている。出所したてのころほどじゃないが、それほどなまってはいない。冬でもベルリンの町をあちこち歩きまわるし、夜は週に四日、キックボクシングジムで身体を鍛えているからだ。だから、あっという間に自分の部屋の前に着いていた。

コートのポケットに手を突っこんで鍵を取り出し、鍵穴に差しこんでまわす。だが驚いたことに、鍵が開かない。そこで今度は鍵を反対側にまわすと、カチャッと鳴った。ボボホンは顔をしかめてその場に立ち尽くし、一瞬うろたえた。鍵をかけずに出かけたのか？　すると答えが浮かんできた。そんなことはありえない。するはずがない。そこでボボホンは、持っていた小型銃〈マカロフ〉を取り出して、なかに入った。

若い女が恐怖で顔を引きつらせ、キッチンのテーブルの前で呆然《ぼうぜん》と立ち尽くしている。二十六くらいの美人で、短い茶色の髪に網ストッキングという格好だ。女の前のテーブルの上には電話機があった。分解されていて、受話器の横に受話口と送話口がある。小包は電話の横にあった。考えている暇はない。銃をかまえ、ほとんど反射的に女の顔を撃った。女の頬に穴が開いた。もう一度撃つと、女は首から肉の塊を吹き飛ばしながら、倒れた。倒れる前に身体が回転したせいで、あたりの壁や床、流しの横、いたるところに、一気に血飛沫《ちしぶき》が飛び散った。女は床のリノリウムに爪を立てて必死に逃げようとするが、血の海の只中《ただなか》から逃れられない。ボボホンは本心から女を哀れに思った。だがもう一度撃った。今度は後頭部に。ようやく女は静かになった。そのときには心臓がジャックハンマーのように激しく鼓動し、耳のなかでも鳴り響いて、左から聞こえる喘《あえ》ぎ声がろくに耳に入らなかった。気がついて振り向くと、そこには〈グロック〉をかまえた男がいた。男の足もとにはキリスト教のパンフレットらしきものが落ちている。反応する時間などない。男が引き金を引くのを感じることができるほどだった。一秒もなかっただろう。だがその瞬間は永遠に続いたし、その瞬間のなかで、ボボホンは以前そのパンフレットを見た場所を思い出した。アレンウッドの刑務所だ。そのとき、エホバの証人はもう一度引き金を引いた。ボボホンは顔の横が吹き飛ぶのを感じた。銃弾が身体を回転させ、よろけさせる。一瞬、激痛が襲ってきた。それから脚が萎《な》え、身体が床に崩れ落ちた。エホバの証人はなおも撃ち続け、ボボホンの身体につぎつぎと風穴を開けていったが、そのころにはボボホンは、自分の身体が機能しなくなっていくのを感じていた。銃声はどんどん遠くなり、目の裏にはカーテンのように赤い霧が降りてくる。

——ああ、くそ。おれは死ぬのか……。

14

二〇〇五年三月三日　ウクライナ　オデッサ

ホテルのロビーに座って紅茶を飲みながら、ウィルソンはベロブを待っていた。午後のなかごろで、ロビーには冬の長い日射しがいっぱいに射しこんでいる。ゼロとカーリドは、玄関近くのテーブルでバックギャモンをやりながら、ときおり顔をあげては、ウィルソンにはわからない言語でフロント係といい争っている正統派ユダヤ教徒のツアー団体を、いらついた顔つきでにらんでいた。近くでは、ビジネスマン二人が白い革のカウチに座って、新聞を読んでいる。

マキシム・パベロビッチ・ベロブが肩の雪を払いながら到着したのは、午後三時だった。その姿を見て、ウィルソンは思った。百万ドルが服を着て歩いているようだ。百万ドルといえば、ベロブの純資産の約十パーセントだ（昨夜グーグルで調べたのだ）。元ＫＧＢ少佐であるベロブは、世界最高級の毛織物ビクーニャ製の黒のコート、ロンドンはサビル通《ロゥ》りのスーツ、ソ連軍のデザインしたクロテンの毛皮の帽子という格好だった。帽子の毛先には雪片が光っている。国連調査団の報告によれば、年は四十三で、モスクワの社会関係研究院から経済学の学位を与えられている。ベロブはまた、南アフリカのグラジオラスをドバイに空輸して買値の十倍で売ったことから商才をあらわし、いまや世界最大の小火器ディーラーの一人になっていた。

まっすぐウィルソンのほうに歩いてきたベロブは、手袋をはずし、さも愉快そうに踵《かかと》を鳴らして、片手を差し出した。

「ようこそ邪悪な帝国へ！」砂利をかきまぜるようなざらついた声だ。「あるいはその残骸といったほうがいいかな。ゆうべは楽しんだか？」

ウィルソンは立ちあがって、ロシア人の手を握った。ベロブの首からぶらさがった奇抜なピンク色のイヤホンから、唸るような低い音が洩れてくる。〈ホワイト・ストライプス〉の曲だ。

「船まで来ないと聞いたときは驚いたよ」ウィルソンはいった。

ベロブは笑い出した。

「おれは船には行かないことにしてるんだ。そっちは麻薬を密輸してるかもしれないしな。それともバイアグラか？」そしてまた笑った。「挨拶《あいさつ》はこれくらいにして、そろそろ行こうか」

ウィルソンはうなずいた。それからゼロとカーリドに顎をやって合図を送り、ベロブのあとについて通りに出た。雪のなかには、窓ガラスを湯気で曇らせながらアイドリングしているキャデラックのSUV、エスカレードが二台あった。二台とも、助手席側のフェンダー部分にあるプラスチックの台から、小さな旗がはためいている。黒い地に、保安官バッジのような銀色の六角星が刺繍《ししゅう》されたものだ。

奇妙な旗だが、そういえば、このロシア人がボディガードを引き連れていないのも奇妙だ。そのとき、自分の思いちがいに気づかされた。二台めのエスカレードの後部座席に乗りこんだとき、ロビーで白いカウチに座っていたビジネスマン二人が、前のエスカレードに乗りこむのが見えたのだ。ベロブはホテルにあらわれる一時間以上も前から、二人にウィルソンを監視させていたらしい。

二台の車のドアが、みぞれを避けるためにひとつずつ閉まる。ベロブは前のシートの背もたれの上を手のひらで二度、ポンポンと叩いた。すると車は、縁石を離れて発進した。

「オデッサははじめてか」

ウィルソンはうなずいた。車は防音仕様か、防弾仕様か、あるいはその両方だろう。はっきりとはわからないが、いずれにしろ、安全な繭に包まれたような感じだ。

「〝ポチョムキンの階段〟は見たか」

「ああ」

ベロブはシートに背中をあずけた。

「はじめてあの階段を見たときは泣いたよ。赤ん坊みたいにおいおい泣いたわけじゃないが、顔は涙でぐしゃぐしゃだった。きみらが自由の女神を見るときも、同じ気持ちになるのか？」

「いや、ならない」

ベロブは声をあげて笑った。

エスカレードはスピードをあげ、やがて都会の景色が、雪とゴミの毛布の下で大地が休んでいる田舎の景色に変わっていった。海からどんどん離れ、補修工事の必要な道路をひた走り、内陸に移動していく。

「で、どうやってやるんだ」ウィルソンは訊いた。

ベロブは肩をすくめた。

「そう焦るなって。まず最初に向かうのが、どこでもないところ《ノーウェア》だ」

ウィルソンはさっとベロブを見た。

「ジョークでもなんでもない。おれたちが向かってる場所は……公式には存在しないんだ」

ベロブはウィルソンを横目で一瞥した。「トランスドニエストルを知ってるか」

ウィルソンは首を振った。

「まあ、百聞は一見にしかずだ」ベロブはいった。「ここから十五キロか二十キロだが、まるで月に来たみたいな気分になる」

「どうしてそうなんだ」

ベロブは一瞬考えて、こういった。

「ペレストロイカさ！　覚えてるか？　たしか〝再構築〟という意味だと思ったが」

ウィルソンはうなずいた。

「最初は軍の大幅削減だ」ベロブは説明した。「それから壁が崩壊して、じきになにもかもが崩壊した。邪悪な帝国は消えてなくなった。そこまでわかるな？」

ウィルソンはもう一度うなずいた。

「よし。そういうわけで、兵士たちは帰国した。キューバ、ドイツ、あちこちに。さよう《アスタ・ラ・》なら《ビスタ》さ！　ところがいまじゃ、大量の武器兵器が余ってる。戦車に装甲兵員輸送車、大砲、ヘリコプター、ロケット、迫撃砲にミサイル、高射砲。そういう余剰品をどこかに置いておく必要があるだろ？　その場所がどこだと思う？」ベロブは顎をくいっとあげて、フロントガラスのほうを示した。「トランスドニエストルさ」

最初の検問所に近づくころには、ベロブはトランスドニエストルがモルドバの一部であり、モルドバは第一次大戦後の一時期、ルーマニアの一部だったことを説明していた。その後ソ連に併合されていたモルドバは、ソ連が崩壊したときに独立を宣言した。ところがロシアの軍隊は、ドニエストル川の東のモルドバの領土にそのまま居残った。地元民はそれでもよかった。モスクワと同盟を結ぶ独立国家になるのも悪くない、と考えたのだ。そこでトランスドニエストルは、外交官たちが〝地上のひとつの事実〟にすぎないと軽視するものになった。

唯一の問題（この国の極度の貧困をのぞいて）は、ほとんどだれもその〝事実〟を知らないことだ。これはつまり、国民が実質的には国家を持っていないことを意味する。世界のほかの国からすれば、トランスドニエストルは存在しない国なのだ。

「トランスドニエストルは、所有者のないノーマンズランドなのさ」ベロブは続けた。「大問題だ。国がなければ、貿易もない。金もない。だからみんな貧しい。よくないことだ。世界のふつうに貧困な国では、貧困は問題じゃない。アルゼンチンやアフリカを見ろ！　人は列をなして資金を援助する。ＩＭＦ、世界銀行、〈ソロス〉、〈モルガン・スタンレー〉！　だがここは？　ない！　国がなければ援助もないんだ！　できるのは国を出ることだけだ。ところがそれが出られない。国を出るにはパスポートがいるだろ。だがトランスドニエストルのパスポートは、まるで漫画みたいなしろものだ」

「それじゃ国民はどうするんだ」

「ほかの国でパスポートを手に入れるのさ。ロシアか、ウクライナでな。三番めの選択肢はインターネットだ。ティラスポリに〈マルタの騎士団〉が何人住んでるか、知ったらたまげるぞ」

「ティラスポリって？」ウィルソンは訊いた。

ベロブは聞き流しかけて、知らないのかといいたげな顔をした。

「ノーウェアの首都さ。ここから三十キロほどのところだ。だがその前に空港へ行く。きみが買うものを見せてやろう！　その目で確かめるんだ！」

ウィルソンは肩をすくめた。

「あんたが全部そこに揃ってるというんなら、こっちはそれでかまわない」

ベロブはウィルソンの膝を叩いて、高笑いした。

「いやあ、こんな取引はしたことがない！　はじめてだ！　ひとつ聞かせてくれ、どうなると思う？　きみがコンゴに到着する。依頼人たちが木箱を開ける。すると——中身はなんとグレープフルーツ！　そうなったらどうなる？」

「そうなったら——ちょっと困ったことになるな」

「だよなあ！」

「でも、そんなことは起こらない。なぜなら、そうなればあんたが困るからだ」

ベロブは不意を突かれた顔をして、楽しげに訊いてきた。

「きみがそうするのか？」

「いいや、そのころには私は殺されているだろう」

「そのとおり！　きみは狙われる」ベロブは額を人差し指ですばやくトントン叩いた。「ここをな」

「わかってるよ」

「それで……おれが困るというのは？　べつに問題はなさそうだが」

「原理的《ベーシック》な問題がある」ウィルソンは唯一知っているアラビア語にかけて駄洒落《だじゃれ》をいった。

ベロブは困惑した顔をしたが、つぎの瞬間にはくっくっと笑っていた。

「うまいジョークだ。原理的、か。アルカイダのことだな」

「ハキムとその仲間たちのことさ」

「いえてる」ベロブはうなずいて、唇を結んだ。それからすぐにこういった。「とにかくだ、おれたちは空港へ行く。きみは銃に詳しくないかもしれないが、グレープフルーツと手榴弾の区別くらいはつくだろ？」

ウィルソンは笑って答えた。

「ああ、グレープフルーツはなかがピンク色だ」

「よし。木箱のなかを確かめたら、あとでハキムに報告して、こういうんだ。〝ピンク色はない〟」

ティラスポリ空港は、予想とはまったくちがっていた。カリブの島々にあるような、軽量ブロック造りのターミナルの前にアスファルトの細長い滑走路が一本あるだけの小さな飛行場だとばかり思っていた。だがウィルソンの目の前にあらわれたのは、兵舎や格納庫、最大規模の貨物輸送機を飛ばすことのできる滑走路を備えた、軍の基地だった。

基地の周囲を一メートル幅で二重に金網フェンスが囲んでいて、どちらのフェンスも上にレーザーワイヤーがついている。エスカレードは衛兵所の前で停車し、エンジンが停まった。兵士が一人、車の横にあらわれ、窓を降ろせと運転手に命じた。運転手がそのとおりにすると、別の兵士がアルミの棒の先につけた鏡で、エスカレードの車体下部を調べた。

ベロブとその兵士とでロシア語のやりとりが少しあったあと、その兵士は敬礼をし、手を振って車を通してくれた。車は道路から離れ、フェンスに沿って八百メートルほど土の道を走り、飛行場の奥の格納庫の前で停まった。ベロブはウィルソンに、ついてこいと手ぶりで合図したが、ゼロとカーリドがついていこうとしたとき、片手をあげて制した。

「きみだけだ」ベロブは凍える空気のなかで、白い煙のような息を吐いた。

ウィルソンはためらってから、ボディガードたちに待つようにと身ぶりで合図した。二人はがっかりした顔をした。そして心底寒そうだった。二人が着ているのは、ゼロが船で手に入れたセーターをのぞけば、バールベックのときとまったく同じTシャツ、ジーンズ、安物ジャケットだからだ。

――最悪の気分だろうな。

ウィルソンはそう思って、歩き続けた。冷たい風が吹きつけてきて、思わず目に涙がこみあげてくる。

格納庫のなかをほぼ占めているのは、全長全幅ともに三十メートル以上ある中程度の輸送機だった。塗装はブルーグレー。この色なら地上からは見つかりにくいだろう。

「老いてなお現役ってやつさ!」ベロブはそう叫び、「おれみたいだろ!」といって笑い出した。「〈アントノフ72〉。十年前に〈アエロフロート〉から手に入れたんだ。じつにいい飛行機だ」

「どれくらい積める?」ウィルソンは訊いた。

「十トン」

「ノンストップで?」

ベロブは噴き出して、こういった。

「まさか。とうてい無理だ。予備のタンクを積んでいってもな」

「それじゃ、途中で燃料を補給しなくちゃいけないわけか」

ベロブはうなずいた。

「どこで?」

「シャルジャ」ベロブはにやりとした。

ウィルソンは考えてから、訊き返した。

「それじゃ遠まわりにならないか」

「シャルジャを知ってるのか？」ベロブは意外そうな顔をした。

「ああ、どこにあるかくらいは」

ハキムと食事をしたときにその国の名前が出てきたので、〈マルマラクイーン〉号に乗っているときに、ラウンジの地図で探したのだ。アラブ首長国連邦を構成する七つの首長国のひとつで、ペルシャ湾を挟んでイランの真向かいにある砂浜だ。いまウィルソンたちが立っている格納庫から、約三千二百キロ南東にある。

一方、コンゴは南西方向だ。ウィルソンたちが向かう国はそっちなのだ。

ベロブはにやりとした。

「シャルジャにいるのはせいぜい二時間か三時間だ。心配するな」

ベロブは首をくいっと動かして、ついてこいと合図すると、飛行機の後部に向かった。後部胴体には、貨物用スロープが渡されていた。近くには古びたフォークリフト二台があって、その周囲に、封印ずみのコンテナやまだ開いているコンテナが十二台並んでいる。ベロブはウィルソンに、薄い半透明用紙にタイプ打ちされた一枚のリストを手渡した。レターヘッドはなく、ただ上のほうにインクで、〝CEKPET〟というスタンプが押してある。

36基　タイプ－69　40㎜（携行可能）対戦車ロケット弾（W／4X光学式照準眼鏡）

90基　ロケット砲（40㎜）　1242000ドル
200丁　攻撃ライフル　AK－47　7・62㎜（30発マガジン、横折りたたみ式）　35050ドル
1000箱　各20発入りカートリッジ　7・62㎜　84460ドル
50丁　フランキSPAS－12　コンバットショットガン　10100ドル
500箱　各10発入り（00ゲージ）　550000ドル
10基　火炎放射器（ブリアンキ）　83200ドル
4着　ベスト（ケブラー）　1460ドル
12台　スタビスコープ（フジノン、サードジェネレーション）　1220ドル
100台　リゲル3100戦術的暗視双眼鏡　201550ドル
300足　戦闘ブーツ　505200ドル
1基　メイラ－37㎜　双発高射砲　25075ドル
100基　高射砲弾（37㎜）　18256ドル
10基　迫撃砲60㎜　9500ドル
100基　60㎜弾　1760ドル
400ポンド　液化爆薬（トリエックス）　1430ドル
8500ドル

200ポンド　RDX　伝爆薬　　32040ドル
400個　タイムディレイ式電子回路（1時間から90日までプログラム可能）　　8360ドル
1個　スペシャルキット　　33500ドル
30台　携帯可能防空システム　ロシア製ストレラ‐2（SA‐7a）　1968　　54000ドル
15台　1・17キロ　赤外線探知機　長さ5フィート　重さ30‐40ポンド　　10526ドル
合計　　1670191ドル
（1429.992ユーロ）

ウィルソンはそのリストをじっとながめ、自分がなにをアフリカに運ぶかわかって、好奇心をそそられた。

「〃CEKPET〃って？」

「極秘ってことさ」ベロブは説明した。「ロシア語だよ。英語のスタンプは持ってないんでね」

「それと、これは？」ウィルソンは項目のひとつを指さした。

「スタビスコープか？　ジャイロスコープがついた特殊な双眼鏡だ。激しい揺れのある状況下でも、岩のように安定した視野が確保できる。ヘリコプターには持ってこいだ。装甲兵員《AP》輸送車《C》や戦車でも効果がある。こっちへ来い！　見せてやろう」ベロブはそういうと、壁に立てかけてあった金梃子《かなてこ》をつかんで、貨物用スロープからあがり、飛行機のなかに乗りこんだ。

　胴体は洞穴のようで、そのなかをフロアに沿ってベルトコンベアが走り、コンベアの上には留め金と貨物ネットで固定された板《パレット》が並んでいる。

　ウィルソンはリストに目をやった。

「これはなんだ？」指さしたのは三十台のストレラ－2だ。

「携帯可能防空システム」

「というと？」ウィルソンは訊いた。

「ミサイルだ。スティンガーみたいな」ベロブは金梃子を肩にかついで見せた。架空の飛行機に狙いをつけて、架空の弾を発射するのだ。「バズーカ砲みたいにかついで、引き金を引いて……ドカーン！」

「それと……このスペシャルキットは？　なんなんだ？」

「毒薬キットだ。四種類ある。どれも直接飲ませても、ＤＭＳＯでもいい。だから食べる物には気をつけろよ。それから、この毒には絶対に触るんじゃない！」ベロブはくっくっと笑って、真顔に戻った。「まずＥＣＣ。とんでもなくまずいが、文句をいうやつはいない。味がわかったときには痙攣してるからな。二つめ、ＴＨＬ。こいつは口に入れてから死体置き場に運ばれるまで四十八時間かかる。だから逃走の時間稼ぎができて、こっちが逃げたあとで心臓が止まるってわけだ。三つめがＣＹＤ。肝臓がやられて、腎臓《じんぞう》がやられる。四時間か、六時間てとこだな。最後のＭＣＲ。こんな醜い死に方はないぞ！　組織が腐敗するんだ。身体のなかまで。腹を開いたら、まるでぐちゃぐちゃのスープさ。殺しだってのはあきらかだ」

「ＤＭＳＯの意味は？」

「溶剤だよ。毒を溶かして、キーボード、ドアノブ、ライフル、あらゆるものに塗ることができる。触ったら一発で血流に入って――おだぶつさ」

ウィルソンは周囲を見渡した。

「荷の積み込みはいつ終わる？」

「今夜だ。パイロットが来てからな。パイロットに積み荷のバランスを見てもらう必要がある」

「じゃあ、万事順調なわけだ」

ベロブはうなずいたが、ウィルソンには、その前にためらいの間があったように思えた。

「どうかしたのか？」ウィルソンは訊いた。

「ちょっとしたことなんだが……」

「こういう取引でか？」

「もちろん、もちろんだ！　些細《ささい》なことさ。見せてやろう！」

ベロブはパレットの荷をひとつずつ見て、探しているものを見つけた。金梃子を使って、木箱のひとつをこじ開ける。

「これだよ！　アフリカの連中は、ロシア製の携帯型対戦車ロケット弾《RPG》をほしがってるんだが……だめだ。さすがのおれもそれだけはできない！　だからタイプ‐69に換えたんだ。中国製さ。悪くないし、おまけに安い」

ウィルソンはガンメタルグレーのシリンダーを見つめた。

「向こうがこれをいらないといったら？」

「そういったら、返品を受けつけるまでだ。売り上げが五パーセント減るがな。まあいいさ。客はいつだって神様だ」

「正確には七・四パーセントだな」ウィルソンはいった。

「どうしてわかる？」ベロブは顔をしかめた。

「暗算だよ。書いて見せようか」

ベロブは一瞬ウィルソンをまじまじと見て、目をしばたたいた。

ウィルソンたちは、空港から三キロほどのところにある最初の検問所に来た。濃いオリーブ色の迷彩服を着た兵士たちが、二車線道路に縞《しま》模様の木製バリケードを引きずって封鎖しては、運転手に質問し、手を振って通過させている。近くには、コンクリート造りの建物が道路の脇に建っていた。基礎部分は泥が染みこみ、壁は向こうが透けて見えるほど、あちこちに銃弾による穴が空いている。屋根にある錆びたストーブの煙突からは、煙が立ちのぼっていた。

ウィルソンたちの前には、トラックや車が十数台並んでいる。エスカレードが速度を落とし、ベロブのボディガードの一人が窓から身を乗り出して、怒声を飛ばし、銃を振って見せた。このときウィルソンははじめて、車の窓ガラスの厚みが三センチ近くあることを知った。

バリケードの向こう側にある木造の小屋から、一人の将校があらわれた。ベロブたちを見ると、将校はさっと直立の姿勢になって、敬礼した。

ベロブはウィルソンが感心しているのを見て、こういった。

「フェンダーにある旗のご威光さ」

ウィルソンはうなずいて、訊いた。

「いま訊こうと思ってたんだが、あの旗はどこの国のだ?」

ベロブはくっくっと笑った。

「ここさ。どこでもないところ。会社の旗だよ」

ウィルソンは怪訝な顔を向けた。

「ここのばかげた政府のことさ」ベロブはいった。「こっちはアメリカ開拓時代の西部みたいなもんでね。だから〈シェリフ・コーポレーション〉が介入した。法律を作り、いろんなものを所有した」

「たとえば？」

「空港。ホテル。〈ケンタッキーフライドチキン〉。市場《メルカド》。電話会社。電力会社。すべての機能だ」

「だったらあんたは何者だ？ 大統領か？」

ベロブは噴き出して、首を振った。

「おれなんか小魚さ」

ウィルソンは少し考えてから、訊き返した。

「それじゃ、大きな魚はどこにいる？」

ベロブは肩をすくめた。

「深海だよ、赤の広場の」

ウィルソンはうなずいて、外の風景に目をやった。みぞれは雪に変わりはじめている。二十五セント硬貨ほどもある雪片が、つぎつぎに前から漂ってきた。

「それにラゴス……」ベロブは独り言のようにそういい、狼《おおかみ》のようににたっと笑うと、「ジュネーブ……ドバイ……」とつけ加え、声をあげて笑い出した。

「もうわかったよ」ウィルソンはいった。

「バージニア・ビーチ……」


旧ソ連時代の荒涼たるアナクロニズム、それがティラスポリだった。過去に誇っていたかもしれない魅力は、共産主義の都市計画立案者たちによって忘却の彼方へと一掃され、とうの昔に消滅していた。その代わりに建っているのが、何ブロックも続く味気ないアパート群、落書きだらけのコンクリートのウサギ小屋だ。

「それで、きみはどう思う?」

「クソみたいな光景だ」ウィルソンは答えた。

「みたい? クソそのものじゃないか!」ベロブはくっくっと笑った。

ウィルソンたちは、巨大なレーニン像が真ん中に建つロータリーに入った。近くには二人の兵士が、寒さのなか、戦車の横で煙草を吸いながら立っている。二人はキャデラックをうんざりしたような目で見て、目をそらした。

「ホテルはすぐそこだ」ベロブはいった。「悪くないぞ。出来損ないの〈インターコンチネンタル・ホテル〉ってとこだな。だが一泊だけだ。だから……いや、たいしたことじゃない。明日の朝は？」ベロブは右手のひらをすぼめ、その手をナチスの敬礼風に斜めに伸ばして、自分の問いかけに自分で答えた。「ここを飛び立つ」

ウィルソンは腹が鳴るのを感じた。

「どこか食事のできる場所を知らないか」

「ホテルにある。チャイニーズ・レストランだ。それほど悪くない」

「散歩がてら、なにか食べてこようかと思ってたんだが」

ベロブは首を振って、くっくっと笑った。

「そいつはやめてくれ。きみが迷子になったら、おれがハキムに殺される」

「あんたが地図を書いてくれてもいい」

「地図は問題だな」ベロブは目を丸くした。

「どうして？」

「犯罪だからさ！」

「なにが？」

「地図がだ！　トランスドニエストルでは、地図を持ってることが犯罪なんだ」

「冗談だろ」

「冗談なもんか。地図はこの国の安全保障上の鍵だ。それはともかく、きみはビザを持ってない。だから通りには出ないほうがいい」

「ビザをもらうことはできないのか？　そんなにむずかしいことなのか？」

「不可能だ！」ベロブはきっぱりといった。

「なぜ？」

「きみはもうここにいる。なのにビザがないということは――」

「――犯罪ってわけか」

ベロブはにやりとした。

「そのとおり！　警官に職務質問されたら困るだろ。それにトランスドニエストルのビザは、八時間しか有効じゃないんだ。ウクライナ人の日帰り旅行用に」

「たったそれだけ？」

ベロブはうなずいた。

「ああ、それだけだ！　通りには出ないほうが身のためだ」抗議しかけたウィルソンを、ベロブはさえぎった。「わかってる。こんなのはいやだろうが……」ベロブは降参するかのように両手をあげた。「おれにできるのはこれだけなんだ」そして、話はこれで終わりだといわりに、ピンクのイヤホンを耳に挿しこむと、シートに背中をあずけて目を閉じた。

〈レッドスター・ホテル〉はネズミ色のカーペットを敷き詰めた四角いコンクリートの建物で、ロビーでは支配人が彼らを待っていた。フロントの後ろの壁には、エレナ・チャウシェスクの荘重なレリーフがかけてある。

ウィルソンの目には、ホテル自体はアメリカの〈デイズ・イン〉程度だったが、支配人はすばらしかった。カスタネットのように指を鳴らして、年輩のベルボーイたちを呼びつけると、ベルボーイたちが急いでウィルソンたちのもとへやってきて、バッグの横にぴたりと直立したのだ。

支配人は温かい握手でベロブに挨拶し、ロシア語でささやかなジョークをいうと、宿泊手続きを省略した。それからフロントに行き、壁の棚から六つの鍵を取って、みんなに配りはじめた。ひとつはゼロに、ひとつはカーリドに、三つめはウィルソンにだった。

ベロブの忠告にしたがって、みんなはエレベーターに乗るのをやめ（停電だったのだ）、ベルボーイたちのあとについて階段をのぼり、二階にあがった。

意外なことに、部屋はよかった。ゆったりした広さだし、家具も申し分なく、ケーブルテレビがあって、窓辺には小さな机もある。机の上にはきれいに印刷されたカードがあって、ホテルの高速インターネット回線に一時間「たったの」三十ユーロでアクセスする方法が書かれていた。

さっそくそれを利用しようとしたとき、疲労の波がどっと襲ってきた。ウィルソンはベッドに腰をおろし、髪をかきむしって、シャワーを浴びようかと考えた。シャワーを浴びれば目が覚めるだろう。けれどもマットレスは羽毛のように柔らかく、ホテルは岩のように静かだった。ピロウに寄りかかり、目を閉じて、耳を澄ます。風は唸り声をあげながら激しく吹きつけていたが、やがてやんでいった。窓ガラスにぶつかっていた雪のかけらのかすかな音も、聞こえなくなった。

目が覚めたとき、部屋のなかは真っ暗だった。けれどもまだそれほど遅い時間じゃない。ベッドから起きあがって、ミニバーに行き、扉のシールを破る。なかには〈スラブティチ・パイボ〉と記された瓶が二本あった。見た目にはビールらしい。

そして、たしかにビールだった。

リモコンを取ってテレビをつけ、チャンネルを替えていると、英語の放送を見つけた。イラクからの生中継だ。五、六人の子どもたちが、燃えさかる軍用車〈ハンビー〉の横に横たわっている兵士の死体を蹴り飛ばしていて、血溜りらしきもののなかでは群衆が踊っている。映像にかぶさる音声では、ブッシュ大統領が、民主主義は〝骨の折れる仕事〟なのだと世界に訴えていた。

ウィルソンは鼻で笑った。

そうこうするうち、画面の映像が切りかわった。煙があがって、今度はカブールの自爆攻撃だ。ストレッチャーを押して走りまわる男たち。悲鳴をあげる女たちとサイレン。一様に〈オークリー〉の偏光サングラスをかけ、銃口を空に向けてM16を構えるぴりぴりした兵士。画面は外傷治療棟へ。床に横たわる、激しく出血しているように見える男、激痛にのたうちまわる女。

——だからなんだというんだ。こんなのは屁でもない。この程度で惨状だというんなら、私が目に物見せてやる。それまで待ってろ。

そう考えると、ひとりでに笑みが浮かんできた。

——まるでオーケストラみたいだ。

テレビの画面上の惨劇は、オーケストラの楽器が演奏直前に出す調音のための音に似ていた。映像のひとつひとつが、調音中の楽器ひとつひとつに相当する。その不協和音は大きくて不快で、まるで音と暴力の交通渋滞だ。だがそのとき——もうじきだ——指揮者が指揮棒で指揮台を叩き、すべてのシンフォニーの最初の音、静寂が降りてくる。

それから、一気に嵐が吹き荒れるのだ。

ウィルソンはウクライナのビールをごくごくと飲んだ。やらなければならない仕事がある。下船してから、まだメッセージをチェックしていないのだ。ウィルソンはノートパソコンを電話回線につなぎ、コンピューターが立ちあがるのを待つあいだ、自分を指揮者に見立てるのを楽しんだ。名指揮者！　しっかり耳を澄ませば聞こえてきそうなくらいだ。拍手の音、人々の叫ぶ「マエストロ！　マエストロ！」の呼び声が。

インターネット・エクスプローラーのアイコンをクリックし、マイ・ヤフーのページにログインする。メールをクリックし、下書きをクリックすると——あった。二日前の日付で一行、アドレスは空っぽのままだ。約束どおり四単語でこう書かれていた。

ハキムがいなくなった《I can't find Hakim.》。

15

ティラスポリ――シャルジャ

〈アントノフ〉はフラップを立てて、揺れと振動に翻弄《ほんろう》されながらもアスファルトの滑走路を走り、離陸に向かって轟音をあげていった。二重フェンスの向こうにパインの森が壁となってあらわれ、その壁がどんどん高くなっていったかと思うと、いつのまにか消えていた。飛行機の振動が律動的な爪弾《つまび》き程度にまで収まると、翼の下のティラスポリは次第に小さくなっていき、冬景色のなかのおもちゃのスラム街と化していった。

ベロブやパイロット、エンジニアと並んでコクピットに座っていたウィルソンは、機体が南に傾いたとき、ようやく身体を楽にした。ベロブは葉巻に火をつけてぷかぷか吹かし、左翼のエンジンに顎をやってこういった。

「あの排気ガス、見えるか?」

ウィルソンが窓の外に目をやると、左翼の上に気流ができていた。

「あれがどうかしたか？」

ベロブは優雅な手つきで正弦波を宙に描いた。

「あるロシア人の天才が、エンジンを翼の下じゃなくて上につけたんだ。おかげで短い距離での離陸が可能になった。しかも着陸もだ！　お粗末な滑走路でも、なんの問題もない。おれはアフリカじゃ草地の滑走路を使ってる。だからこいつにしたのさ。ふつうの飛行機じゃ無理だからな」

「その代償は？」ウィルソンは訊いた。

ベロブは肩をすくめた。

「機体がそれほどでかくできないことだな。〈アントノフ‐12〉を持ってれば、二十トンは運べるだろう。十トンどころじゃなくてな！」ベロブは人差し指を振った。「その代わり、いい滑走路が必要になってくる。しかもいまより一・六キロ長いやつだ」

ウィルソンは窓の外を見た。機体が上昇するとき、左側のエンジンが見えた。たしかに主翼の上に載っていて、補助翼の上を流れる排気ガスが見える。

「後ろへ行って――友だちの様子を見てきてもいいか？」

「ああ、いいとも！」ベロブは快諾した。「だが火を使う料理は禁止だぞ！」

ウィルソンはベロブをまじまじと見た。

「なんだって？」

「火を使う料理は禁止だといったんだ！　わからないのか？」

「冗談だろ」

　ベロブは首を振った。

「フロアを見ればわかる！　アラブの人間は、金属でできてるからだいじょうぶだろうと高をくってるが、あいつらはなんにもわかっちゃいない。あの二人にいっとけよ。火を使う料理は絶対にだめだと」

「わかった」

「よし」

　シートベルトのバックルをはずして、ウィルソンは立ちあがった。水平線に向かって延びている黒海が、窓から見える。

「シャルジャまであとどれくらいだ？」

「五時間——六時間かもしれない」ベロブは答えた。

　パイロットが振り返って、こういった。

「イラク領空で問題が発生することがあるんだ」

「どんな？」ウィルソンは訊いた。

「F-16」

　コクピットをあとにして、ウィルソンは奥のほうの、ゼロとカーリドが座っているところに行った。二人のシートは、機体に直接ボルトで固定してある折りたたみ式の金属製の椅子だ。二人とも膝の上に〈ディアドラ〉のバッグを抱えて、煙草を吸っている。二人の前のフロアには、だれかが火を使ってディナーを作ろうとしたところが黒く焦げた跡があった。

ウィルソンは周囲を見渡した。

「なにも問題はないか」

カーリドはくっくっと笑って、ゼロに顎をやった。

「こいつ、死ぬほどびびってるぜ」

「そうか……」ひと呼吸おいて、ウィルソンはいった。「ひとつ訊いていいか?」

カーリドの眉がくいっとあがって、いえよ、といっている。

「ゆうべ電話をかけたか?」

カーリドは顔をしかめた。

「いいや。だれにも電話なんかしてない。こいつもだ! 電話なんかかけてない」

「インターネットは?」

そのとき機体がエアポケットに入って、ゼロは顔面蒼白《そうはく》になった。

カーリドの顔はますますしかめ面になったかと思うと、ふと和らいで恥ずかしげな顔になった。ウィルソンがホテルの請求書のことで怒っていると思ったのだろう。そこでカーリドは、友人のせいにした。

「ああ」カーリドはゼロに代わって告白した。「こいつがエロサイトを見てたのさ。おれがシャワーを浴びてるときに。おれがシャワーを浴びてたのは、五分か十分てとこだ。シャワーから出てきたとき、こいつがしこしこやってる最中だったんで、やめさせたんだ」

「そういうこともあるさ」

「十五分だったかも――」

「それについては心配しなくていい。私が知りたいのは、ハキムから連絡が来たかってことなんだ。彼からEメールかなにか来てなかったか？」

カーリドはほっとした様子で首を振った。

「いいや。ハキムからはなんの連絡もないぜ」


午後三時を少しまわったところで、一行はシャルジャに着陸した。

〈アントノフ〉から降りるのは、午後の半ばに映画館から出るようなものだった。暑熱が壁となって襲いかかり、空は炎のようにぎらついている。ウィルソンはサングラスを探し、瞼を閉じるのと変わらないくらい目を細めた。アスファルトの上には、本物なのか幻像なのか、水溜りになったオイルが見える。遠くでは、骨のように真っ白な建物群が、熱された空気のなかでちらちら輝いている。

「ドバイだ」ベロブは水平線のほうへ顎を向けて、そういった。一行の背後では小さなトラックが、滑走路の端にある格納庫に向かって〈アントノフ〉を牽引《けんいん》しはじめた。

「ここにはどれくらい滞在することになるんだ?」ウィルソンは訊いた。

「今夜出発する。腹減ったか?」

「食事にしてもいいな」

「よし。行こう。ディナージャケットを着せてやる」

「行くって、どこへ?」

「ドバイ。数キロ先だ」

「なんのために?」

「お茶さ」

「お茶?」

「サンドイッチつきでな!」ウィルソンの疑心を嗅ぎ取って、ベロブはすまなそうに肩をすくめた。「モスクワなら、きみを売春宿へ連れて行くところだ。あそこじゃ女と寝たって問題ない。じゃあこのアラブの国々ではどうか? お茶に連れていくんだよ」

ウィルソンははじめて〈ベントリー〉に乗った。快適だった。

〈ブルジ・アル・アラブ・ホテル〉もそうだった。世界最大の帆船の帆といった趣の外観で、ジュメイラ・ビーチとつながっているコンクリートの歩道の端から、三百メートルほど沖合いに建っている。ベロブは得意げにいった。ここには世界一高い吹き抜けがあるし、世界一高いところにあるテニスコートも、世界一高価な部屋もある——

「それに……！　海中レストランがあるんだ！　いいだろ？」

「さぞ苦しいだろうな」ウィルソンはいった。「食べながら溺れるのは」

ベロブは顔をしかめたが、ジョークがわかって、笑い出した。吹き抜けに入ると、給仕頭が二人を見て、噴水の近くにあるリネンのカバーがかかったテーブルに案内してくれた。椰《や》子《し》の木々が人工の風で葉音を立て、噴水が三十メートルかそれ以上の水柱を噴きあげ、静まってはまた噴きあげて、それを繰り返している。子どもたちが嬌声《きょうせい》をあげながらテーブルのあいだを走りまわって、せっかくの高級感を台なしにしていた。気温はおよそ摂氏十八度。

ウィルソンはジャケットを着ていても、震えがくるほどだった。

「見ろよ！」ベロブが声をあげて指さした先には、ギャングかぶれの一行が、筋肉質の黒人のあとについてエレベーターに向かっていた。「〈50セント〉だぜ！　きっとそうだ！　握手したくないか？」

「また今度にしておく」ウィルソンはいった。

ベロブは肩をすくめ、ウェイターをテーブルに手招きした。

「お茶を二つ」ウェイターは目を閉じて、恭しく頭を小さく下げ、慣れた笑顔で後ずさっていった。

ベロブは椅子に寄りかかり、からかうような笑みを投げてきた。

「あと半分だな」

「半分よりは来たよ」

「何キロもちがわないだろう。だいいち、だれが数えてる?」

「だれかが数えてることを願いたいね。足りないのはいやなんだ」ウィルソンは周囲を見渡した。「ベロブ……」

「なに?」

「なぜ私たちはここにいるんだ」

ベロブは肩をすくめた。

「いっただろう! 燃料補給さ。コンゴまでは長いんだ」

「いや、ここだよ。この魔法の王国とかなんとか呼んでるやつに」

「〈ブルジ・アル・アラブ〉か。みんなの憧《あこが》れのホテルだぞ。超有名だ!」

「それじゃ私たちは……観光客なのか?」

「観光客じゃない! ちょっとバラの匂いを嗅ぎに来ただけさ。いいぞ」

ウィルソンは頭をはっきりさせるかのように、首を振った。

「燃料補給にはどれくらいかかる?」

「三十分だ」

ウィルソンは腕時計を見た。

ベロブは身を乗り出して、声を低めた。

「燃料をもらうだけじゃない」

「ほかにもあるのか？」

ベロブはうなずいた。

「それじゃなんだ？」ウィルソンは訊いた。

「ペンキを塗るんだ」

「ペンキ？」

ベロブは親指と人差し指をくっつけた。

「ほんの少しばかりな。尾翼にだ。ナンバーがあるところさ」ベロブは二十デシベルと一オクターブほど声を落とした。「秘密をひとつ教えてやろう。格納庫には、〈アントノフ〉が二機あるんだ」

ウィルソンは少し考えた。

ベロブは続けた。

「それでペンキを塗るのさ。それから機内の自動応答装置《トランスポンダー》を入れかえる。〈アントノフ〉二号はカザフスタンのアルマトイに向かって飛ぶ。アルマトイを知ってるか？」

ウィルソンは首を振った。

「クソみたいな、どうでもいい町だ」ベロブはいった。「だが囮《おとり》としては最適だ。で、暗くなったら〈アントノフ〉一号が離陸する」ベロブは不安げな目をして椅子に寄りかかった。スーパーマーケットで列の後ろに並んでいる男に、一般相対性理論を説明するかのようだ。「わかるか?」

ウィルソンが答える前に、ウェイターが、熱いお湯と小さなサンドイッチのプレートを載せたカートを押しながら、戻ってきた。紅茶の入った缶が出されて、二人は好きな紅茶を選んだ——ウィルソンはイングリッシュ・ブレックファスト、ベロブはエキナセアとパルメットベリーとイラクサが混ざったものだ。

「健康のためだ」ベロブは少し恥ずかしそうにしながらそういった。

「すばらしい選択です」ウェイターはそういって、滑るように下がった。

ベロブは身を乗り出した。

「コンゴについてはどれくらい知ってる?」

ウィルソンは、たいして知らないんだというように首を振ってから、答えた。

「エイズ、ダイヤモンド。昔はベルギー領だった。天然資源が豊富。貧困がはびこっている」ウィルソンは言葉を切って、一瞬考えた。「それと、国民がおたがいを殺しあう」

ベロブはうなずいて、つけ加えた。

「五年で三百万人が死んだ」

ウィルソンはサンドイッチをひとつ食べてみた。クリームチーズ、アプリコット、サーモンを混ぜたものが、耳を取って正三角形に切った〈ワンダー〉製食パンに載っている。悪くないが、しっかり食べた気分になるには、これが十切れは必要だろう。もうひと切れ食べてみる。バターを塗ったライ麦パンに、薄くスライスしたラディッシュ。こっちのほうがうまい。

「それと、金《きん》がある」ベロブはこっそりいった。「銅もあるし……なんだってある。これからおれたちが向かうイトゥリ地方は、ウガンダのすぐ隣なのさ。わかるだろ？　どこまでもきれいな山々……」ベロブは一瞬目を閉じて、その目をすぐに開けた。「ところがだ！　この地域は死そのものだ。やつらはもう十年も戦争し続けている。あれは永遠に終わらないだろうな」

「裏に隠れているのはだれだ？」ウィルソンは訊いた。

「きみ！　おれ！　やつら！　みんなだ！」それからベロブは、アルファベットの略語をいくつも並べた。

ウィルソンはまた別のサンドイッチをほおばった。なんのサンドイッチか考えてみた。ディジョンマスタードにクランベリーソース。それとターキーが少し入っている。

「私たちが取引をする相手は——」

「イブラヒム司令官か。ウガンダ人で、英語が抜群にうまい！」

ウィルソンは困惑の表情を浮かべた。

「ウガンダ人が、コンゴでなにをしてるんだ?」

「ダイヤモンドの採掘さ」ベロブは答えた。「バフワセンデの近くだ」

「それはどこだ?」

「リンディ川だ。空港から三十キロくらいだな」ベロブはにやりとした。「ピグミー族の土地だ。忠告しておくが、やつらを怒らせるなよ」

ウィルソンは椅子にもたれた。頭のなかでは、こう考えていた。

——もうじき現実となるのだ。

周囲を見渡して、それを想像しようとした。ここの百万倍もの広い地域で、システムが機能不全におちいり、照明が消える! 噴水は止まり、気温が上昇していく。だがちょっと待て、あれはなんだ? 発電機だ! おれたちは救われた! 照明が息を吹き返し、人々は安堵の溜息を洩らす。笑い声とおしゃべりが湧き起こったかと思うと——なんと発電機が停止してしまう。食料は腐りはじめ、室内が臭くなる。それにたぶん、人々は逃げ出すことができない。ドアは全自動だし、重さも一トンはありそうだ。閉じこめられたまま逃げられなければ、数日後には、ジョージ・ロメロ監督のゾンビ映画みたいになるだろう。思わず笑い声が出てくる。〝砲弾の餌食《えじき》〟だなんてとんでもない! ガラス鐘と化したホテルのなかで蒸し暑さに苦しむこれらの人々、ウェイター、アラビアの長老たち、ビジネスマン、ガキどもには――〈50セント〉というお楽しみがあるかもしれないじゃないか（希望的観測だが）。

「なにがおかしいんだ？」ベロブが訊いてきた。

ウィルソンは首を振った。

「なんでもない。ちょっとね……で、向こうに着いたらなにをする？」

ベロブは肩をすくめた。

「車でバフワセンデに行く。イブラヒム司令官と会って、取引の話をする。それがうまくいけば、代金を払ってもらう。そしたらきみは、翌日にはカンパラに行くことになるだろう」

「カンパラにはなにがある？」ウィルソンは訊いた。

「空港さ。世界への扉だ」

「それで、あんたは？」

「シャルジャに戻る」

ウィルソンはお茶をすすって、ふと思った。ベロブが去ったら、自分一人になる（ゼロとカーリドは勘定に入れない）。一人で四百万ドル相当のダイヤモンドを運ぶことになるのだ。

「ひとつ教えてくれ」

「なんだ」

「そのイブラヒムって男、ハキムと親しいんだろ？」

ベロブはうなずいた。

「それじゃ、私が行方不明になったらどうなる?」

ベロブは顔をしかめてから、こう答えた。

「状況次第だな」

「なんの状況だ?」

「ダイヤモンドのさ。きみ一人が行方不明になったら、もちろんおれたちは悲しい! シャルジャやベイルートで涙に暮れるだろう。だが、おれたちは先へ進んでいく。ダイヤモンドも行方不明にならないかぎりな。ダイヤモンドまで行方知れずになったら、おれたちはでかい問題を抱えることになる。おれたちみんなだ。イブラヒム大佐も含めて」ベロブはにやりと笑って、人差し指で額をトンと叩いた。「きみの頭のなかで歯車がまわってるのが見えるが、心配しなくていい。ハキムはコンゴに何度も人を送っている。おれたちはいままで一度だって行方不明者を出したことがないんだ!」

ウィルソンはうなずいたが、うれしい顔はできなかった。昨夜のボボホンからのEメールについて考えていたのだ。

「ハキムはどうだ? もしハキムが行方不明になったら、どうなる?」

ベロブの頬がフグのようにふくらんだ。ベロブは数秒のあいだそのまま座っていて、ようやくゆっくりと息を吐いた。そしてこういった。

「この世の終わりだな」

16

二〇〇五年三月五日　コンゴ

より高いほうが安全だ。より高いほうがスムーズだ。

夜中の十二時を少しまわったところでシャルジャをあとにし、一行はルブアルハーリ砂漠で上空約一万七百メートルまで上昇して、エチオピアを通りすぎるまでその高度を維持した。南スーダンの上空のどこかで機体は下降をはじめ、コンゴとウガンダの国境に近づくにつれて、どんどん高度を下げていった。〈アントノフ〉が静かに雲海に沈むと、月は消え、翼が振動をはじめて、やがて機体は上下に激しく揺れはじめた。

「シートベルトだ」ベロブはいった。

コクピットは静かで暗く、計器板はぼんやり光り、胴体はきしんだ。ベロブとナビゲーターはロシア語で静かに話をしていて、パイロットは操縦装置を調整している。

ウィルソンはシートベルトのバックルを締めた。稲光がまたたき、一瞬、空、コクピット、男たちの顔、なにもかもが真っ白になった。それからまた夜が戻ってきた。窓ガラスの向こうには、暗闇にまたたく入道雲の壁しか見えない。
機体は左右に揺れた。

「早く降りたほうがいいな」ベロブはいった。

「ああ、あの雷じゃ——」

「雷がなんだ！　ここは危険地帯だぞ。スティンガーやストレラが飛んでくる。たまったもんじゃない！」

「それはいったいだれのせいだ？」ウィルソンは武器商人を見て皮肉った。そのとき機体ががくんと降下し、乗客キャビンから悲鳴が聞こえてきた。

ベロブはくっくっと笑った。

高度計の針が反時計まわりにまわり、翼がカタカタと激しく鳴っていたとき、背後の調理室で食器一式が床に落ちた。ウィルソンは転がってきたカップを蹴り飛ばし、地上に明かりを探した。空港にこだわらず、空港以外の明かりも探してみた。

「こんな天気の日に、たしかダグ・ハマーショルドだと思ったが」ベロブは話しはじめた。

「知ってるか？　国連の大物だ。カタンガ上空で墜落したんだ。かなり前の話だが」

「ミサイルで撃墜されたのか」

ベロブは首を振った。

「まさか！　その日は悪天候だったからな。彼らは計器だけに頼って飛んでたんだ。ところが悪い連中が偽の信号電波を送って、飛行機を山に突っこませた。ハマーショルドはあの世行きさ！」

ウィルソンは身震いし、目を瞠《みは》った。それがどういう状況か想像できた。轟音とともに雲から抜け出て、岩と樹木の壁に突っこむ。少なくとも、あっという間だろう。終わりを垣間見たと思ったら、その終わりがすぐにやって来る。だが、もし飛行機のなかで爆弾が爆発したら、あるいはミサイルに撃墜されたら……燃料タンクが爆発して、一瞬で終わるかもしれない。一方で、飛行機がゆっくりと少しずつ、空中分解するとしたら？　乗客が空中に放り出されて落下するとしたら？　ウィルスに感染した鳥や、飛び降り自殺する人のように。あるいは、世界貿易センターの屋上から飛び降りた人々のように。

〈アントノフ〉が高度約三百七十メートルで雲を切り開いたとき、翼の下に光のまたたきが見えた。パイロットは、飛行場にちがいないものに向かって水平飛行に移った。前方の暗闇に、整然と長方形に並んだ照明が埋めこまれているのが見える。

いまではみんな、忙しそうにロシア語でやりとりしている。飛行機は滑走路に向かって機体を下げた。車輪が爆発音のような恐ろしい音を立てて接地し、一瞬ウィルソンは、撃たれたと確信したほどだった。もっとも、なにによって、だれによって撃たれたかは見当もつかなかった。額を窓に押しつけると、排気ガスが翼の上を流れ、補助翼が羽ばたき、前方では、トラックと軍用車両数台が草原に待機して、ヘッドライトで滑走路を照らしているのが見えた。

飛行機が停止して三十秒もしないうちに、貨物扉が開きはじめた。そのころにはゼロとカーリドは、片手にダッフルバッグ、もう一方の手には〈ヘックラー&コッホ〉、つまりHK銃を持って、降りる準備ができていた。〈ディアドラ〉のバッグは機内のフロアに置いてきた。アフリカでは必要ないし、銃はアントワープへは持っていけない。

ベロブの先導で貨物用スロープを降りていくと、一行は、滑走路の縁に停まっているトラックと軍用車両のヘッドライトに目がくらんだ。ウィルソンは深呼吸をひとつし、アフリカの空気をはじめて吸った。

「ベロブ!」ヘッドライトのなかから巨大な男がぬっとあらわれ、ベロブのほうにやってきて、轟《とどろ》くような笑い声をあげながら抱擁した。ウィルソンの見たところ、この巨大な男は、バスケットボールチームの〈サンアントニオ・スパーズ〉にいても場ちがいな感じはしないだろうし、年はウィルソンとほぼ同じに見える。両方の頰には儀式的な傷があるし、左の耳たぶにあるのは大きなダイヤモンドだ。コンバットブーツに茶色っぽい野戦服姿で、両脇にあるホルスターには、それぞれグロックが収まっている。男の一歩後ろで両側に控えているのは、カラシニコフを持った十二歳ほどの、童顔の子どもたちだった。

「イブラヒム司令官、ミスター・フランクを紹介させてください」ベロブはいった。

イブラヒム司令官は満面に笑みを浮かべながら、ウィルソンの手をすっぽり包みこむようにして握手したが、すぐに大げさな疑心をあらわにして、あとずさった。

「アメリカ人か？」

ウィルソンはうなずいた。

ベロブは緊張した面持ちで説明した。

「ミスター・フランクは、ミスター・ハキムの親しい友人です。おれたちは一緒にいい仕事をしてるんです」

イブラヒム司令官は考え深げにうなずいて、やがてこういった。

「タコマパーク」

司令官の声には、深みのあるイギリス英語訛りがあった。けれどもウィルソンには、この男がなんの話をしているのかさっぱりわからなかった。

「え？」

「タコマパークさ！　知ってるか！」

ウィルソンはベロブを見やったが、ベロブは目をそらした。味方はしないぜ、といわんばかりだ。

「メリーランドの郊外にある？」

「それとＤＣ。タコマパークの一部はＤＣにかかってる」

ウィルソンはうなずいた。

「ええ、一、二度行ったことはあります」

イブラヒム司令官は拳《こぶし》で自分の胸を叩くと、人差し指でウィルソンを差した。

「おれはあそこに二年もいたんだ！」

ウィルソンはどう答えていいかわからず、こう答えた。

「そうでしたか！」

イブラヒム司令官は右手にいた少年兵のほうを振り向いて、こういった。

「おれの同郷者だ」

少年兵は声をあげて笑った。


バフワセンデ近くの鉱山町までは、土の道で約五十キロのドライブだった。意外なことに、土の道はなかなか状態がいい。一行はこぎれいなメルセデスセダンに乗り、運転手の横にはイブラヒム司令官が座って、マリファナを吸っている。ウィルソンは折りたたみ式のカウンターでタンブラーに注いだ〈グレンモランジー〉をストレートでちびちび飲んだ。ベロブもそうした。ウィルソンにとっては自分に酔いしれる瞬間だが、ベロブにとっては、オフィスのありふれた一日と変わらない。

前後の護衛は、装甲兵員輸送車と、改造車だ。後者はジープの〈グランドチェロキー〉で、後部座席があったところに軽機関銃を設置するため、ルーフが切り取られている。黒く下塗りされ、ルーフを切り取られたジープは、武器を装備している一方で、左前方のフェンダーには夜空の星のように銃弾による穴が開いている。その穴をエポキシで埋めようとした努力は無駄に終わって、かえってばかげた感じの外観になっていた。

ベロブによれば、装甲兵員輸送車はBTR-70だ（ベロブがイブラヒム司令官に売ったのだ）。同軸機関砲を装備して、水陸両用でもある。

「ロシア製だ。いい車だろう！」ベロブは自慢した。「ニジニ・ノブゴロドにあるアルザマス工場で作ってるんだ。ところが重いときてる。十トンはあるな！」

「十一トンだ」イブラヒム司令官が訂正した。

ベロブが異議を唱えようとすると、改造車から機関銃が発射されて、会話は途切れた。ウィルソンには、道端から茂みのなかへ散り散りに逃げこむ男たちの一団が見えた。

「あれはなんだったんです？」ウィルソンは訊いた。

ベロブとイブラヒム司令官は声をあげて笑った。

「地元民さ。心配ない」

イブラヒム司令官はくっくっと笑った。

「撃ったんですか」

イブラヒム司令官は肩をすくめた。

「さあな」言葉のあとに、〝それがどうした？〟と続いてもおかしくない響きだ。

ウィルソンは後ろの窓から外を見た。東の空が明るんでいる。

「それで、彼らはどこへ行ったんです？」

ベロブは鼻で笑ってこういった。

「どこへも行きゃしないさ！　五分後にはまた戻ってくる。ゴキブリみたいにな！」

イブラヒム司令官が振り向いて、ウィルソンに訊いた。

「ロープが見えたか？」

ウィルソンは首を振った。一生懸命走っている五、六人ほどの男しか見えなかった。

「道にロープが渡してあったんだ」イブラヒム司令官が説明した。「やつらはそのロープを木にくくりつける」

「それで？」

「車が来ると、ロープを引っぱる。停まれという合図だ」

「でも、あなたは停まらなかった」ウィルソンはいった。

「こっちは装甲兵員輸送車だ。どうして停まる必要がある？」ベロブはくっくっと笑い、イブラヒム司令官は声をあげて笑った。

「あいつらは収税人だと自称している」イブラヒム司令官はいった。顔から笑いが引いて、真顔になっている。「だから自分たちを行政だと思ってるらしい。しかし、おれはそうは思わない。収税人がロープを持って道端に座ってるのを見たことがあるか?」

ウィルソンは首を振った。

「だろう」イブラヒム司令官はいった。「毎日ああだ。見るたびに頭に来る」

一行がさらに一時間近く進むと、プレハブの建物が数棟建ったところに到着した。敷地の周囲はコンクリート塀に囲まれ、その上にさらにレーザーワイヤーと鋭利なガラス片が設置されている。採掘場から八百メートルの地点で、この数棟の建物はイブラヒム司令官の〝役員オフィス兼軍司令部〟だった。

「少し寝たほうがいい」イブラヒム司令官はウィルソンにいった。「そのあいだに友人と私とで積荷を調べておく。午後には案内してやろう」

ウィルソンはそれでかまわなかったし、飛行機の長旅で疲れていた。ゼロとカーリドを引き連れ、胸をはだけたピグミー族について階段をのぼり、建物の二階にあがった。来客用になっているのは六部屋で、室内は質素だが、手入れが行き届いている。ウィルソンの部屋には、エンジン内のコンロッドがいかれたトラックみたいにけたたましい騒音を出すエアコンがついていた。それでも気温が摂氏二十六度までさがったし、押し寄せる湿気を空中から絞り取ってくれた。

ウィルソンは靴を蹴って脱ぐと、ベッドに横たわった。疲れているのに、眠りはなかなかやってこない。一匹の蚊が腕の毛に留まるのを感じて、目を開け、見ていると、蚊は血を吸いはじめた。蚊の腹が充分膨らんだのを見計らって、拳を握りしめ、腕の筋肉に力を入れる。蚊は吻《ふん》を肌の下に刺したまま、身動きが取れなくなった。ウィルソンの静脈がくっきりと浮かびあがって、腕が震えている。すると、蚊はポンと弾けた。

　重警備刑務所でよくやったゲームのひとつだ。

　ふたたび目を閉じたが、外の廊下で口論の声が聞こえてきて、すぐに目を開けた。ウィルソンは立ちあがると、靴をはいてドアまで行き、引き開けた。

　ゼロとカーリドが一人のピグミーといい争っていた。ピグミーは恐怖と敵意を剝《む》き出しにして、ナイフで二人を脅している。ウガンダ人兵士が「やめろ！」と叫びながら、階段を駆けあがってきた。

　ウィルソンはゼロとカーリドを引き離し、兵士は必死にピグミーをなだめた。

「いったいどうしたんだ」ウィルソンは訊いた。

　兵士が顔をあげていった。

「あんたの友人たちがこいつを侮辱したそうだ」

　カーリドはあざ笑った。

　兵士がカーリドのほうを向いて、こういった。

「運がよかったな、こいつに殺されずにすんで」

カーリドは、そいつはどうかなとでもいうように、HK銃をかまえた。

今度は兵士があざ笑う番だった。

「おまえは切り身になるところだったんだぞ」

「もうよせ」ウィルソンはいった。「そいつはなんていってるんだ。この二人がなんといってそいつを侮辱したって?」

「こいつはあんたの部屋の護衛をすることになっていた」兵士は答えた。

「それで?」

「あんたの友人たちがそれをさせてくれなかった」

「そいつはおれたちの仕事だからさ」カーリドが強い口調でいった。「部屋の外でHKを持って椅子に座り、交代で見張る、それがおれたちの仕事なんだ」

「それのどこが問題なんだ」ウィルソンは訊いた。

「こいつがおれたちの椅子をほしがったのさ。それでナイフを抜きやがった」

ピグミーがなにかいいかけたが、ウィルソンは手を振ってさえぎった。

「伝えてくれ――」ウィルソンは兵士にいった。「すまなかった、私の部屋の護衛をしていいと」兵士が通訳すると、ウィルソンはカーリドに向き直った。

「どうして椅子をもうひとつ持ってこなかったんだ」

「おれたちだけで充分だからさ」カーリドは肩をすくめて、そういった。

「下に椅子がひとつある」兵士がいった。

ウィルソンはうなずいて、いった。

「私も一緒に行く」

廊下を進みながら、兵士は声をあげて笑った。

「あんたの部下たち、なかなかやるじゃないか！　それともただのアホどもか」

「どうしてそう思う？」ウィルソンは訊いた。

兵士はまた笑った。

「あのピグミーは、あっという間に人を殺す名人だ。みんなそれを知ってる。つまりあんたの部下たちは、あんたのためにでかい危険をおかしたのさ！」

階段を降りてメインのオフィスに行くと、笑い声と叫び声の波が、ウィルソンたちに押し寄せてきた。騒ぎのもとは、人のいないオフィスでノートパソコンに群がっている、十三歳程度の少年たちだった。はじめウィルソンは、パソコンゲームでもやっているのかと思ったが、実際にはネットに接続して、ポルノサイトを見ていたのだ。

兵士は怒鳴った。

「出ろ！　出るんだ！」それから追いかけるふりをした。とたんに少年たちは逃げ出した。

笑っている兵士のほうを振り返って、ウィルソンは訊いた。

「ここには衛星通信機器があるかい」

兵士はうなずいた。

「使ってもいいだろうか」

兵士は肩をすくめて、いいともいい、椅子を探しに行った。

ウィルソンはモニターの前に座り、拳をボキボキ鳴らしてから、キーを打ちこんだ。

www.yahoo.com。

ハキムのことで新しい知らせがあるんじゃないかと期待していた。

メールチェックをクリックし、下書きをクリック。ページがあらわれた。意外にも、メッセージはひとつではなく二つあった。ハキムがいなくなったというメッセージが、まだ削除されていないのだ。ウィルソンは腹が立った。些細なことかもしれないが、こういうのは苛立ちのもとだ。いまは安全な連絡方法をないがしろにできるときじゃない。あれほど単純な決め事をどうして守れないのか。ウィルソンはその下書きを削除してから、最新のメッセージを開いた。前のメッセージと同じく、アドレスは空っぽで、タイトルには「なし」と書いてある。

ハキムを見つけた《Found Hakim》。心配無用。

友人と会っていたそうだ。

おまえと連絡を取りたがっている。

ウィルソンはそのメッセージに釘づけになった。胃袋にパンチを食らったような気分だった。ハキムを見つけた？《Found Hakim.》　その言葉――もっと正確にいえば、その単語の数を見て、ウィルソンは思わず椅子に寄りかかった。

なんとか理由を考えてみた。ボボホンはうっかり忘れたのかも……いや、ありえない。あんなに単純な決め事を忘れたりするものか。ということは、このメッセージを書いたのはボボホンじゃない。ほかのだれかだ。ボボホンがEメールの下書きモードを使って連絡を取っているのを知っているだれかだ。しかし、そんなことがありうるのか？

頭のなかは〈マルマラクイーン〉号にフラッシュバックしていた。船はイスタンブール沖で錨を降ろし、ドックのストライキが終わるのを待っていた。ゼロとカーリドはテレビを見ていた――アラブのチャンネルだ――そしてだれかがカメラの前で捕まっていた。頭にフードをかぶせられた男が一人。銃を持った男たち。ウィルソンが、これはなんだ、と訊くと、カーリドが、マレーシア、と答えた。ベルリンじゃない。マレーシアだ。

ウィルソンは身体をこわばらせ、懸命に考えた。ハキムがいなくなった《I can't find Hakim.》。あのメールはたしかにボボホンだ。まちがいない。単語四つで書いてあるからだ。そしてこの、連絡を取りたがっているという偽メッセージ。いったいだれが書いたんだ？　十五秒ほど考えると、見えてきはじめた。可能性は多くはない。ハキムがいなくなった。明らかにハキムは行方不明となり、ボボホンはそのことを心配していた。いまはボボホンが行方不明になってしまったか、行方不明でないにしても、もはや独自の通信手段を駆使できる状態にないかだ。ということは、ハキムがボボホンのことを自白したにちがいない。そして警察はいま、ウィルソンを探している。

あるいは、警察以外のだれか。

やつらは私が何者か知っているだろうか？　私の名前を、居場所を、なにをしているかを、把握しているのだろうか？　可能性はある。

あるいは知らないかもしれない。もしボボホンがしゃべったとすれば（拷問を受ければだれだって口を割ってしまうものだ）やつらは全部知っていることになる。そうなれば、なにもかも終わりだ。

ところが、やつらも知らないことがある。たとえばやつらは、ウィルソンとボボホンのあいだのメールの決め事について知らなかった。ということは、ボボホンは捕まらずに逃げたのかもしれない。あるいは殺されたか。

ハキムについては、話がちがってくる。ハキムにとってウィルソンは、単なる脇役の一人、〝フランク・ダンコニア〟という偽名でボボホンの計画に加わっていた一人にすぎない。いかれた考えに取り憑かれたアメリカ人でしかない。そんなハキムが、どこまでやつらに情報を自白できるだろうか？　そもそもハキムは、どこまで実際に知っているだろうか？

――麻薬と銃とダイヤモンドについては、ハキムはすべて把握している。私がどこにいて、なにをし、どこに向かっているかは自白できるだろう。私の人相も話せるだろう。しかし、私が本当は何者なのかは話せない。ハキムがせいぜい話せるのは、私がボボホンと一緒に刑務所にいたことだけだ。けれども、ボボホンと一緒に刑務所にいたやつはわんさかいる。ボボホンは刑期が長かったからだ。

ということは、当分は安全だ。CIAかなにかが、アントワープで待ちかまえているかもしれない。しかし、コンゴでは追ってこないはずだ。目的地は紛争地帯だし、政府から八百キロも離れている。

もちろん、イブラヒム司令官がハキムのことを知ったら、取引はすべて白紙に戻ってしまう。ダイヤモンドの話は消えてなくなり、おそらくウィルソンも消えてなくなるだろう。鉱山の底に突き落とされるか、串焼き《くしや》きにされて。

ハキムを見つけた。

……

おまえと連絡を取りたがっている。

――騙されるものか。

ウィルソンは午後、採掘場に行った。想像していたのとはまったくちがう光景だった。ウィルソンが予想していたのは、地下に続くトンネルのなかに軌間《ゲージ》の狭いレールが消えていくといった、炭鉱のようなものや、巨大な機械に削られて地層をむき出しにした山のようなものだ。ところが実際には、もっと奇妙なものだった。まるで地面が痘瘡《とうそう》にかかっているかのようだ。

採掘場は巨大な縦穴《ピット》で、直径二百メートル、深さは十メートルあるだろうか。巨大な穴の底には縦横に通路が走り、その通路で区切られたなかにさらに小さなピットがいくつもあって、そのなかで痩せこけた採掘労働者たちの一団が濁った水に膝まで浸かりながら、武装した現場監督たちの監視下で汗を流している。

どのピットにも、底が金網になった木製の樋《とい》があった。ガソリンエンジンがたえず樋のなかに水を送り、一方で採掘労働者たちは、シャベルでつぎつぎと掘った石、砂利、土を樋に放っていく。ほとばしる水が大きな石を洗い流し、小さな石は金網を抜けて下に落ちる。樋の端には子どもが一人いて、さらに細かい砂利を、シャベルで山にしていく。

短パン一丁という格好で泥塗れになって作業する〝振り振り男たち〟は、この細かい砂利を、木製の丸いザルに放り入れる。男たちの呼び名はここから来た。水面に身をかがめ、彼らはザルを〝振り振り〟して、ごみや泥はザルの端にやり、ダイヤモンドを含む重たいものは真ん中に集まるようにするのだ。

どういうわけか振り振り男たちは、くず石のなかからまちがいなく四分の一カラットのダイヤモンドを見つけることができる。見つけたらその場をじっと動かず、口笛で合図して、現場監督が来るのを待つのだ。

「彼らにいくら払ってるんだ」ウィルソンは訊いた。

案内役が声をあげて笑った。この案内役、メルセデスで飛行場まで迎えに来てくれた運転手でもある。

「そうだなあ、アメリカ人――」運転手はいった。「給料のあるやつには日給六十セント、それと食料。そのほかの連中は食料だけだ」

「そのほかの？」

運転手はにやりとした。

「給料のないやつがいるってことさ」

「どうして？」

運転手は肩をすくめた。

「もともと悪いやつらでね。ルグバラ族だよ。戦争捕虜だ」

「でも食料は与えているわけだ」

運転手はうなずいた。

「もちろん。あいつらだって食わなくちゃならないからな。だから一日カップ二杯の米と、たまにキャッサバをやるんだ。いっとくが、いまあんたが見てる連中は、それでもかなり恵まれてるほうだぜ」

一時間後、イブラヒム司令官は、採掘場のそばにあるコンクリート小屋の外で、カードテーブルに座っていた。ここは採掘労働者と振り振り男たちが給料と食料の配給を受け取る場所であり、罰と報酬が計り分けられる場所だ。

ウィルソンとメルセデスの運転手がその敷地のなかに入ると、イブラヒムが家族とおぼしき人々にお説教をしていた。四十代くらいかもしれない年配の男と、ほぼ同年齢と思われるその妻、そして三人の子どもを連れた若い母親。二人は十歳くらいの男の子で、女の子はせいぜい五歳といったところか。家族はすっかり怯《おび》えた顔つきをしている。

そばにはベロブがいて、コンクリート小屋の壁に寄りかかっていた。

ウィルソンはベロブと並んで壁に寄りかかった。

「とっくにいないかと思ってたよ。てっきりシャルジャに帰ったとばかり——」

ベロブは首を振って、イブラヒムを顎で示した。

「司令官がご不満のようだ。それでまだ足止めを食ってる」

「なにかあったのか」

「しょうもないことさ!」ベロブは声を低めた。「例のＲＰＧのことで文句をいってるんだ」

「どうして?」

「やつはロシア製のがほしいんだと。だがうちにはないんで、中国製のやつを持ってきた。完璧なコピー製品だぞ! ちがいなんかない。いい武器なんだ」

「それで?」

「あとはハキムに任せるしかない」ベロブはいった。

ウィルソンは怪訝な顔をした。

「それで折りあいがつくのか?」

「落ち着け。じきにハキムが司令官に電話してくる」

ウィルソンは心臓がびくんと動くのを感じた。思わず周囲を見渡して、訊いていた。

「ハキムが?」

「ああ」

「ハキムに電話ができるのか?」ウィルソンは訊いた。

「できないのか?」

「どこから?」

ベロブは肩をすくめた。

「衛星電話だろ? きっとそうさ!」ベロブはウィルソンを見た。「どうした? なにか問題でもあるのか?」

「いいや、ただ――」ウィルソンがいい終える前に、兵士が一人、少年の髪をつかんで引きずりながら、小屋から出てきた。少年は裸で、激しく殴打された様子だ。

少年の姿を見て、家族はすくんだ。少女が両手を伸ばして少年に近づこうとしたが、すぐに年配の男が少女をつかまえて、胸にしっかりと抱きしめた。若い母親は泣き崩れ、すぐに家族全員が号泣しはじめた。

「これはなんだ?」ウィルソンはベロブに訊いた。少年はせいぜい十三歳だろうか。

ベロブは首を振った。

「いやな話さ。あの子がダイヤモンドを盗んだそうだ。だから……あの子はもうおしまいだ」

年配の男が祖父だとすれば、祖父はイブラヒム司令官に訴えた。ウィルソンには、祖父がなにをいっているのかわからない。スワヒリ語かなにかだからだ。けれども祖父は、震える低い声で、一生懸命訴えていた。

イブラヒムは祖父の話を聞きながら、いかにも思慮分別を持ちあわせているといわんばかりの態度で、考え深げに顔をしかめた。そしてときおり、敷地内にいるほかの人間――ウィルソン、ベロブ、兵士たち、少年を見やり、〝もっともな話だ〟とでもいうようにうなずいた。まるで祖父の話に説得されたかのようだったが、つぎの瞬間、司令官は祖父の見え透いた茶番に退屈したのか、首を振り、パンパンと手を叩いた。

横にいる兵士を振り返って、イブラヒムはこういった。

「やれ」

兵士はにやりと笑うと、ピンク色の建物に消え、数秒後にあらわれたときには、片手にガソリンの入ったゼリーの缶、片手にタイヤを持っていた。

それを見て、家族は泣き叫んだ。母親は悲鳴をあげ、少年はよろめいた。ウィルソンには、少年の膝が萎えたように見えた。だが膝はなんとか持ちこたえている。少年は中庭に立ち尽くしながら、その場で身体を揺らしていた。まるで、ほかのだれにも聞こえない音楽を聞いているかのようだ。

兵士は少年の横にすばやくついて、タイヤを少年の頭にかけ、右手を穴に通させた。それから少年の手首を、プラスチック製手錠を使って後ろ手にしっかり固定した。最後にタイヤの空洞にガソリンを注ぎ入れ、少年の身体にもかけた。家族の泣き叫ぶ声と懇願の声が、一段と甲高くなった。

ウィルソンは目の前で起こっていることが信じられなかった。

イブラヒムは両手を前に突き出してなだめるようなしぐさをし、シーッといった。

「まだなにも決まってない」イブラヒムはそういって、ウィルソンのほうを振り返った。

「ベロブはきみに話したか？」

「なにを?」あたりの空気には、ガソリンの臭いが重く漂っている。敷地全体が爆発してしまいそうな感じだ。

「積荷についてだ」イブラヒムはいった。

ウィルソンは自分の耳を疑った。これは脅しなのか? ダイヤモンドを盗んだ少年は、三メートルほどのところで、ガソリンでいっぱいになったタイヤをかつがされ、身体を震わせている。円筒に火薬を詰めたローマ花火よろしく、少年は燃えあがろうとしているのだ。イブラヒムはこの瞬間を、積荷に対する不満の捌《は》け口に利用しているのか?

「ええ」ウィルソンは答えた。「ベロブから聞きました。RPGが問題みたいですね」

「ちがう! 問題なのはきみらだ!」イブラヒムはウィルソンをにらみつけた。

「だったらハキムに電話したらどうです?」ベロブがいった。

「電話したとも!」

ウィルソンは唖然《あぜん》とした。

「それで⁉」ベロブが先をうながした。

「電話に出なかった」

ウィルソンは自分が息をしていないことに気づいた。そこで深く息を吸い、ゆっくりと吐き出した。

イブラヒム司令官は、足もとの地面に置いてあるバッグのなかに手を伸ばして、衛星電話を取り出した。

「一時間後には戻ってくるそうだ」イブラヒムは紙切れを読みながら、電話に番号を叩きこんだ。

「あまりいい考えとはいえませんね」ウィルソンはいった。

イブラヒムは困惑の表情を浮かべた。ベロブもだ。近くでは、家族が土の上にひざまずき、手を組んで祈っている。

「どうしてだ?」ベロブは訊いた。

ウィルソンはなんと答えていいかわからなかった。

「もう遅い」

イブラヒムは正気でいってるのかといいたげな顔で、ウィルソンを見た。

タイヤを肩にかついだ少年は、膝をついた。

呼び出し音が六、七回鳴って、だれかが出た。ウィルソンの心臓は肋骨《ろっこつ》を叩き、左目の視野の隅には、銀色の糸がのたうち、渦巻きはじめた。

イブラヒム司令官は出し抜けに立ちあがり、電話に向かって怒鳴りはじめた。

「もしもし! もしもし! そっちはだれだ!」一瞬耳を傾けたが、たまりかねたように嚙みついた。「いいから英語でしゃべろ! ハキムはどこだ?」しばらく耳を傾ける。「それじゃやつを出せ! おれがだれに電話してると思ってるんだ? この電話はハキムのだろう?

え?」イブラヒムは衛星電話に耳を押しつけたまま、ウィルソンとベロブのほうに顔を向けた。そして静かな声でいった。「で、この少年はどうしてやるかな」

「見逃してやったらどうです」ベロブはいった。「もう懲りたでしょうから」

イブラヒムはうなずいた。

「そうだな……きみはどう思う?」イブラヒムは顎をあげて、ウィルソンの答えをうながした。

ウィルソンはなんと答えていいかわからなかった。右目の視野がかすれはじめて、頭は別のことを考えていた。

「私には、自分の問題がある」ウィルソンはつぶやいた。もしハキムが電話に出なかったら(理由も方法もないのに、どうして出られるのか?)、イブラヒムは不思議に思いはじめるだろう。そしてそれはこの場所、この状況下では、いいことじゃない。

イブラヒムは顔をしかめた。

「おれたちみんなは――もしもし? ハキムか! いったいどこに行ってやがった。もっと声を張れ! ろくに聞こえないぞ! おまえが送ってきた〝ガラスのサンプル〟に問題があった。ああ、〝ガラスのサンプル〟だよ!」長い間があった。「ああ、ガラスのなかに中国製のが混じってたんだ。いったいどうすりゃいい……なに? いや、たいした額じゃない。十パーセントくらいだ」

「七パーセントくらいだよ」ベロブがつぶやくように訂正した。

イブラヒム司令官の顔には、そのころには笑みが浮かんでいた。

「しょうがないな、兄弟！　おまえがそういうんだから！　おまえの話を彼に聞かせてやろう……なんだって？　ああ、すぐ隣に立っている。よし、よし、だが……わかった、いいだろう」イブラヒム司令官はウィルソンに電話を手渡した。「きみと話がしたいそうだ」

ベロブは薄笑いを浮かべている。

ウィルソンはほとんど目が見えなくなっていた。見えるのは、くすんだ色のちかちかする花火だけだ。ウィルソンは電話を頬に押し当て、話しかけた。

「もしもし」

十秒がたってから、ハキムはひとことといった。

「フランクか？」ハキムの声は弱く、疲れたような声だった。

ウィルソンは呆然としてうなずいた。それから気を取り直して答えた。

「そうだ」

「ハキムだ……」

「わかってる」

「それで……なにもかも順調か？　そっちのほうはだいじょうぶか？」

「ああ――だいじょうぶだ」

――いったい何人の人間が聞いているのだろう。いったいハキムは、どこに拘束されているのか？

「だったら、二日後にアントワープで会おう」

「わかった」ウィルソンは答えた。

「打ちあわせどおり、〈デ・ウィト・レリー・ホテル〉で」

「わかった」

一瞬おいて、通話は途絶えた。

ウィルソンは深い溜息をついて、電話をイブラヒム司令官に放った。

イブラヒム司令官はにやにやしていた。

「悪いな、ベロブ！　ハキムは売値を十パーセント下げるといってるぞ」

ベロブは憤慨した様子でイブラヒムに一歩詰め寄ったが、ウィルソンはベロブの袖に手をやって制した。

「もういい。次回で取り返そう」

イブラヒム司令官は、タイヤのネックレスをした少年に注意を向けた。

「決めたぞ」それからひと呼吸おいて、視線がいっせいに自分のほうに向く瞬間を楽しんだ。「彼はまだほんの子どもだ……貧しい家族の出の……そして盗んだのは、ちっぽけなダイヤモンドだった」

家族は同意するようにうなずいた。少年もうなずいた。

「しかし……」イブラヒムはもったいぶって間をおいた。

ウィルソンには、つぎにどんな言葉が来るかわかった。

「おれは採掘場を運営していかなくちゃならない。だから、こうすることにしよう」イブラヒムはポケットに手を入れて、ライターを取り出した。それからテーブルをまわり、地面にうずくまっている家族のほうに行くと、若い母親にライターを渡した。「あいつを燃やせ……」

若い母親は泣き叫んだ。

どういう状況かわかって、少年は慌てて立ちあがった。けれども首にタイヤがかけられ、両手は後ろ手になっているため、逃げることなどできない。兵士の一人にタイヤをつかまれ、引っぱられて、もとの場所に引き戻された。

母親はヒステリックに泣きわめいた。

「いったとおりにしないつもりなら——もっと大事《おおごと》になるぞ」イブラヒムは若い母親を見すえたまま、手をあげて指を鳴らした。それを合図に、三人の兵士が小さなピンク色の建物から出てきて、五つのタイヤとガソリン缶を一缶持ってきた。家族は息を呑み、幼い子どもの一人は気絶した。

けれどもイブラヒムは最高に楽しんでいたし、部下たちもそうだった。なかには声をあげて笑い、興奮で顔を輝かせている者もいる。

「あいつを燃やすんだ。それですべてが終わる！　おまえに約束しよう。この子が丸焼けになったら、おまえらは家に帰ってもいい！」イブラヒムは母親がなにかいうのを待ったが、母親はなにもいわない。首が飛んでしまいそうなほど、頭を激しく横に振るだけだ。「わかってるな？　この子の責任はおまえの責任でもある！　この子以上にだ！　この子をこの世に産んだのはおまえじゃないか。ということは、この世からこの子を消すのはおまえの責任だ。やりたくないなら、できないというんなら、それもいいだろう。そのかわり、おまえらみんなにタイヤをかけてやる！」

イブラヒムはしゃがみこんだ。母親の顔から数十センチのところで、母親の目をじっと見すえる。

「そっちのほうがいいか？　おまえの肚《はら》ひとつだぞ！　決めろ！　この子か？　それとも家族みんなか？　さあ！」イブラヒムはライターの小さなホイールを回転させて、火花を散らした。

「無理強いはやめてください」ウィルソンはいった。

イブラヒム司令官は振り返って、ウィルソンをにらみつけた。

ウィルソンは片手を差し出しながら、前に進み出た。

「その役は私に」

17

それはテストだった。

自分がニーチェの〝超人〟のように善悪を超越した存在だとすれば——ウィルソンはそう信じている——残っている良心のかけらは、自身の進化の遺物、残骸にすぎない。心は静かなままだ。

ちょっと考えれば、そのための方程式を作り出すこともできる。信号《S》対雑音《N》比に相当する倫理的公式だ。

テストするのはもちろん、ヘビの脱皮のように自分の良心を脱ぎ捨てるためだった。さっさと脱ぎ捨てて、先へ進んでいく。だれかが追いかけてきたとしても、草の上に鱗《うろこ》だらけの皮があるのを見つけるだけだ。そして彼らは思うだろう。ウィルソンは近くにいるのか？ウィルソンはハンティングをしているのか？

ウィルソンにとっては、内なる暴力性を心地よく思うことが大事だった。不可欠だった。だからこの少年は……。

ウィルソンは白目を剝きながら、ライターを手にして少年に近づいた。長く思われる瞬間、少年の前に立って、少年が地面から目をあげるのを待っていた。こんなのは序の口にすぎない。犠牲者の目を見つめ、そこに恐怖を見て取りながらも、なお非道な行ないに走るだけの力を持たなければ。

少年も微妙に感じ取ったにちがいない。なぜなら少年は、長く思われる瞬間、地面から目をあげなかったのだ。ようやく少年が、立ったまま失神しているような状態から自分を奮い立たせ、目をあげたとき、ウィルソンは一瞬目をあわせてから、ライターの小さなホイールをまわし、少年に火をつけた。

少年はまたたく間に炎に包まれたかと思うと、刺激臭のある黒煙をたなびかせながら、闇雲に走り出した。まるで鬼ごっこでもしているかのように、笑いながら飛びのく兵士たち。兵士の一人は、少年の尻を蹴ったりタイヤを引っぱったりして、炎に包まれた少年の身体を何度も回転させた。けれども、遊びは長くは続かなかった。三十秒後には終わっていた。確信はないが、ウィルソンには少年が心臓発作を起こしたように思えた。わめきながら走りまわっていたのが、つぎの瞬間……。

爪先でぶざまに旋回すると、少年は膝をついてくずおれ、地面に手をついて、土を搔きむしった。それから身体をこわばらせ、すべてが終わった。伐採された木のようにどっと横ざまに倒れ、煙をあげながら地面に横たわったのだ。

そのときウィルソンは、炎に包まれて走りまわっていたのが自分であるかのように、息を荒らげていた。奇妙な気分だった。自分は少しも身体を動かしていない。ライターのホイールをちょっとまわして、少年の胸に近づけただけなのだ。

ウィルソンは自分の胸に、いまどんな感情が起こっているか訊いてみたが、意外なことに、なんの感情もなかった。少年は死んだ。ただそれだけのことだ。

——運が悪かったのだ。

だがそれは昨日のことで、ウィルソンはいま、自分自身の問題を抱えていた。

イブラヒム司令官は部下の一人に、ウィルソンをフォートポータルに近いウガンダ国境まで連れていくよう取り計らってくれた。国境には、ウガンダの首都カンパラまで乗せていってくれる武装車が待っているという。カンパラでロンドン行きの飛行機に乗れば、あっという間にアントワープに到着している、というわけだ。

ウィルソンはその申し出を断わり、イブラヒム司令官にこう説明した。コンゴから武装車でウガンダに入るのは人目を引きすぎる。ルートに関してはハキムとバールベックで話しあってあり、ウィルソンはブニアに向かうことになっている。ブニアでは、ハキムの友人がボートを用意してくれているはずだ。税関の警察や兵士たちを避けるため、夜間にアルバート湖を船で渡る。ウガンダ側に入ったら、オートバイででこぼこ道を走ってメインのハイウェイに入り、そこからカンパラを目指す。ゼロとカーリドはずっと一緒で、旅の安全を守ってくれる。

イブラヒムは不信の目をしたが、彼にはどうでもいいことだった。もう銃は手に入れたからだ。だからウィルソンは、自分の好きなようにできた。

「ブニアに銀行はありますか」ウィルソンは訊いた。

「もちろんだとも」イブラヒムは答えた。

ウィルソンはイブラヒムに礼を述べた。

「船が出るまで、貸し金庫が必要なんですが」

「だいじょうぶだ」

もちろん実際には〝ボート〟など用意されてないし、「ハキムの友人」もいない。ブニアはイブラヒムを厄介払いし、アントワープで売ることがかなわなくなったダイヤの新たな買い手を探すための、〝プランB〟なのだ。

ボボホンのコンピューターからメッセージを送っている連中が、ハキムも拘束しているのはまちがいない。もしウィルソンが〈デ・ウィト・レリー・ホテル〉に姿をあらわしたら、即座に拘束されるだろう。なかに入ったとたん、CIAやFBIが、ウィルソンを取り押さえるのだ。なにかの針を刺されて、それでおしまい。目覚めたときには頭にフードをかぶせられ、公式には存在しない刑務所へ向かうテロリストクラスのシートに鎖でつながれているのだ。

だから、プランBで行く。

コンゴのもっとも危険な地域にあるブニアは、アフリカ版のサウスダコタ州デッドウッドだ。ごみや汚水、病気があふれ返る暗黒郷で、三十万人がひしめくスラム都市であり、多くは飢えや病気でまったく希望を失っている。アルバート湖にほど近く、小さな地獄と化してさえいなければ、天国のような自然環境だというのに。

イブラヒム司令官が武器と交換にくれたダイヤモンドは、硬質材でできた見事な頭部の彫像をくり抜いて、なかに隠してあった。約一・四キロの選び抜かれた未加工ダイヤモンドで、大きさは三カラットから五カラットまでさまざまだ。全部で七千二百六十三カラット。ひとつひとつが最上級の原石である。イブラヒム司令官はそれを保証し、ウィルソンはその言葉を信じた。信じない理由はない。ビジネスをやっているのはイブラヒムとハキムで、ベロブとウィルソンはただの代理人にすぎないのだ。しかもこの取引は儲かるし、信用の上に築かれていた。なぜ相手を信じるのかと訊けば、どちらの側もアラーの話をして、双方が共通に持つ大義について話すだろう。イスラム共同体の連帯をうながして、双方が関わってきた十年にわたる秘密の作戦にそれとなく触れるだろう。けれども結局は、双方ともわかっているのだ。おたがいに信用するのは、イスラム以上に強いなにかがあるからだということを。一方の男の手には銃があって、相手の男の手にはナイフがあり、おたがいどこにいようと、いざというときには魔の手が伸びてくることを知っているのだ。

だから、イブラヒムが上等なダイヤモンドだといえば、そのダイヤモンドは上等なのだ。

とはいえ、ウィルソンは少し本を読んであって、ダイヤモンド産業がじつに興味深いことを知っていた。とくに面白いのが、ダイヤモンド産業は究極のカルテルだということだ。一世紀以上ものあいだ、宝石用ダイヤの価格は南アフリカの〈デ・ビアス〉社とそのパートナーたちによって操作されてきた。〈デ・ビアス〉がそれを成し遂げたのは、垂直的に統合された独占体制を作ることで、ダイヤの供給制限が可能になったからだ。そしてこれが可能になったのは、〈デ・ビアス〉が世界じゅうのダイヤモンド鉱山の全部、あるいはほとんどすべてを所有したからである。〈デ・ビアス〉が生産しなかった宝石用ダイヤは、子会社のいわゆる〈ダイヤモンド・コーポレーション〉を通して買い占められたのだ。

こうしてマーケットは、独占的に支配された。

中央販売機構（CSO）は毎年、〝サイトホルダー〟と呼ばれる二百五十の販売業者たちをロンドンに招待する。この機構もまた〈デ・ビアス〉が作ったもので、イスラエルのバイヤーたちはこれを率直に「組織《シンジケート》」と揶揄《やゆ》している。

サイトホルダーたちがロンドンに来ると、あらかじめ分類されたダイヤの包みを定価の四万二千五百ドルで買う許可が与えられる。包みの中身は、購入するまで確かめることができないため、現物を見もしないで買うことになる。自分の買ったものが気に入らなければ、サイトホルダーは包みを拒否してかまわない。けれどもそれをやってしまうと、ほどなく業界から締め出されるはめになる。CSOから二度と招待状が来ないのだ。

だからサイトホルダーたちは、自分たちが受け取った現物を受け入れ、〈デ・ビアス〉を信用するしかない。ちょうどウィルソンがイブラヒム司令官を信用するのと同じように。

包みを買ったあと、サイトホルダーたちはそれをアントワープやアムステルダム、ニューヨーク、ラマトガン（イスラエル）のダイヤモンド取引所で、卸売り業者に転売する。その一方で、人為的な希少性は〈ダイヤモンド・コーポレーション〉によって維持される。〈ダイヤモンド・コーポレーション〉は、余っているダイヤがあったら、それがどこで見つかろうと買い取るのだ。それらのダイヤはキロ単位でロンドンの銀行の金庫室に保管されるか、のちに掘られる鉱山の地中に埋められる。

このゲームでは、紛争地帯のダイヤはワイルドカードだ。これらのダイヤは、シエラレオネ、アンゴラ、そしてコンゴの、異常なほど暴力的な反乱軍によって採掘される。一日六十セントでこき使われる事実上の奴隷たちがジャングルの川床から掘り出した〝ブラッド・ダイヤモンド〟は、世界の取引所に不正規なルートで、組織《シンジケート》の介入なしに流通するのだ。

これら紛争地帯のダイヤは、西アフリカじゅうで紛争の火種になる一方で、CSOが売るダイヤの価格を下落させてしまうため、〈デ・ビアス〉は、正規のダイヤモンドにはかならず産地証明書をつけるという協定を確立させた。

ウィルソンは思った。ここに皮肉なシンメトリーがある。武器については、末端の購入者用の証明書が偽造されるか買われるかして、ジャングルでダイヤ掘りにたずさわる奴隷植民を管理するイブラヒム司令官のような第三者に売られていく。だとしたら、最初からブラッド・ダイヤモンドにも独自の証明書をつけるべきじゃないだろうか？　もちろんその証明書は、偽造書類でダイヤから血を洗い落としてから添付し、アフリカから花嫁の薬指まではるばる旅をするわけだが。

ブラッド・ダイヤモンドは、出所が紛争地帯だというだけでほかのダイヤとまったく変わらないのに、南アフリカ、オーストラリア、シベリア産のダイヤよりも安い価格で売られている。ハキムによれば、ウィルソンのダイヤは約四百万ドルで売れるらしい。〈デ・ビアス〉が市場で売った場合の約半分の値段だ。

ハキムが航空母艦の船倉で逆さ吊りにされているいま、唯一の問題は、バイヤーを探すことだった。六月二十二日はどんどん近づいている。無駄に費やす時間はない。

正午を少しまわったところで、ウィルソンたちはブニアに入った。砂嚢《さのう》を積みあげた〈ザイール貿易銀行〉の前で車を停める。ゼロとカーリドが外で待つあいだ、ウィルソンはなかに入って支配人に会った。

ミスター・ビズワは東インド出身の紳士で、四十代後半だった。凝った装飾の帝国風机の向こうに座っている。後ろの壁には、大統領ジョゼフ・カビラの肖像画があった。ウィルソンの手を固く握りしめて挨拶すると、ミスター・ビズワは椅子を勧め、どんなご用件でしょうと訊いてきた。

「貸し金庫が必要なんだ」ウィルソンは切り出した。「これをしまうための」ウィルソンは布にくるんだ頭部の彫像を取り出して、机の上に置いた。

「拝見してもよろしいですか」ビズワは訊いてきた。ウィルソンはうなずき、銀行の支配人は布をはずした。

「おそらく相当な価値があるものだと思うんだが」ウィルソンはいった。

「ええ」ビズワは顔をしかめた。「たしかに……すばらしいものですね」

「ウガンダで買ったんだ」ウィルソンは続けた。「じつにいい買い物をしたと思ってる」

ビズワは弱々しい笑みを洩らして両手を組み、力になりたいという顔をした。

「近くまで来たもので、ここにくればいいと思ったんだ。いってること、わかるだろ」ウィルソンはウィンクした。

ビズワは困惑した顔で、訊き返した。

「ということは、ダイヤモンドですか」

「ビンゴ！」

「それでしたら、ふさわしい場所に来られたと思います」

「人にそういわれたよ」

「ですが、あなたはダイヤモンドビジネスに関わっていませんよね？」

ウィルソンは首を振った。

「ああ、私はコーヒーのバイヤーだ」

ビズワは鼻で笑った。

「ブニアにコーヒーの買いつけに来たというんですか」

「いやいや、さっきいったように、これはただの寄り道でね」

「わかりました」ビズワはそう答えたが、明らかに納得していない様子だ。

ウィルソンは肩越しに振り返ってから、身を乗り出した。そしてささやき声で告げた。

「ちょっと力になってもらえないかな。ダイヤをひとつ買いたいんだ。結婚するもんでね」

ウィルソンは説明した。

「それはよかったですね！」

「だから考えてたんだよ……三カラットか、四カラットの原石がある。これをカットすると
サイズは半分になってしまうそうだね。となると、何カラットだ？　一・五カラットか、二
カラットだ」

「そうですね」

「できると思うかい」

「ええ、可能です」ビズワはうなずいた。

「だが違法だろ？　ちがうか？」《ネスバ》

ビズワは微笑んだ。

「とくにむずかしいことじゃないと思います。だいいち警察がいません。長いこと給料をもらってない交通整理のおまわりだけです」

「国連はどうだ？　職員の姿が見えたが――」

「ウルグアイ人やバングラデシュ人ですが……彼らはやることが多すぎて手がまわりません。それにあなたがおっしゃってることは……ここではよく行なわれていることなんです」

「ほんとに？　詳しく聞かせてくれ。みんななにをやってるんだ？」

「ダイヤを買って、売るんです。経済そのものですよ」

「なるほど！」ウィルソンは考えこむふりをしてから、こう切り出した。

「それじゃ、だれかを紹介してくれないかなあ！　ダイヤモンドのセールスマンを」

ビズワは哀れむような顔をした。

「もちろんできますが、しかし……彼らはどこにでもいますよ。タクシーの運転手だって、自分で売り物のダイヤを持っていたり、ダイヤを売ってくれる知りあいがいたりします。兵士もみんなそうです。問題は、少しばかり危険がともなうことでしょうか。向こうは隙《すき》あらばつけこもうとしますから」

「そこがこわいんだ」ウィルソンはいった。「身ぐるみはがされかねないだろ！」

「一番のアドバイスは、店を構えているディーラーだけに絞ることですね。彼らはレバノン人がほとんどです。それに店を持っているからには、つぎの日もそこにいるわけです。タクシーの運転手はそうじゃありません」

「彼らはレバノン人だといったね」

ビズワは肩をすくめた。

「ほとんどはそうです。中国人の紳士が一人いますが、彼とビジネスをすることはお勧めしません」

「どうして？」

ビズワは居心地の悪そうな顔をした。

「彼はどちらかといえば卸売り業者に近いし……」ビズワは顔をしかめた。

「――近いし？」ウィルソンはうながした。

「ちょっとした噂がありまして」

「なるほど」

一瞬沈黙が降りてきて、二人とも天井のファンのまわる音を聞いていた。

「とにかく、きっと見つかると思いますよ」ビズワはいった。

「ありがとう。それともうひとつ……お勧めのホテルはないかな」

ビズワは一瞬ためらった。

「残念ながら、ホテルらしいホテルは閉まっています。ですが、〈シャトー〉になら部屋があるでしょう」

「〈シャトー〉？」

「〈ルブンバシハウス〉のことです。かつては知事の豪邸でした。もっとも、豪邸というほどのものではなくてバンガローに近いです。大きめのバンガローですね」

「知事はどうしたんだ」

ビズワは顔をしかめた。

「亡くなりました」

「そいつは気の毒に。病気かなにかで？」

ビズワは首を振った。

「いいえ、病気だったとはいえません。実際には牡牛《おうし》のように健康でしたから」

ウィルソンは考え深げにうなずいた。

「しかしそのホテルは……安全なのか？　私のような人間にとって？」

ビズワは唇を結んだ。

「ええ、だと思います。ジャーナリストは好んで利用していますよ。よそから来たNGOや、政府のお役人とかも……ですからバーの光景はなかなか圧巻です。ですが——」ビズワは微笑んだ。「当方の貸し金庫をご利用されたほうがいいかもしれません」

〈ルブンバシハウス〉は四方に広がったバンガローであり、化粧漆喰《しっくい》を塗った外壁には、そう遠くない過去の戦争による精緻《せいち》な装飾が施されていた。優雅な修羅場だったこのバンガローのまわりには破壊された庭があり、その庭を囲むように、二メートル四十センチの塀がぐるりとめぐらされている。塀の灰色の表面には、トカゲたちが躍っていた。バンガローの横には、底に大きな穴が開いた空っぽのプールがある。

「あのプールはどうしたんだ」ウィルソンは訊きながら、自分とカーリドたちの宿泊手続きをし、一泊分の代金を現金で払った。

アルコール臭い息をしたベルギー人風の支配人が、肩をすくめて答えた。

「迫撃砲でやられたんです。二年前に」

「だれか亡くなったのか?」

「プールのなかではだれも」支配人は首を振って、ウィルソンに部屋の鍵を二つ渡した。

「申し訳ありませんが、シーツもタオルもございません。明日にはあるかもしれませんが。よろしければ歓迎の一杯を……」支配人はそういって、隣の部屋を手ぶりで示した。

ウィルソンは礼をいった。ゼロとカーリドは、まず最初に部屋を見たいといって、バーには行かなかった。

バーといっても、実際には居間のようなものだ。きれいに磨かれたフローリングの上に、カウチと安楽椅子がまばらに置いてある。頭上でシーリングファンがゆっくりまわっていた。庭でけたたましい音を立てている発電機から、電気が来ているのだ。ウィルソンとウェイター兼バーテン以外には、バーにいるのは六十歳ほどのがっしりしたポルトガル人だけだった。

「フランク・ダンコニアだ」ウィルソンはポルトガル人に自己紹介した。

「ダ・ローザだ。ジェア・ダ・ローザ」

ウィルソンは革の安楽椅子に腰をおろし、ウェイターに合図した。

「ジントニックを」そしてつけ加えた。「この友人にもお代わりを頼む」

「ありがとう《メルシー》」ダ・ローザはそういって微笑んだ。

「それでミスター・ダ・ローザ、あなたの仕事は？」

「おれの仕事？　まとめ役だ。結果を出すためのまとめ役」

ウィルソンは困惑した表情を浮かべた。

「どんな結果の？」

「軍事的な結果」

ウィルソンは声をあげて笑った。

「それで、景気は？」

「上々さ！　アフリカじゃいつだってそうだ。だが今年は、去年やおとといほどじゃないかもな」

「そいつは残念だ」

傭兵は、それが人生《セ・ラ・ヴィ》さといいたげに、肩をすくめた。

「おれにはいくつか希望があるんだ。それがいつも変わる。やつらがいつも変えるのさ」

ウェイターが、トレイにジントニックのグラスを二つ載せて持ってきた。ポルトガル人は黙ってグラスを掲げ、乾杯のしぐさをした。その拍子に右手の親指と人差し指のあいだの小さなタトゥーが見えた。三角に並んだ三つの青い点。

「乾杯《チンチン》！」

ウィルソンはひとくちすすった。

「で、景気は前のほうがよかったのか」

ダ・ローザは頰を膨らませて、二人のあいだのコーヒーテーブルの上に、溜息をついた。

「最高だった。アフリカ版世界大戦があったからな」

聞いたことがない表現だった。ウィルソンの顔にそれがあらわれたのだろう。

「九つの国、二十の軍が戦って、四百万人が死んだ」ダ・ローザは説明した。

「四百万人⁉」

ダ・ローザは右手を水平にして揺らした。

「四百万、プラスマイナス十万てとこだ」

「知らなかった」

「全部黒人」それですべての説明になるかのような口ぶりだ。「一度にそれだけ死んだんじゃない。四、五年かかってる。だから知らなかったんだろう。だがたしかに四百万だ。ものすごい数だった」

ウィルソンはなんといっていいかわからず、ジントニックをすすった。

「で、そっちは?」ダ・ローザは訊いてきた。「観光客か? オペラ歌手か? 何者だ?」

ウィルソンは含むように笑った。どこまで話していいかわからなかったので、銀行でしたのと同じ話をすることにした。

「コーヒーのバイヤー」

ダ・ローザは唇を結んで、うなずいた。

「面白い商売だな。アラビアコーヒー豆か、ロブスタコーヒー豆か?」

ウィルソンは思わず目をぱちくりさせた。

ダ・ローザは笑い出した。

「だったらダイヤモンドだな」

ウィルソンは肩をすくめた。

「買うほうか、それとも売るほうか?」ダ・ローザは訊いてきた。

ウィルソンは少し考えてから答えた。

「それは場合による。あんたもこの商売に?」

ダ・ローザは鼻で笑った。

「まさか! 危険すぎる。なんならラフードに会いに行ってみるといい。エリー・ラフードだ。いい値段をつけてくれるだろう。おれの紹介だといえばいい。そしたらおれもおこぼれにあずかれるかもしれないからな。そうだろ?」

「ラフード……レバノン人か?」

「やつらはみんなレバノン人さ」ダ・ローザはきっぱりといった。

ウィルソンは顔をしかめた。レバノン人は避けたい。ハキムとその仲間たちにどこかで会っている人間がいるかもしれないからだ。ゼロとカーリドが同郷人とおしゃべりするなんてことは、絶対にごめんこうむりたい。あの二人は、知らなければ知らないほどいいのだ。いったそのこと……

「中国人が一人いると聞いたんだが」

ダ・ローザは顔をしかめた。

「ああ、いるよ。ビッグ・ピンだ! ドゴール通りに店を持ってる。行くときは防弾チョッキを着ていけよ」

「そんなに悪いやつなのか?」ウィルソンは笑い出した。

ダ・ローザは首を振り、グラスを干して氷をカチャカチャ鳴らした。

「いいや、やつはだいじょうぶだ。だがビッグ・ピンのところにダイヤをひとつ二つ買いに行くやつはいない。やつはどちらかというと、卸売り業者だ」

「みんな卸売り業者だと思ったが」ウィルソンはいった。

「まあ、そんなところだな。ただピンは、軍人たちと直接取引するんだ。だから大きな取引のほうがいいのさ」

「危険そうだな」

「ピンにとってはそうでもない」

「どうして?」

「やつは〈新義安〉の一員だからさ」

「なんだい、それは?」ウィルソンは顔をしかめた。

ダ・ローザは唇を引き結んだ。

「五万人のギャング団だ。チームで仕事している。〈ウォルマート〉みたいなもんさ。ただし、銃を持ってるがな」

翌朝ウィルソンは、ホテルの支配人から書いてもらったおおざっぱな地図を頼りに、ビッグ・ピンの店を探しに行った。しかし、地図があってもなかなか見つからない。通りにはろくに標識がないし、建物にも番号がないのだ。通りすがりの人に尋ねる手もあるにはあった。ビッグ・ピンの店にはどうすれば行けるでしょう？　しかし、もしダ・ローザのいうとおりだとすれば、それはアル・カポネの店はどこですかと訊くようなものだ。

そこで三人は歩いた。さらに歩いて探した。

ゼロとカーリドは、いかにも悪そうに見せようと必死だ。二人がしているのはそれだけで――それしかできないのだ――二人とも精一杯すごんでいる。けれどもウィルソンには、二人が怖がっているのがわかった。通りにはAKがあふれ返り、どこを見ても、ジーンズの後ろに銃を忍ばせている男だらけだ。ウィルソンの一歩後ろを歩きながら、カーリドはこぼした。

「いまごろはヨーロッパにいるんじゃなかったのかよ。ハキムは――」

「私だってそう思っていたさ」ウィルソンは嘘をついた。「だがこれは特別な取引なんだ」

カーリドはしばらく黙って歩き、信号を見つめながら、三人の背後をつけてくる九歳の子どもたちを警戒していた。

「ハキムは〝特別な取引〟のことなんてなんにもいってなかったぜ」

ウィルソンは肩越しに振り返った。

「だからこそ特別なのさ」

するとと突然ゼロが吠え声をあげ、細い裏路地の突き当たりを指さした。見ると装飾の凝った木製ドアの上に、金属板でできた看板がぶらさがっている。

777　輸出入商　777
店主　ピン・リー・オン

アジア系の男が一人、ドアの横でスツールに座っていた。膝にはショットガンを寝かせて置いてある。ウィルソンがその裏路地に入っていった瞬間、男は立ちあがって、人差し指を左右に振った。ウィルソンはためらったが、すぐに理解した。そしてゼロとカーリドのほうを振り返った。

「ここで待っててくれ」

ビッグ・ピンのオフィスは、涼しくて照明が薄暗かった。小さなガラスケースが二つあり、なかにカット前とカット後のダイヤモンドが質素に飾ってある。頭上では一列に並んだ蛍光灯が低い唸りをあげ、塗装した中国風のチェストの上では、卓上扇風機が左右に首を振っていた。オフィスの奥の隅には、彫りの深い象牙《ぞうげ》の衝立が立っている。

カウンターの向こう側には、無表情な顔をした年配の中国人がいた。近くでは、白いリネンのスーツを着た端整な顔立ちの若いアジア系の男が、腿に肘をついて折りたたみ椅子に座り、ぼろぼろになった《ハスラー》をめくっている。

ウィルソンは年配の男の目をじっと見すえた。

「ミスター・ピンか?」

とたんに年配の男の顔が、しかめ面になった。

「ピンじゃないよ!」男はそういって長い一瞬ためらっていたが、その絡まった鼻毛の下に、やがて笑みがよぎった。「ダイヤ買いたいか?」

ウィルソンは首を振った。

年配の男はふっと笑みを消して、軽蔑《けいべつ》するように鼻を鳴らした。

「てことは、ダイヤ売ってるのか!」

ウィルソンはわざと怪訝な顔をした。

「なんでわかったんだ! あんた、探偵の素質があるよ」

年配の男は笑っていなかったが、白いリネンのスーツを着た若者は、にやりと笑みを洩らすと、雑誌を下ろして立ちあがった。

「おれがピンだ」

ウィルソンは若者のほうに向き直って、片手を差し出した。

「私はフランク・ダンコニア」

「知ってる」

「知ってる？」

「ああ。あんた、子どもに火をつけた男だろ……」若者は手ぶりでウィルソンを、象牙の衝立の向こう側へ案内した。そこには巨大な鉄のドアが、ボルトで壁に作りつけてあった。ドアの横に、表面に手の形が彫られたニッケルのプレートがある。ピンは自分の手をそのプレートに押しつけた。ダイオードが光り、ドアが開いた。「なかへ……」

なかに入ると、そこは窓のない部屋だった。天井がアーチ形で、煙草の煙が充満していた。緑の粗いラシャがかかった頑丈な木製テーブルで、二人の男が座ってお茶を飲んでいる。

一人は黄色い歯をした太りすぎのブッダ、とでもいった風貌だ。もう一人はダ・ローザで、ダ・ローザは笑いながら肩越しに振り返ると、こういった。

「やけに時間がかかったじゃないか」

ウィルソンは顔をしかめた。もてあそばれるのは好きじゃない。

太った男はくっくっと笑って、ひどい臭いを放つジタンに火をつけると、善意のポーズなのか、英語で話しかけてきた。

「グッドナイト！」

「リトル・ピンに出会ったようだな」ダ・ローザがそういって笑った。

ウィルソンは白いスーツを着た若者のほうを見やった。

「親父は英語が達者じゃないんだ」若者はにやりとして、「ともかく、座ってくれ」と椅子を勧めてきた。ウィルソンはその椅子に座った。

太った男――ビッグ・ピンが、前に身を乗り出してきた。

「アメリカ人だな」

ウィルソンはうなずいた。

「ここらじゃアメリカ人はめずらしいんだ」ダ・ローザがいった。「それだけで、きみは名士みたいなもんさ」

ビッグ・ピンは目を丸くして、驚異的な洞察力に感心するかのように、大きな頭でうなずいた。

「おまえ、CIAか？」

「いいや」ウィルソンは首を振った。

ビッグ・ピンはがっかりした顔をして、中国語で息子になにやら話しかけた。

リトル・ピンが通訳した。

「もしあんたがCIAなら、いい取引ができるんだがと、親父はいってる」

「きっとそうだろうな。ただ残念ながら……私はちがう」

「残念だな。お茶でもどうだい？」リトル・ピンが勧めた。

ウィルソンは首を振った。

ビッグ・ピンの眉の両端が、落胆したように垂れさがった。ビッグ・ピンはウィルソンのほうに身を乗り出して、こういった。

「キ・ヴゼット？　ケ・ヴーレヴ？」

ウィルソンはリトル・ピンのほうに顔を向けた。

「親父さんに伝えてくれ。私はフランス語がだめなんだ」

リトル・ピンは肩をすくめた。

「あんたは何者だ、なにが望みだ、そういってる」

ウィルソンは背もたれに寄りかかった。視線をビッグ・ピンからダ・ローザに移し、またビッグ・ピンに戻す。沈黙が耳についてきた。部屋のどこかで、時計が鳴っている。

ようやくビッグ・ピンは、別のことに気づいたかのように笑みを浮かべた。それからさも満足した様子で、両手のひらを下にし、緑のカバーがかかったテーブルの上に置いた。リトル・ピンはその場から動かず、両手を股の前で交差している。

つぎの瞬間、ウィルソンは気づいた。三人とも同じタトゥーをしているのだ。親指と人差し指のあいだに、三角に並んだ小さな青い点が三つ。ウィルソンはダ・ローザに目をやった。

ダ・ローザはにやりとしてこういった。

「おれはマカオ生まれなんだ」

ビッグ・ピンはうなずいた。

リトル・ピンがつけ加えた。

「ミスター・ダ・ローザはいい友だちだ。おれたちに隠し事をしない」

ウィルソンは少し考えて、選択肢はほとんどないと判断した。溜息をひとつついて、こう切り出した。

「わかった。売り物のダイヤが少しばかりある。実際にはけっこうな量だ」

驚いたことに、ダ・ローザが中国語で何事かしゃべり、ビッグ・ピンが返事をした。ダ・ローザはひとしきり笑ってから、ウィルソンにこういった。

「ビッグ・ピンは、ダイヤなんてどこにもないじゃないかといってる。あんたがケツの穴に隠してるかどうか確かめてみたいそうだ」

ウィルソンはかすかに顔をしかめて、その言い分を認めた。

「その必要はないよ。銀行を利用することにしたんだ。そのほうがプロっぽいから」

リトル・ピンは笑い出し、ダ・ローザが通訳した。

ウィルソンはダ・ローザにお世辞をいった。

「あんた、中国語が話せるんだな。すごいじゃないか！」

「これは中国語なんかじゃない」ダ・ローザは首を振った。「福州《フーチヨウ》方言だ」

ダ・ローザの口からそれ以上の説明が出てこないとわかると、ウィルソンはリトル・ピンのほうに顔を向けた。

「おれの家族は福建《フーチエン》出身だ」若いピンが代わりに説明してくれた。「だから福州方言が自然に出てくるのさ。ほとんどの中国人はこの方言がわからない。つまり、暗号でしゃべるようなものなんだ。ビジネスには打ってつけなのさ」

ビッグ・ピンは、なんの話をしてるんだといいたげに、ウィルソンからダ・ローザへ、そして息子へと、つぎつぎと視線を移した。それから煙草をもみ消して、ウィルソンには理解できない言語で一気にしゃべりはじめた。

リトル・ピンはうなずいて、ウィルソンに顔を向けた。

「親父はこういってる。〝銀行へ行って、そのダイヤをここへ持ってこい、そしたら価値を評価してやる〟。親父は良心的な目利きなんだ。いい値をつけてくれるぜ」

ウィルソンはうんざりしたようにうなずいて、その提案を却下した。

「そうか！　しかし私たちはそういうやり方をしないんだ。ひょっとすると――万一――おかしなことでも起こって、ダイヤが強奪されてしまうなんてことがなきにしもあらずだろ。だからほかの方法でやろうじゃないか。ただし、なにをやるにしてもまず、私が知っておかなくちゃならないことが二、三ある」

リトル・ピンが父親に通訳した。それから訊いてきた。

「なんだ、それは？」

「妥当な額が四百万ドルだった場合、それだけの金を用意できるのか」

とたんにビッグ・ピンは、英語ができないふりをやめた。片手を振って息子の通訳をさえぎり、こう答えたのだ。

「もちろんだ」

ウィルソンはビッグ・ピンのほうに顔を向けた。

「いいだろう。それと、取引をするとして、私の銀行に送金できるかな?」

「ああ《ウイ》」ビッグ・ピンは答えた。「万事順調に行けば、〈香上《ホンシャン》銀行〉経由で送金できる」

「ありがたい! それじゃこうしよう。私はあんたたちを連れて〈ザイール貿易銀行〉に行き、ダイヤを見てもらう。あの銀行には貸し金庫利用者が利用できる特別室があって、必要な道具はなんでも持参して入っていいそうだ」

「それから?」ビッグ・ピンが訊いてきた。

「それで納得してくれたら、あんたの銀行が私の銀行に送金する手続きをしてくれ。ブニアの銀行じゃなくて、イギリスにある銀行だ。ジャージー島の。指定された口座に金が振りこまれたことを銀行が確認するまで、私はあんたと一緒に待っている。確認が取れ次第、私たちは〈ザイール貿易銀行〉にもう一度足を運ぶ。そこでようやくあんたにダイヤを渡す。そして……バイバイだ」

「バイバイ」ビッグ・ピンは鸚鵡《おうむ》返しに繰り返した。

「それと、もうひとつ」ウィルソンはいった。

「もうひとつもうひとつって、きりがないな」ダ・ローザが皮肉った。

「外に二人の友人がいるんだが……」ウィルソンは切り出した。ビッグ・ピンは怪訝そうに眉を吊りあげた。「あの二人の最後を面倒みてほしい」

ビッグ・ピンは首を傾げて、顔をしかめた。リトル・ピンはすっかり当惑した様子で、こう答えた。

「自分の部下の面倒は——自分でみたほうがいいんじゃないのか」

ウィルソンは首を振った。

「そういう意味でいっているんじゃない。あんたたちに、あの二人を始末してもらいたいといってるんだ。できるか？」

沈黙が降りてきた。ダ・ローザは困惑した顔をしている。ビッグ・ピンは顎を撫《な》でていたが、つぎの瞬間、ダ・ローザのほうを向いてにやりとし、こういった。

「ハエ叩きだ！　こいつはハエ叩きをしろといってるんだ！」

　ウィルソンが予想したとおりになった。

　朝、ウィルソンはピン親子と一緒に銀行へ行った。ピン親子はフェルトのクロス、小型顕微鏡、各種ルーペが入ったキットを持参していた。三人は三時間近くのあいだ、掃除用具入れのような部屋の小さな鉄製のテーブルに座って、ダイヤモンドを一個ずつ確認していった。最後にビッグ・ピンが立ちあがって、取引成立を宣言した。余計な交渉は一切しない、最初にウィルソンが提示したとおりの四百万ドルを支払う、とビッグ・ピンは約束してくれた。

ただし、とビッグ・ピンは続けた。ダ・ローザへの仲介料は引かせてもらう、それから送金料も引かせてもらうし、「もうひとつの仕事」の料金も引かせてもらう――ウィルソンは急いで「わかった、わかった！」と連発し、ビッグ・ピンが消費税やタクシー料金のことまでいい出す前に、取引を終えた。

結局ウィルソンは、香港の銀行からセントへリアの銀行に電信送金してもらうことで、三百六十万ドルを受け取ることになった。

ウィルソンはビッグ・ピンに、必要な送金コードが書かれた紙切れを渡して、明日あんたのオフィスで会おうと約束した。ゼロとカーリドも連れて行くことになった。それまでのあいだ、リトル・ピンと友人がウィルソンを監視できるように、ウィルソンはホテルから一歩も出ないことになった。電信送金が終了次第、ウィルソンはリトル・ピンと一緒に銀行に行き、ダイヤモンドを渡す。

その夜ウィルソンは、ゼロとカーリドにばかでかいステーキをご馳走《ちそう》してやって、自分もそれを〈ドンペリニョン〉で喉に流しこんだが、本物の〈ドンペリニョン〉かどうかは疑わしかった。〈アスティ・スプマンテ〉にそっくりの味なのだ。

ウィルソンはゼロとカーリドに、ビッグ・ピンのオフィスから衛星電話でハキムと話をした、ハキムは取引がこうなって喜んでいる、と伝えた。二人には、二日後にカンパラ発アントワープ行きの飛行機を予約してあるともいった。ビッグ・ピンの部下たちがきみたちをカンパラまで連れて行ってくれるだろう。アントワープの空港ではハキムが出迎えてくれるはずだ。それともうひとつ、とウィルソンはつけ加えた。二人にプレゼントがある。

カーリドが目を丸くした。

「なんだ?」階段からまっすぐクリスマスツリーに駆け寄る子どもみたいな顔だ。

「ボーナスをやろう」ウィルソンはいった。

「ボーナス?」

ウィルソンはうなずいた。

「一万ドルだ」そして間をおいて、つけ加えた。「ひとりずつ」

カーリドは溜息を洩らした。

ゼロはカーリドとウィルソンの顔を見くらべて、カーリドの長い上着を引っぱり、通訳してくれといった。カーリドはアラビア語で静かに伝えた。二人の顔には至福の表情が広がった。一瞬ウィルソンは、ゼロが泣き出すんじゃないかと心配した。

そこでウィルソンは、笑いながらゼロの背中をポンと叩き、ボディガードたちと喜びを分かちあった。気のいい若者二人のうれしそうな様子を見るのは気分のいいものだった。ダ・ローザは離れたテーブルに一人座り、ジントニックをちびちび飲んでいた。目の前で繰り広げられるお祝いをじっと見つめながら、ダ・ローザは信じられないといいたげに首を振った。このダンコニア、ただ者じゃない。

リトル・ピンは翌朝午前十一時に、Eメールで電信送金について知らせてきた。二十分後、ウィルソンはセントヘリアの銀行に電話して、入金を確認した。正午、ウィルソンはピン親子と〈ザイール貿易銀行〉の前で待ちあわせた。三人は一緒に銀行のなかに入り、双方のボディガードは外で待たせた。ボディガードたちはたがいに警戒の目つきで相手をにらんでいた。かなりの見ものだったと、ウィルソンは振り返る。一方がゼロとカーリドで、もう一方が、ピン親子のボディガード二人だ。四人とも銃を持っているが、Tシャツにサングラスという格好で、カリフォルニアで公然と酒が飲める年に見えるやつは一人としていない。

ビッグ・ピンは銀行のなかで、もう一度ダイヤを確かめた。昨日見たのと同じダイヤだとわかると、別の貸し金庫へダイヤを移動した。今回の取引のために自分で新しく借りた貸し金庫だ。ピンは満足げな顔で、ウィルソンの手を握った。

「これで取引終了だな」

ウィルソンは小首を傾げていった。

「野暮用ひとつをのぞいて……」

「もちろんだ」ビッグ・ピンはうなずいて、ついてこいと手招きした。「そっちはいまから片づける」三人は、歩いてピンのオフィスに戻った。

ウィルソンはどういうことになるのか知らなかった。これから起ころうとしていることには複雑な感情がある。ウィルソンは二人の若者を、本心から好ましく思っていたのだ。けれども彼らの忠誠心はハキムのほうを向いていて、ウィルソンのほうには向いていない。だからこの二人は、いまのウィルソンにとっては危険な存在なのだ。ハキムの仲間たちはすぐに自分たちの金を取り返しに来るだろう。そうなった場合ウィルソンにとっては、ゼロとカーリドがその仲間たちに合流しないほうが、はるかに安全なのだ。

それはじつに残念だし、ひどいことでもある。けれども仕方のない状況なのだ。偉大な人間はひどいことをする。ひどいことをせずに、ほかにどうやって夢を達成することができるだろう？　それが、世界の歴史を作ってきた男たちの背負う悲劇なのだ。ウィルソンも、自身の崇高な展望のために人間性を犠牲にし、そうすることで、孤独な引きこもり状態に自分を追いやって、崇高さというだれにも破られないバリアを張り、ほかのすべての人間たちと一線を画している。

ライオンがガゼルを殺すのを非難する人間はいない。そうするのがライオンだからだ。

オフィスの前に着いたとき、リトル・ピンはウィルソンの腕を取って、ゼロとカーリドのほうに顎をやった。

「あの二人には、ここで待てといえ」

カーリドはその言葉を聞いていて、そのとおりにした。

リトル・ピンが部下に命じて、二人にソーダと椅子を運ばせた。ゼロはリトル・ピンに大げさなほど感謝して、カーリドと一緒に、凝った木製ドアの外に座った。ラッキーナンバーのある看板のすぐ下だ。

ウィルソンは、これからなにが起こるのか見当もつかずに、階段をのぼって二階にあがり、窓辺に立って、リトル・ピンと一緒に路地を見つめた。まもなくビッグ・ピンが、抑えた声で携帯電話と話しながら、息を切らして階段をあがってきた。

ゼロとカーリドが楽しそうにおしゃべりしていると、路地の端に、即席の武器をつけた埃塗れのピックアップトラックがあらわれた。ゼロが立ちあがって、ピックアップを手で追い払うしぐさをした。運転手はその手を無視して、ゆっくりと路地にバックで入りはじめた。ピックアップは断続的に警告音を鳴らし、後ろの人間にどくようながしている。ピーッ。ピーッ。ピーッ。

カーリドは飛び跳ねるように立ちあがると、運転手に路地から出ていけと怒鳴った。ピーッ。ピーッ。とうとうカーリドは空に向かって威嚇射撃をした。するとピックアップは、いきなり加速しはじめた。

二人に逃げ場はない。ピックアップは路地の幅いっぱいの大きさだ。カーリドたちはパニックになって銃を取り出し、何発も撃ちはじめた。よろけながら後退するものの、ビッグ・ピンの店のコンクリートの壁によって、退路を断たれてしまった。

パニックの金切り声が響き渡り、一人が（ウィルソンにはカーリドに思えた）「ミスター・フランク！」と助けを求めた。つぎの瞬間、ピックアップの後部が二人にめりこみ、ゼロの身体は上下に切断され、カーリドは腰から下を押しつぶされた。

店全体が震えたが、ウィルソンは目をそらすことができなかった。裏路地のその現場を見つめることは、アナコンダがポニーを呑みこむのを見つめることに似ている。空恐ろしい光景であるにもかかわらず、憑かれたように見入ってしまうのだ。ピックアップはゆっくりと数十センチ前進した。テールゲートから血が滴っている。カーリドは地面に倒れてのたうちまわっていた。右腕が激しく痙攣している。運転手はふたたびギアをバックに入れた。ピーッ。ピーッ。ピックアップは二人の身体を轢《ひ》き、建物全体がまた震えた。

ピーッ、ピーッという音が鳴りやんで、ピックアップは来た道を戻っていき、路地の入り口で停まった。運転席側の窓が降りて、ステアリングを握っていた運転手が顔を突き出した。ダ・ローザだった。裏路地の惨状――自分のしたこと――を確認してから、二階の男たちに向かって両手の親指を立てている。

ビッグ・ピンはウィルソンの肘を小突いて、にこにこしながらいった。「ほらな……ハエ叩きだろう!」

18

二〇〇五年三月九日　ベルリン

　彼女の姿が見えただけで、ピート・スパニョーラの苛立ちは募った。いいことじゃない。なぜなら彼女は自分の部下であり、一日に三度も四度も彼女と会う機会があるからだ。スミスカレッジ卒業で、尊大で野心家で、年齢的にはまだ若いくせに、ぐうたら主婦のように太っている。性別不明の名前も頭に来る。マディソン・ローガン。まるで空港の名前じゃないか。

　彼女の体格には、どこか力強さと装甲車なみの堅牢さが感じられるため、あるときふと霊感のように思いついたあだ名が、〝ハンビー〟だった。ジープに似たディーゼル式軍用車だ。あまりにもぴったりで、彼女のいないところで一度だけそのあだ名を口にしたとき、周囲に複雑な笑いを引き起こしたほどだった。だがもちろんそれは、彼女の耳にも伝わった（それが問題のひとつでもある。なんでもかんでも彼女の耳に伝わるのだ）。

スパニョーラ自身は、根っから冒険好きなタイプだった。冒険への憧れ、それがCIAに入った動機だ。しかし、運命とは皮肉なものである。米国改造自動車競技連盟のドライバーかジャングルのツアーガイドになっていれば大成功をおさめたかもしれないのに、こんな退屈な官僚組織の生ぬるい泥濘《ぬかるみ》にはまってしまうとは。CIAは、かつては機敏で大胆なスパイたちを誇っていたが、かなり前から〝船を揺らすな〟的思考になっていて、それが深く浸透しているため、ソ連の崩壊さえも、その事実が明るみに出るまでノーマークだった（事前にソ連崩壊を話題にしようものなら、予算がカットされたことだろう）。

さらに悪いことに、スパニョーラはふだん、大使館員という隠れ蓑《みの》で仕事をしている。日々ともに過ごすのは、CIA以上に退屈な官僚機構である国務省の働き蜂どもだ。十八年間目立たないようにして、お義理の仕事をこなす一方、本業は上っ面を撫でる程度でしかなく、諜報活動にはろくに身が入らないようになっていた。

だから、ハンビーがドアをノックしてオフィスに入ってきたとき、彼女が報告することを、はじめのうちはうわの空で聞いていた。ハンビーは一気にまくしたてていた。まるでスパニョーラの娘みたいに、バッグズ・バニーなみの速さ、高速データ転送だ。

スパニョーラは、一日休みを取って、家族をスキーに連れて行ってやりたいと思っていた。それから最近の投資のひとつ、カザフスタンでのカナダの天然ガス事業のボランティアリティについて考えていた。

けれども、ハンビーの話のなかに耳に引っかかるものがあって、ふとわれに返った。その正体はどうやら、彼女の口からこぼれた名前だ。ボボホン・シモニ。

一週間前、ベルリンの護憲局（ＢｆＶ）がアパートに侵入したときに射殺したアルカイダの工作員だ。

「なんだって？」

「シモニのコンピューター・データのミラーイメージを作ったといったのよ。それを見たら、〈ステゴラマ〉っていうアプリケーションが見つかったの」

「〈ステゴラマ〉？」スパニョーラは顔をしかめた。

「ステガノグラフィ・プログラムのひとつよ。〈ステゴラマ〉はフリーウェアで、ネットからダウンロードできるわ。ステガノグラフィがなにか知ってる？」

「訊いてどうする？　どのみち説明するんだろ？」

ローガンは辛抱強い溜息を洩らして、説明した。

「〝隠れた言葉〟よ。もともとそういう意味のギリシャ語なの」

「なるほど……」

「でもこのアプリケーションの場合、画像か音楽ファイルのなかに埋めこまれた秘密の情報のことを意味するの」

「画像や歌のなかに、どうやってメッセージを隠すんだ？」

ローガンのなかの素人女優がにやりと笑った。

「デジタル情報は、あくまでもデジタル情報よ。画像ファイルやオーディオファイルは、ビットやバイトでできてるの。テキストファイルとおんなじ。〈ステゴラマ〉みたいなプログラムは何十もあって、どれも画像のなかに情報を埋めこむことができるわ。同じ角度から撮った同じ写真を並べてもまったく同じに見えるけど、秘密のデータを埋めこまれたほうは、オリジナルを圧縮したものなの。顕微鏡がなければ、ちがいはわからない」

「嘘だろ！」スパニョーラはがぜん興味を覚えてきた。

「嘘じゃないわ。ステガノグラフィ・プログラムは、画像のどの部分が視覚的統合性に関して重要度が低いか決めて、そこに秘密データを埋めこむの。いわば退屈なビットの世界に隠してしまうのよ。背景とか、目立たないところにね」

「で、シモニはそれをやってたのか？」

ローガンは肩をすくめた。

「少なくともシモニはこのプログラムを持っていた。だから彼のコンピューターをアメリカに送ったの。向こうですべての画像ファイルを調べてくれたわ。ピクチャーホルダーには二百ほどのＪＰＧファイルがあったから、調査には時間がかかった。でも最終的に、探してるものを見つけたの――」

「メッセージを？」

「バイト数における統計偏差で、ファイルのなかのバイト数が多すぎることがわかるの。それが動かぬ証拠ってわけ」そこで間をおいて、彼女は苦々しげに続けた。「ええ、そうよ。写真のなかにメッセージがあったわ。それも暗号化されたやつが。国家安全保障局（NSA）がいま解読作業を進めてるわ」

スパニョーラは顔をしかめて考えこんだ。

「ということは……わからないな。写真はどこへ送るつもりだったんだ？」

ローガンは唇を結んでいたが、ようやく答えた。

「BfVが見つけた本のこと、覚えてる？」

「シモニのアパートにあったやつか」

「ええ」

スパニョーラはうなずいた。

「ああ。コーランかなにかだった。爆弾みたいに包装してたんだろ」

「そしてそれを、ボストンの本屋に郵送するつもりだった——」ローガンは思い出させた。

「そうだ」スパニョーラは不意に目を見開いた。まるで頭のなかで電球が弾けたかのようだ。「ということは、その本屋のだれかと通信してたわけか！」

ローガンは首を振った。

「いいえ。その本屋の店主はなにも知らないわ。FBIが捜査官を二人送って店主を尋問したの。店主に裏はなかったわ。古い本を買い取ってるだけ」

「てことは、どういうことだ?」この女の形をしたご大層な肉の塊から情報を引き出さなければならないことに軽い苛立ちを覚えながら、スパニョーラは訊いた。

「FBIは店主に、どうしてこの本を買うことになったのか訊いたの。そしたらなんて答えたと思う? 店主は〈イーベイ〉で見つけたって答えたの」ローガンは、スパニョーラが点と点を結びつけるのを待った。

「ということは――」

ローガンはうなずいた。

「シモニは〈イーベイ〉のオークションのページに写真を載せてたのよ。だからだれでも見ることができるわ。もしステガノグラフィ・プログラムを持っていて、どこを見ればいいかわかっていれば、わけなくメッセージを見つけることもできる」

「それで、本は?」

「本自体はまったく関係ないわ。シモニが本を配送した理由はただひとつ、偽装を完璧にするためよ。そうしないと、〈イーベイ〉から締め出されるから」

スパニョーラは二度瞬きした。そしてようやくこういった。

「そういうことか」わかった。なんと巧妙なのだろう。シモニは情報受け渡し場所として〈イーベイ〉を利用していたのだ。〈アルカイダ・バージョン2・0〉というわけだ。

「それじゃ、シモニが連絡を取っていた工作員は、なにもしなくてよかったんだな」

ローガンは首を振った。

「〈イーベイ〉は単なる掲示板よ。工作員は、〈アクメド書店〉と検索バーに打ちこんで、あとはページがポップアップするのを待つだけでいいの。コンピューターに〈ステゴラマ〉がインストールしてあって、パスワードを覚えてさえいれば、メッセージを引き出すのはわけないことよ。もちろんそれが暗号化されていた場合、解読する必要はあるわ。実際、運の悪いことに、FBIが見つけたメッセージがそうらしいの。どのメッセージも暗号化されているのよ」

「ということは、まだそのメッセージの内容はわからないわけだ」

「いまのところは」

「解読するのにどれくらいかかる？」

ローガンは肩をすくめて答えた。

「相手はアルカイダで、あたしたちを第一の敵に想定しているわ。でも、わからない。明日かもしれないし、来週かも。あるいは――」

「そのウェブサイトに行った人間を追跡することは？」

「〈イーベイ〉に？」

「〈イーベイ〉のすべてじゃない。シモニが写真を掲載したページだけだ」

ローガンは、まるでスパニョーラの二つの鼻の穴に鉛筆が差しこまれているかのような目で、スパニョーラを見た。

「ウェブサイトを訪問すれば――」スパニョーラはなおも続けた。「足跡を残すことになる。それくらいは知ってるぞ」

ローガンは見下すような笑みを浮かべた。

「クッキーのことをいってるの？」

「ああ、クッキーだ」

ローガンは首を振った。

「ウェブサイトのほうがコンピューター上にクッキーを残すことはあるけど、コンピューターがウェブサイトにクッキーを残すことはないのよ」その説明がスパニョーラの頭に染みこむのを待って、ローガンは続けた。「もし容疑者を捕まえたとすれば、その男のコンピューターを見て、ある特定のウェブサイトを訪問したかどうか確かめることはできるわ……たぶんね。でも〈イーベイ〉のサーバーが、アクセスする人間全部を記録に残してるとは思えない」

「どうしてそういい切れる？」

「断定はできないわ。でも、かりに記録が残ってたとしても、オークションのひとつひとつを訪問した全員の記録を残したりはしないはずよ。オークションページを訪問するだけで、オークションに参加しない人だっているんだから。それに、シモニの仲間がオークションに参加すると思う？　彼らはとっくに自分のコーランを持ってるはずよ」

「だがいちおう確認してみてくれ」スパニョーラはきっぱりといった。

ローガンは肩をすくめた。

「いいわ。確認してみましょう」

スパニョーラはダイエットコークの空缶を握りつぶして、ゴミ箱のなかに放った。自分がすっかり蚊帳《かや》の外に置かれていたことに気づきはじめていた。これは明らかに重要度の高い捜査なのに、ローガンは、捜査の壁に突き当たってコンピューターをＮＳＡに送ってしまうまで、この件の報告をスパニョーラにあげようとしなかったのだ。もちろん支局長のデスクの上には、ローガンの書いた報告書があるだろう。そして支局長は、これがローガンの仕事であり、指揮を執ったのもスパニョーラではなくローガンだと思うのだ。スパニョーラは怒りが胸にこみあげ、顔が熱くなるのがわかった。

「どうしてこの件について私に報告しなかった？」

「というと――」

「このステガノグラフィだよ！　それと、シモニが〈イーベイ〉を利用してたこと――なにもかもだ！」スパニョーラは両手を振りあげて吐き捨てた。

「ごめんなさい」その口ぶりには、後悔など微塵《みじん》も感じられなかった。「あなたの分野じゃないと思ったものだから」

「私の分野?」

スパニョーラはたっぷり二分間、ローガンを絞りあげた。自分を何様だと思ってる? ボスはこの私だぞ! それが勝手にNSAと連絡を取るだなんて! いったいなにを考えてるんだ?

ローガンは顔を紅潮させたが、勝利のいろを隠したりはしなかった。

スパニョーラは思った。これでスキー旅行には行けなくなった。解読を待たなければならない。妻と娘を連れてスキー場に逃避するという夢想は、遠くかすんでいった。

「それじゃ、われわれは待機ということか」

「たぶん」

「週末は旅行に出かけようと思ってたんだが——」

かすかな舌打ちが、ローガンの唇から洩れた。

「まだ水曜日よ。それにNSAだって、自分たちの魚を揚げなくちゃいけないわけだし。今週中に結果連絡があるとはとうてい思えないわ」

スパニョーラの顔に希望が浮かんできた。

「ほんとか?」

「たぶん来週末じゃないかしら」

「わかった」スパニョーラはそれを聞いて気分が上向いた。「とにかく、私に逐一報告するのを忘れるんじゃないぞ。いいな？」

「ええ、わかったわ」

だがNSAの暗号解読文が入った封筒は、金曜の午後、マディソン・ローガンのオフィスに直接運ばれてきた。昼食後一時間ほど経ってからのことだ。彼女の頭に直感的に浮かんだのは、すぐにスパニョーラのオフィスに持っていくことだったが、スパニョーラが週末は旅行に出かけるといっていたことを思い出した。そこでローガンは、封筒を開封せずに自分の金庫のなかにしまうと、コートをつかんだ。出て行くときに三階の受付係に、ミスター・スパニョーラへの伝言を頼んだ。いまから根管治療で歯医者に行くので、たぶん月曜まで戻ってこないと思う。

実際に行ったのは、〈ウーラント・パッセージ〉だった。〝プラス・サイズ〟の女性向けの服を専門とする高級ブティックだ。四時になって、メッセージがないかどうか確かめるためにオフィスに電話した。

「ミスター・スパニョーラがお探しでした」受付係が答えた。「でも帰りましたよ。緊急じゃないからといって」

急いでオフィスに戻ると、ローガンは金庫のところへ行き、暗号解読文の封筒を取り出した。さっと目を走らせて、すぐに大変なものだとわかった。電話を取り、スパニョーラのオフィスにダイヤルする。五回めの呼び出し音で、ローガンはメッセージを吹きこんだ。

「ローガンよ。例の暗号解読文がたったいま届いたの。どうやら重要な内容みたい。折り返し電話をくれればすぐに持っていくけど、電話がなかったら……どうすればいいかしら……」

これで完璧な言い訳ができた。ローガンはすぐにエレベーターで支局長のオフィスに行き、ノックして、なかに入った。

「収穫は?」支局長は机から顔をあげた。

「山ほど」ローガンは封筒を支局長の前に置いた。「でも、一番の収穫はリストです」

「なんのリストだ?」

「海外五ヵ国の銀行にある口座のリストと、シモニの口座に振り込まれた預金額です」

「あのコーランを持ってたやつか? BfVが撃った〈イーベイ〉の男だな?」

ローガンは笑顔を輝かせてうなずいた。

支局長は封筒を開き、一番上のページを見た。

「それは要約みたいなものです」ローガンは説明した。「極秘扱いでお願いします。第一級の情報ですから」

支局長は眉根をひそめて、唸った。

預金高　８４００ドル
口座番号　９８７６５Ａ４
ハポアリム銀行
テルアビブ
10－05－04

預金高　７２９００スイスフラン
口座番号　８７６１２３４２
ＣＢＣ銀行
ケイマン諸島
9－02－04

預金高　２３４２ユーロ
口座番号　３４９８７０３
ＨＳＢＣ銀行
ジェベゥル・アリ・フリーゾーン

9-22-04

預金高　25000ドル

口座番号　3698321W

カドガン銀行

セントヘリア　ジャージー島

1-25-05

預金高　31825ポンド

口座番号　000432189

シンゲル私立銀行

ジュネーブ

1-27-05

シモニのアパートでの作戦が失敗に終わったあと、批判が噴出した。BfVのヘボどもは、逮捕したら大変な価値があったにちがいない男を殺してしまったと。だがそれはそれ、これはこれだ、と支局長は思った。いまこの手のなかにあるリストは、まさに金脈ではないか。満足の笑みを浮かべて、支局長は顔をあげた。

「でかしたぞ、ローガン。たいしたもんだ！　スパニョーラはどう思ってる？」

ローガンの顔に、哀れむような表情が浮かんだ。

「残念ながら、彼はまだこれを見ていません」

「なんだと？」

「見てないんです。彼はその、早退したらしくて。なんでもスキー旅行だとか」

19

二〇〇五年三月十日　ブニア―チューリッヒ

町を早く出れば出るほど安全だ、とウィルソンは思った。香港―セントヘリア間の電信送金には一日しかかからなかった。カンパラへの交通手段には、いくら払ってもいい気分だった。だがここはコンゴのブニアだ。値段の交渉をしないと変に思われる。そこでウィルソンは、おんぼろルノーに乗せてやるといった男と、五分間だけ交渉した。

ウィルソンがエンテベに着いたのは夕方だった。行きたいところへ飛行機で行くには遅すぎる時間だ。しかしながら、ケニア航空に翌朝五時半の便があった。それに乗れば、ナイロビとアムステルダムを経由してチューリッヒに向かうことができる。

ルノーの運転手の提案で、ウィルソンは〈スピーク・ホテル〉で一泊した。旧世界の遺物のようなホテルで、ふかふかのベッド、万全のセキュリティ、ワイヤレスのインターネット接続設備が備わっている。運転手はホテルの中庭にルノーを入れ、後部座席で寝た。

ウィルソンは部屋で食事をとったあと、インターネットでボボホンとハキムに関する情報を探した。いろんな検索エンジンを駆使し、二月か三月のクアラルンプールとベルリンで、ボボホンやハキムという名前の人間に関するニュースがなかったかと探してみた。なにもなかった。そこでもう一度、今度は名前を除き、〝テロリスト〟と〝逮捕〟という検索ワードを打ちこんで、クアラルンプールとベルリンの記事を探してみた。何十もあったが、〝ヒット〟と思われるものは二つしかなかった。

ひとつめは、マレーシア最大の英語新聞《ドーン》に載っていた短い記事だ。日付は二月二十四日、クアラルンプールのスバン空港で最近二人の人間が逮捕されたとある。

複数の情報筋によれば、逮捕された男たちの一人はニク・アワドと確認された。イスラム系の過激派組織〈クンプラン・ミリタン・マレーシア〉と〈ジェマー・イスラミア〉の連絡係といわれている人物だ。もう一人の男は、シリアのパスポートを持っていて、それ以上の確認はできていない。警察の話では、二人めの男は空港で、毒物の入ったカプセルによる服毒自殺を図ったが、制止されて未遂に終わったという。

二人とも国家治安法によって拘束された。警察は、スマトラにある米軍基地へのテロ計画について捜査しているといわれている。

ウィルソンはその記事を三回読んだ。はっきりした事実は三つ。時間、場所、そして自殺未遂ということだ。二月下旬は、オデッサに向かう直前にハキムと食事をした時期にあたる。ハキムはクアラルンプールに向かうところだった。そして自殺未遂。ハキムしかいない。

二つめの記事は、CNNのウェブサイトにあった。ベルリン発の三月一日の記事だ。対テロ捜査の最中、容疑者のアパートで銃撃戦となった。BfVの捜査官クララ・ダイズラー三十一歳が殉職。この銃撃戦で死亡した容疑者は、ボスニアとレバノンのイスラム過激派グループにつながりを持つ〝外国人労働者〟だった。

ウィルソンはダイズラーの名前を使ってその追跡記事を検索したが、見つかったのはCNNと同じ日付でドイツの新聞に載った記事だけで、追跡記事はなかった。おかしい。ベルリンの中心街で銃撃戦が発生し、二人の人間が命を落としたのだ。一人はテロリスト。もう一人は政府の捜査官で、しかも女だ。それが――なんの後追い記事もない。

ということは、この事件の報道は伏せられているのだ。

それにしても、こっちはボボホンなのだろうか？　これといった確信があるわけではないが、その可能性は高そうだ。とくに、下書きモードで残された偽メッセージについては説明がつく。ドイツの情報機関はボボホンのコンピューターを手に入れたのだ。ということは、CIAの手にも渡ったということか。だとしたら、セントヘリアの〈カドガン銀行〉のことが見つかるまで、どれくらいの猶予があるだろう？

答えはだれにもわからない。ひょっとしてＣＩＡは、すでに〈カドガン銀行〉を張りこんでいるかもしれない。もっともウィルソンは、その可能性を疑っていた。ＦＢＩもＣＩＡも、しょせんは官僚主義にどっぷり浸かっている。しかも活動が極秘であるため、多くのへまや失敗を隠せるのだ。ところが九・一一事件が、彼らの失態を暴露することになった。彼らは尻が重く、チャンスを水の泡にし、もっと〝情報〟をと要求ばかりしているのだ。

それでも彼らは、膨大な情報源を持っている。それを無視することはできない。

ということは、問題はこうだ。自分が彼らの立場だったらどうするか？　ウィルソンはそのことを考えた。自分が彼らなら、真っ先にするのは、〈カドガン銀行〉の口座からの出金を阻止することだ。〝フランシスコ・ダンコニア〟はそれを避けるため、〈カドガン銀行〉と連絡を取ると思われるだろう。その時点でこっちの居場所が突きとめられるか、向こうがこっちをジャージー島へ誘いこもうとするかだ。

もっとも、彼らはそうする前に、〈カドガン銀行〉について知る必要がある。となれば、彼らは銀行の協力を得なければならない。

彼らは銀行の協力を得るだろうか？　すでに得ただろうか？　確信はまだなかった。

翌日、夕方八時を少しまわったころ、ウィルソンはチューリッヒに入った。十五時間の空の旅だ。くたくたに疲れていて、シャワーを浴びたかったが、観光客たちの落とし穴が集中するニードロフ通りからははずれて、裏路地のギリシャ料理店で軽食を食べて満足した。食べ終わると、白鳥をながめながら川岸に沿って歩き、歩道橋を渡って旧市街に入り、高級ホテル〈ツム・シュトルヒェン〉で部屋を取った。

翌朝は市街をうろついて、洗練されたバーンホーフ通りからちょっとはずれたところに、巨大なデパート〈イェルモリ〉を見つけた。そこで新しい服と、革のスーツケースを購入。ホテルに戻ると、身体に積もった層を剝がすように、熱いシャワーを長々と浴びた。バフワセンデの炎とその臭い、ブニアの混沌と垢がどんどん身体から洗い流され、その下から、ゴーストシャツである自分の肌と、あの戒めが浮かびあがってきた。

大地が揺れるときも
恐れるな

三十分後、チェックアウトしたとき、フロント係の若い女は、はじめウィルソンだと気づかなかった。そして気がつくと、くすくす笑った。アルマーニ、ブラガノ、ゼニアといったブランドものに身を包んで、男性ファッション誌《GQ》の表紙から飛び出したような気分だ。バーンホーフ通りへ歩いていき、電車に乗って空港へ行き、車を借りた。

ジェットブラックの〈アルファロメオ・コンバーチブル〉だった。天気がずっとよければ、コンスタンス湖までルーフをたたんで走っていただろう。けれども天気は変わり、空はチューリッヒ湖の湖畔をなぞるようにして東に向かうウィルソンの頭に、雨粒を落とした。だれかが追っているかどうか、確かめる方法はひとつだけ。金を動かすことだ。あるいは動かそうとすること。もし電信送金がスムーズにいけば、こっちはやつらの一歩先を行っていることになる。スムーズにいかなかったら……追っ手は確実に迫っているということだ。

いずれにしても、いくつか問題があった。もしカドガン銀行が手続きをのろのろ進めたり、異議を唱えたりした場合、だれかがこっちを追っているということになる。そのときは逃げなければならない。

一方で、かりに銀行が電信送金になんの異議も唱えなかったとしても、問題が残る。三百六十万ドルもの現金をどうやって運ぶ？　ざっと計算してみて、すべて百ドル紙幣だとしても、少なくともスーツケース二個がいっぱいになるだろう。しかもひどく重い。その金をどうやってアメリカに持ちこめばいいのか？　そ知らぬ顔で税関を通り抜ける？　それじゃまるっきり、デリンジャーでロシアンルーレットをやるようなものだ。たとえ自分と金が税関を通過できたとしても、そのあとは？　銀行に預けるというわけにはいかない。そんなことをしたら、麻薬取締局がどっと押し寄せてくるだろう。

それに、もうひとつ問題がある。電信送金がスムーズにいって、金をアメリカに持ちこむ方法が見つかったとしても、自分を追っている人々がいる。ＦＢＩとＣＩＡだけじゃない。レバノン国防省にいるハキムの仲間たちもだ。大麻を提供したのは彼らだから、当然その代価をほしがるだろう。もとはといえばハキムの仕事だが、あの男が行方不明となったいま、その責任はウィルソンが負っているのだ。

もちろん、レバノン国防省の連中はウィルソンの名前を知らない。だが彼らがベロブのことを知っているのはたしかだし（ゼロとカーリドのことはいうまでもない）、バフワセンデでの取引がうまくいって、そのすぐあとにウィルソンのボディガード二人がブニアで殺されたとレバノン人に知れるまでは、そう時間はかからないだろう。ウィルソンがビッグ・ピンにダイヤを売ったことさえ、彼らはつかむかもしれない。そしてきっと彼らは、ウィルソンが彼らの取り分までせしめたのではないかと疑うのだ。

だが彼らに打つ手はない。ウィルソンが見つからないかぎりは。

ウィルソンはそれぞれの問題についてじっくり考えながら、うねるようなスイスの田園風景のなか、小国リヒテンシュタインに向かって〈アルファロメオ〉を走らせた。午後三時、ウィルソンは無人の国境を越えた。道はすぐにのぼり坂となり、山腹をジグザグに走っていく。リヒテンシュタインの首都ファドゥーツに入ると、道はまっすぐになった。ウィルソンは〈シュテルン私立銀行〉の前に〈アルファロメオ〉を停めて、なかに入った。

支配人のヘル・エッグリは、風貌が若いころのアインシュタインに似ていて、ブロンドの髪が爆発したようにあちこちで撥ねている。だがほかの部分は、秩序と正確さが感じられた。肌は紙のようにつるつるで白く、頰だけは健康的な赤みがある。ダークスーツに金縁眼鏡という格好で、話す英語はイギリス訛りだ。エッグリの背後には、床から天井まで続く窓があって、ライン谷を際立たせる雪山が見渡せた。

ウィルソンは勧められた革のウィングチェアに座り、脚を組んで、電信送金を手配してもらいたいと切り出した。

「その手続きは、当銀行のお客様だけにしかご利用できません」ヘル・エッグリは答えた。

「それはわかっている。だから私も、この銀行の客になろうと思ってたんだ」

エッグリの顔が残念そうに歪《ゆが》んだ。

「当銀行では、あまり小口の取引はやっていないのです」

「小口じゃないさ。かなりの大金だ」

エッグリは興味をそそられたような顔をした。

「ほほう。いかほどか、うかがってもよろしいですか」

「ざっと三百万ユーロ」

支配人エッグリは一瞬黙りこんでから、考え深げにうなずいた。

「それでしたら、なんの問題もないでしょう。もしよければ、ただちに口座を開くことができますが」

「手続き書類はほとんどありません。あなたのパスポートを見せていただくだけです。それともちろん、電信送金のための銀行コードが必要ですが」

「そうしてくれ」

ウィルソンはきれいに磨かれた木製の机の上に、ダンコニアのパスポートを滑らせた。

「いつものことながら、ホテルにチェックインするみたいですね」エッグリはジョークをいった。「もちろん、お客様はお金、というところがちがいますが」

ウィルソンは愛想笑いを返した。

「もしよければ、午後にでも電信送金の手配ができますが」

「すばらしい」

支配人は机の一番上の引き出しから書類を二枚取り出して、記入しはじめた。ウィルソンのパスポート記載事項を信用し、〈カドガン銀行〉の口座についていくつか質問した。まもなく支配人は、顔をあげて微笑んだ。

「英語がとてもお上手ですね」

「アメリカ育ちなんだ」ウィルソンは微笑んだ。

「だと思いました」支配人は書類を記入し終えて、新たな顧客となったウィルソンに手渡した。「一番下のところにサインをしていただけますか」

ウィルソンはダンコニアの名前でサインして、エッグリに〈カドガン銀行〉の口座番号とパスワードを伝えた。

エッグリは立ちあがり、ドアのほうに行った。

「すぐに戻りますので」

ウィルソンは、世界の時間を独り占めしているかのように落ち着き払って、身ぶりでごゆっくりと伝えた。実際には、身体が内側から爆発してしまいそうな気分だった。捜査官たちは想像するほどバカじゃないかもしれないと、ふと思った。彼らが自分を追っているとしたら、〈カドガン銀行〉を監視しているとしたら、電信送金をそのまま通してしまう可能性もある――もちろん、ファドゥーツの警察当局に警戒態勢を取らせたあとにだ。

ほどなくドアが開いて、エッグリが戻ってきた。

「ご心配なく」エッグリは机の向こう側にまた座った。「送金はひと晩で完了します。ですからお金は明日の朝には利用できるでしょう。十時ごろにはもうだいじょうぶだと思いますよ」

「それはすごい。この銀行は無駄がないな」

「そうであるように努力しています。スイスにだって負けませんよ。それじゃ、ほかになにかご用はございませんか」

「ひとつあるんだ。もしお勧めのホテルがあれば――」

「もちろんありますとも!」エッグリはうれしそうな声をあげた。

「それと、株だ」

「え？」支配人はとたんにまごついた。

「銀行は客の預金で投資をするんだろ？」

「そのとおりです」

「だったら、私の金で投資をしてもらいたい」

ヘル・エッグリの顔がほころんだ。

「はい、私どもでは幅広く証券を取り扱っております。債券、株式、オープンエンド型投資信託。目的をお聞きしてもよろしいですか」エッグリのペンが、きれいな紙の上で止まっている。

「目的は——三百五十万ドル相当の株券を持って、この銀行を出ることだ」

エッグリは引きつったように笑い出した。ウィルソンが笑っていないのがわかると、こういった。

「もちろん、比喩的な意味でおっしゃってるんですよね」

ウィルソンはゆっくりと首を振った。

「いいや。送金されてくる金で、きみに株券を買ってもらいたいんだ……〈ネスレ〉でも〈ロシュ〉でも、なんの株でもかまわない。公式に取引されている株券でさえあればいいんだ。株券を買ったら、大至急ホテルまで届けてくれないか」

エッグリはたじろぎながらも、説明した。

「通常ですと――私たちの役目はお客様の株券を保管することです。そのほうが安全だからです。私どもは銀行ですから。うちにも金庫はあります。もしご覧になりたければ――」

「きっと頑丈な金庫なんだろう。しかし……正直にいっていいかな」

エッグリは驚いた顔をしたが、こういった。

「もちろんですとも」

「じつをいうと、不愉快な離婚係争の真っ最中でね――」

「それはお気の毒に」

ウィルソンは肩をすくめた。

「よくあることさ。だがこうなったときは、資産を流動化させておいたほうがはるかにいいんだ。だから株券は、自分で持ってたほうが安心なのさ」

エッグリは理解するようにうなずいたが、信じている顔つきではなかった。

「ひとつ質問していいか」ウィルソンはいった。

「もちろんです」エッグリはペンを置いて、机の上で両手を組んだ。

「銀行の手数料はいくらだ」

「は？」支配人は目をしばたたいた。

「きみの手数料だよ！　株券を購入するときの。いくらかかるんだ」

エッグリは唇を結んだ。

「〇・七五パーセントです」

「ということは……」ウィルソンは暗算で計算した。「ざっと二万七千ドルか」

「え?」

「きみの手数料は二万七千アメリカドルだということだ」

エッグリは表情を変えず、じっと座ったままだった。それから降参したように肩をすくめると、立ちあがって握手を求めてきた。

「先ほど、〈ネスレ〉と〈ロシュ〉とおっしゃいましたね」

「なんでもいい」ウィルソンは答えた。「どんな株でもかまわない」

JFK空港の入国審査の列に、パスポートを手にして並んでいると、ウィルソンは緊張してきたが、心配することはなにもないと自分にいい聞かせた。二ヵ月前にアメリカを出国したときは、アイルランドに入るためにジャック・ウィルソンのパスポートを使った。それ以後はダンコニアのパスポートしか使っていない。ウィルソンの本当のパスポートを見た人間は、ウィルソンがアイルランドへ行って、二ヵ月そこに滞在していたと思うはずだ。

しかし、それでも問題がひとつ出てきた。入国管理局の係員がウィルソンのパスポートを磁気読み取り器に通したとき、なにかがコンピューターのモニター上に飛び出してきたのだ。ウィルソンにはそれがなにか見えなかったが、係員が電話を一本かけることになったのはたしかだった。

「そちらの椅子に座っていただけますか……」それは質問ではなかった。

まもなく、国土安全保障局の美人がやってきた。彼女は入国管理局の係員と少し話をすると、ウィルソンに、個室に入るようにと手招きした。

彼女はなかに入ってドアを閉めると、小さなテーブルを手ぶりで勧めた。ウィルソンは彼女のネームタグを読んだ。キャロリン・アマーパシャイ。

――なんだ、この名前は？　どこの民族出身なのだろう。

「なにか問題でもありますか」ウィルソンは訊いた。

彼女は顔をしかめてウィルソンのパスポートをぱらぱらめくった。そしてようやく口を開いた。

「まだわからないけど――」彼女は顔をあげて訊いてきた。「これ、あなたの本名？」

ウィルソンは、その質問に驚いたかのように振舞った。そしてこう答えた。

「ええ……ジャック・ウィルソン、ですが」

「これはニックネーム？　ジョンという意味のジャックとか？」

ウィルソンは首を振った。

「いいえ。出生証明書にジャックとあります」ウィルソンは微笑んだ。「母がケネディの大ファンだったもので」

「それはすばらしいわね……」彼女はまたパスポートをぱらぱらめくったが、今度はめくり方が速い。「それで、どの国へ行ってきたの、ジャック？」

「記録に書いてあるとおりです。アイルランドに二ヵ月行ってきました。そのあとスイスに何日か」

「ええ」彼女は入国審査の書類を見やった。そこにはチューリッヒからの便で到着したことが記されてある。「で、スイスではなにをしてたの？」

「とくになにも。友人に会って、私の〝ケルト人のルーツを探って〟たんです」ウィルソンは陽気に笑ってみせたが、両手はじっとり汗ばんでいるし、左目の周辺視野がびらびら震えはじめている。

「スイスで？」彼女は訊いた。

ウィルソンは笑ったが、自分でも作り笑いに思えてきた。

「いいえ、アイルランドで」

「でも、スイスに行ったんでしょ？」

「ええ、旅の終わりに。二、三日いただけですけど」ウィルソンの目の前で、彼女はまたパスポートを取りあげ、空白のページにもう一度目をやった。

「スタンプを押してないわね」

「だれが？」

「スイスよ」

「ええ。手を振って通してくれましたから」

彼女はうなずいた。

「そうなのよね、彼らは」それから小首を傾げた。「あなた、アイルランド人には見えないわね」

ウィルソンは深々と息を吸った。そしてふと気づいた。これがなんの取り調べだろうと、ボボホンやハキムの件とは関係ない。かりに関係あるとしても、国土安全保障局が自分を、ジルだかキャロリンだか知らないがこんな女と二人きりにするはずがない。ということは、いったいなんだ？　どうしてここで足止めを食うはめになるんだ？　あいにくこっちには、それを知る術がない。もしかして、現金で航空チケットを買ったという単純なことが引っかかったのか。あるいは、データベースがいくつか統合されて連邦刑務局のデータを税関や入国管理局の職員が閲覧できるようになったのか。もしそうだとしても、自分にはなんの関係もないはずだ。自分は刑期を務めあげてから、アイルランドへ行ったのだから。なんの文句がある？

ウィルソンは気持ちを楽にして、愛想よく振舞った。

「それが——これでも見えるんですよ、アイルランド人に」テーブルに身を乗り出して、おどけた若者を演じる。「いまあなたが見ているのは、アイルランドの歴史だといってもいい」

「そうは見えないけど」彼女は作り笑いを浮かべた。

「まさか〝ブラック・アイリッシュ〟という言葉を聞いたことがないわけじゃないでしょう?」ウィルソンはあった。大学時代のガールフレンドが、ケルト系の少数民族に関する修士論文を書いたのだ。

アマーパシャイという名の女は肩をすくめた。

「聞いたことはあるけど――」

「いまあなたが見ているのは、スペインの無敵艦隊の生き残り船員たちが残した、直系の子孫の顔です。スペイン人の何人かはエメラルド島へ漂着して、地元の娘と結婚しました。当然でしょう。どっちもカトリックでしたから。その結果が見てのとおりです。いま笑っているこの顔ですよ。黒髪に、黒い瞳。地中海風の肌。世間では――メランジェン族はイベリア人と祖先が同じだと思ってる人もいますから」

「メランジェン族?」

「アパラチア地方のインディアンです。考えてみると面白いですよ。だって、ミトコンドリアのDNA研究をやった結果――」

「ウィルソンさん」

「は?」

「よくしゃべる人ね」

「これはどうも」ウィルソンは深い落胆の顔を装った。

彼女は微笑んで、パスポートを返してくれた。

税関でもごたごたは続いたが、たいしたことにはならなかった。ある税関職員がスーツケースのなかを執拗なほど慎重に調べたが、なにも見つからなかった。ダンコニアのパスポートはチューリッヒで焼き捨てたし、株券はフェデックスでベガスに送ってある。明日かあさってにはベガスに取りに行くのだ。

株券を手に入れたらすぐ、リノに口座を開く。それから株券を担保にしてローンで金を借りるのだ。株券の八十パーセント程度にはなるだろう。ということは、約三百万ドルが手に入る計算だ。銀行は株券を保管するだけで、売ったりはしない。願ってもないことだった。株券ならだれのレーダーにも引っかかることがないからだ。

空港ラウンジの〈アドミラルズクラブ〉でジョニーウォーカーの黒の入ったタンブラーをゆっくりまわし、ベガス行きの便の搭乗アナウンスを待ちながら、ウィルソンは振り返っていた。これまでの経緯、自分が関わってきた人々を。ボボホンとハキム、ゼロとカーリド、ダイヤモンド採掘場のあの少年。そして思った。

――人生は苦しみだ。苦しみ抜いて、みんな死ぬんだ。

20

二〇〇五年三月二十三日　ロンドン

レイ・コバレンコは、グローブナー広場にあるアメリカ大使館のオフィスに座って、恐怖に戦《おのの》きながら、CTスキャンの結果を何度も読み返していた。CTスキャンを受けたきっかけは、コバレンコと誕生日が二日しかちがわない親友のアンディが、あちこちに癌《がん》が転移していると診断されたことだった。肝臓、肺、すい臓、大腸が癌に蝕《むしば》まれていたのに、それでもアンディは元気だったのだ！　ひどい話だ！　身体全体がだめになりかけていても、手遅れになるまで気づきもしないとは。

アンディに同情しながらも、コバレンコはハーレイ通りの内科医の電話番号を調べていた。全身スキャンは患者を不必要な被曝にさらすだけでなく、曖昧な結果にしかならない場合も多い。誤った陽性などが出てきて、不必要な処置につながることがあるのだ。医者はそう説明したが、コバレンコは、とにかく受けさせろといってきかなかった。

内科医の次回の診察までは数日あったが、ある朝郵便のなかに、画像センターからの報告書が届いていた。コバレンコはひと目見て、頭のてっぺんから爪先まで血の気が失せるのがわかり、ハーレイ通りに携帯電話をかけた。

「肺に石灰化肉芽腫ができてるじゃないか！」

「心配する必要はないですよ――」

「心配する必要はないだと？　肝臓の結節はどうなんだ！　これはいいものなのか？」

「それは――」内科医はいった。「よくはありませんが、しかし――」

「それに病変だってある！　腎臓に病変があるんだ！」

「ええ、なんでもありです」

「なんでもありだと⁉」

「あるいはなんでもないか。CTスキャンとはそういうものなんですよ」内科医は説明した。「なんでも見せてくれますが、たいしたことじゃない場合が多いんです」

コバレンコの胃は、ボールのように固くなった。それからずっと、そういう状態が続いた。

一日じゅう。

FBIの大使館付き捜査官《リーガット》プログラムは、世界じゅうの五十三のオフィスに、百五十人以上の特別捜査官を配置している。レイ・コバレンコも、その捜査官の一人だった。各リーガットは大使館内に、その国のチームを作っている。コバレンコの最重要任務は、〝テロ攻撃を防ぎ、軽減させ、捜査するため〟、CIAとイギリス課報部に協力することだ。

電話が鳴った。もう一度。コバレンコはしぶしぶ、CTスキャンの結果（胸部大動脈の軽いアテローム性動脈硬化）を横に置いて、受話器を取った。

「なんだ、ジーン？」ジーンには電話をつながないようにと伝えておいたはずだ。「重要な電話じゃなかったら承知しないぞ」

「ベルリンのミスター・スパニョーラからです。緊急だと」

CTスキャンの結果で不安にさいなまれているばかりか、二日酔いでもあった。ただでさえ目のあいだがずきずき痛むところへ、緊急という言葉が拍車をかける。赤ワインをグラスでたった二杯飲んだだけなのに！　コバレンコは咳払いをして電話のボタンを押し、愛想のいい声を無理やりつくろった。

「ピート、元気か。どうした？」

「BfVが仕留めた男を覚えてるか」

コバレンコは目をしばたたいた。椅子に座っている尻が動いたとすれば、それは背中の腰に痛みがあるからだ。例の病変にちがいない。

もちろんコバレンコは覚えている。溜息が洩れた。ボボホン・シモニ。金脈だったかもしれない男。それをあのドイツ人たちが台なしにしてしまった。

「シモニがどうかしたのか」

「あいつはアルカイダグループのひとつに属していて、グループの交換手みたいな働きをしてたことがわかったんだ。暗号化されたメッセージを〈イーベイ〉のサイトに載せてたのさ」スパニョーラは説明した。「たとえば、グループの一人がホワイトハウスの張り込み結果だとか、電子送金とか、有毒たんぱく質リシンの作り方とかを必要としてるとするだろ？ そんなときは、〈イーベイ〉のサイトにある〈アクメド書店〉の『コーラン』を確認するだけでいいんだ」

「冗談だろ」

「冗談なもんか。とにかく、いま目の前に五件の電信送金がある。ひとつはそっちが監視しているものだ」

コバレンコはペンをつかんで、メモを取りはじめた。

「どれだ？」

「ミスター・シモニは〈カドガン銀行〉の口座に金を振り込んでるようだ――」

「カーダッギンだ」コバレンコは訂正した。

「なんだって？」

「〈カーダッギン銀行〉さ。〈カドガン銀行〉じゃない。カーダッギンは――」

スパニョーラはさえぎった。

「そんなことはどうだっていい！　とにかくセントヘリアにある銀行で――ソントエリーだとかなんとかいうんじゃないぞ。おれにはどうだっていいことだからな！　こっちもいっぱいいっぱいなんだ。組織内で妨害工作は受けるし……しかも自分の部下からだぞ。いってることわかるか？」

コバレンコにはわからなかった。

スパニョーラは深々と息を吸って、こういった。

「セントヘリアは、ジャージー島にあるんだよな」

「ああ」

「よし、それでだ……驚くなよ。口座の名義はない。わかってるのは口座番号だけだ。一月二十五日――二万五千ドルが振り込まれている。ボボホン・シモニを通して、アルカイダの分派に関連する口座からだ」

「どの分派だ？」

「自称〈地上で迫害されし人々の連合〉だ」

「聞いたことがないな」

「サラフィ主義聖戦士《ジハーディスト》だ」スパニョーラはいった。「こいつらもバカのひとつ覚えだよ。七世紀に戻りたがってる」

「石器時代に戻りたがっていながら、金をばらまくのにインターネットを――〈イーベイ〉を利用してるのか?」コバレンコは声をあげた。「むちゃくちゃじゃないか。イデオロギーの一貫性はどこにある?」

「正確には、石器時代じゃなくて農業時代だがな」

コバレンコは溜息をついた。

「それで、大悪魔《グレートサタン》の工作員はなにをするつもりだったんだ?」

「そこなんだが、さっき話したとおり、口座はセントヘリアの〈カーダッギン銀行〉にあって、一月二十五日に二万五千ドルが振り込まれた。口座の番号もわかってる」スパニョーラは口座番号を伝えた。「その口座をだれが持っているのか突きとめてくれ。名義人がどこにいるのかもだ。ただちにだぞ。わかったらすぐこっちに連絡してくれ」

スパニョーラは電話を切った。

コバレンコは溜息をついた。

――ジャージー島か。

実際にはイギリス側じゃないのに(ジャージー島はイギリスよりもフランスに近い)、英仏海峡の島々はコバレンコの管轄になっている。ジャージー島はイギリス領だからだ。アメリカとプエルトリコの関係と似ている。

英仏海峡上の島々では銀行業が大きなビジネスだが、九・一一以降、銀行の秘密主義はかつてほど厳重ではない。少なくともちょっとした協力くらいは期待できる。運がよければ、口座の名義人の名前を教えてくれるかもしれない。

コバレンコは少し考えてから、直接現地に行って処理することに決めた。電話で話しても、向こうは何日ものらりくらりとしてつかまらないだろう。

しかし、どうやってセントヘリアまで行く？　コバレンコは内線でジーンに電話した。

十分後、ジーンが折り返し電話をしてきた。

「セントヘリアの件ですが」

コバレンコはジーンを誘惑しようとしているのだが、これまでのところ、なびいてくれそうな様子はない。一杯飲もうと誘っても、断わられっぱなしだ。レズビアンなのか。それにしても、最近は気をつけなければならない。肉体的接触はだめなのだ。腕にちょっと馴《な》れ馴れしく触れただけで、すぐに訴えられてしまう。なんて世の中だ。

「どうだった、ジーン」

「急ぎますか、レイ」

――レイ？

親しげに名前で呼んでくるとは。もしかすると、レズじゃなかったのか。

「緊急だ」

「だとすると、ガトウィックから便があります……ヘリコプターで一時間後にセントヘリアに到着できますが」

「完璧だな。それで進めてくれ」最近の対テロ活動のボーナスのひとつは、節約する必要がないことだ。五年前はヘリコプターなど問題外だったのに、いまじゃだれも目を白黒させない。いいことだ。ヘリコプターなら、ピラテスのクラスに間にあうように帰ってこられる。つい最近になって、体力維持がいかに重要かわかってきた。放っておけば、遅かれ早かれ、筋骨格の問題があちこちに起こってくることになるのだ。そんなのはごめんだ。

ヘリコプターでひとつだけ苦手なのは、騒音だ。掃除機のなかでシートベルトに固定されているような感じなのだ。耳に悪い。つぎは耳おおい《イヤマフ》を買わなければ。空港作業員がつけているような、レイア姫タイプのやつだ。大工や建設作業員、清掃員、ブロアーで落葉を吹き飛ばす作業員は、耳を守るのが当然となっているが、対テロ戦争の最前線にいる大使館付きのFBI特別捜査官はそうじゃない。コバレンコは窓の外を見た。上には鉛色の空、下には波立つ灰色の海が見える。

「ガーンジー島です！」パイロットが右手の陸地に顎をしゃくりながら、叫んだ。

つぎにパイロットは、左手に首を傾げて叫んだ。

「ジャージー島です！」まもなくヘリコプターは、ヘリポートの十字模様に向かって機体を傾け、着陸した。コバレンコは頭を低くしてローターの下に降り立ち、出迎えに来た黒塗りのメルセデスに向かって走った。手配が行き届いている。レズかどうかはともかく、さすがジーンだ。

銀行家のジョナサン・ウォレンは四十歳で、イギリス人らしい華奢《きやしや》な感じの美男子だった。スーツは注文仕立てにちがいなく、タッセル付きのローファーをはいている。爪の手入れも抜かりない。

「お飲み物でもいかがです?」

「いや、けっこう」

コバレンコが革張りのクラブチェアに座ると、シトラス系のアフターシェイブの香りがかすかに流れてきた。

「今回は公式な捜査ですか」

コバレンコは返事をしなかった。胸ポケットに手を入れて、身分証を挟んだ小さな革の紙ばさみを取り出す。それを手首の返しだけで開くと、黙って机の向こうに滑らせた。

ウォレンは手を触れずに、身分証をじっと見つめた。それからゆっくりとうなずいた。

「なるほど……」眉間《みけん》に皺《しわ》が寄った。「アメリカの方ですか」ウォレンは椅子に座ったまま、居心地悪そうに尻をずらした。いったんその顔が明るく笑ったが、すぐに苦渋の決断のいろになった。「ちょっと失礼します……」ウォレンは受話器を取りあげた。

「MI5に電話するつもりなら――」コバレンコは切り出した。

「いいえ、彼らの手を煩わす必要があるとは思えません。ただ上司に電話するだけです」

コバレンコは背中を椅子にあずけた。権力を行使するのは楽しいし、相手を居心地悪くさせるのも楽しい。とりわけ、相手がこのウォレンみたいな紳士気取りのいけ好かないやつの場合は。だいいちこの部屋はなんだ。スモークガラスに、ぴかぴかの木製家具、壁にかかっている優雅なスケッチ画の数々。機能の洗練されたアーロンチェア。広々した机の上には、一輪のアヤメが挿してあるカットガラスの細い花瓶と、〈iMAC〉があるだけだ。コバレンコは、がちゃがちゃうるさい自分の金属製の机と、あちこちへこんだファイルキャビネットを思い出した。

目の前では、そのいけ好かないやつが上の人間に事情を説明しているところだった。

「ええ、そうですか、わかりました……」ウォレンはコバレンコのほうに顔を向けた。「ご協力させていただきます――」明るい笑みだ。「ある程度までは」

「それはどの程度までだ」

「口座番号を拝見できますか」

コバレンコは胸ポケットから口座番号を書いた白いインデックスカードを取り出して、ウォレンに手渡した。

ウォレンはキーボード上でいくつかキーを叩いて、机の引き出しを開け、金色のペンを取り出して、コバレンコのインデックスカードにさらさらと書きこむと、それを返した。

コバレンコはそれを見た。〈アハーン&アソシエイツ〉。

「住所も知りたい」コバレンコはいった。

「おわかりかと思いますが、こちらは名義人ではありません」ウォレンはいった。「名義人については開示できないのです。ですが〈アハーン&アソシエイツ〉は登録された正規の代理人です。彼らはすべての郵便物を受け取っていますし、問い合わせにも応じてくれますから、喜んで協力してくれるでしょう」

「もちろんそうだろうが――」コバレンコはいった。「私は彼らに訊くつもりはない。きみに訊いてるんだ」

「おっしゃることはわかりますが……当行の規約はともかく、こちらにはお探しの情報がないのです」

「この銀行は、取引相手のことを知らないのか」

ウォレンはその質問を無視した。

「顧客の多くはこのような取引形態を取っています。彼らの取引は、登録された代理人を通して行なわれるのです」ウォレンがいくつかキーを叩くと、プリンターが唸りをあげはじめた。

コバレンコは手渡された紙を見た。

トーマス・アハーン&アソシエイツ
アイルランド共和国　ダブリン市
コープ通り210番地

「アイルランドか」コバレンコはつぶやいた。

「本当に飲み物はいりませんか」

「ああ。口座の履歴を見せてくれれば——預金と引き出しの履歴だ——すぐに帰る」

ウォレンはまた尻をずらして、申し訳なさそうにいった。

「残念ながら、それはいたしかねます」そしてふと顔を輝かせた。「ですがもちろん……証拠調査依頼状さえあれば。ございますか?」

コバレンコは唇を引き結んで、ぐっと声を詰まらせた。FBIは外国では開示を求める権利がない。だから、証拠の開示を迫るなら証拠調査依頼状を出せというウォレンの言い分は正しいのだ。ということは、ほとんど見込みがないということだ。証拠調査依頼状を取るには十四もの段階を踏まなければならないし、それぞれの段階で、弁護士や判事の許可が必要になってくる。証拠調査依頼状。それを出してもらうことを考えただけで、具合が悪くなる。延々とかかるだろう。コバレンコは背もたれから上体を起こすと、ウォレンをにらみつけた。

「これは対テロ捜査なんだ」

ウォレンは瞬きをしただけで、その言葉になんの反応も示さなかった。

コバレンコは思った。ロンドンに戻ったらすぐＭＩ５に訴えてやる。もっとも、なんの解決にもならないだろうが。ジャージー島の銀行で口座名義人の名前を尋ねることは、牧師にだれかの告解を文書にして渡してくれと頼むようなものなのだ。

「申し訳ありませんが――」ウォレンは視線をそらしていった。「無理です。法律では――」

「その法律が、犯罪者とテロリストを守ってるんだぞ」コバレンコは声を荒らげた。顔が赤くなって、血圧があがるのがわかった。落ち着け。集中しろ。だがうまくいかなかった。そして思った。こうなったときに心臓発作が起こるんだ。

ヘリコプターがヘリポートを離陸し、空に舞いあがる。コバレンコは島がどんどん小さくなっていくのを見ていた。ああいうオフショア銀行は、犯罪者相手の企業だ。それをこっちの思いどおりにできたら、地球上のすべての企業、とりわけ銀行は、「ガラス張り」になるだろう。そうなればテロをはじめ、多くの犯罪をなくすことができる。その一歩だけで。銀行の秘密性には理由がひとつしかない。金を洗い、隠し、盗むことだ。そういうおかしな金を絶つことができれば、おかしな企業を絶滅する方向へ飛躍的に進むことができるのだ。

コバレンコは自分を落ち着かせた。腹式呼吸をして、ゆっくりと息を吐き出す。少なくとも口座番号はわかっているし、今回、登録された代理人の名前がわかったのはそれ以上の収穫だ。その代理人はこの口座に関係するすべての郵便物を受け取っているだろうし、なかには取引履歴もあるはずだ。その代理人は客に情報を転送しているか、かわりに預かっているにちがいない。

コバレンコは後者であることを願った。もっともその代理人は、持っている情報をすべて渡してくれるだろう。アイルランドの人間なら、少しはテロのことを知っているからだ。

21

二〇〇五年三月三十一日　ダブリン

飛行機に乗るときは、どっちへ向かう便かで迷う。左に行けば急行、右へ行けば鈍行だ。マイク・バークは右へ向かい、いまふつうのシートに座っている。三十八列のA席。トイレの十列前だが、窓側だ。ダブリンに向かっている。

妹のミーガンの結婚式の帰りだった。結婚式は、バークの故郷であるバージニア州ネリスフォードの、絵に描いたような田舎の教会で行なわれた。

ケイトが死んでからはじめての帰郷で、できるだけ陽気に、人当たりよく振舞った。心配する両親を安心させてやり、質問攻めにされそうなのもそつなくあしらった。元気にやってるよ、だいじょうぶ、もう立ち直ったから、いまは過去のことさ……。

少なくとも口ではそういった。実際には、みんなにはお見通しだった。ミーガンとネイトを前にして自分の本心を片鱗《へんりん》も見せないなんて……できるものじゃない。二人は幸福に輝いているのに、自分はいったいなんだ？　永遠に続くものなどなく、いつかはみな壊れてしまうことの、歩く見本ではないか。

そろそろ腰をあげる潮時なのかもしれない、とバークは思った。義父はようやく立ち直り、事務所の仕事もふたたび軌道に乗りはじめている。バーク自身の人生を新しくはじめるときなのかもしれない。いますぐというわけではないが、いずれ早いうちに。

ルーレット台のボールベアリングのように同じところをぐるぐるまわって歳月を過ごしたあと、ケイトと一緒にダブリンに落ち着いた。そのままダブリンで人生を終える自分を想像していたのは、そう遠い昔のことではない。けれどもケイトが死んだいま、アイルランドは故郷のようには感じられず、ましてや〝未来〟も感じられなかった。

それでもバークは、あいかわらず同じフラット——ケイトのフラットで、二人で選んだ家電製品や大きなベッドに囲まれて住んでいる。ケイトの服も、クローゼットのなかにかかったままだ。ケイトの本は書棚に並んでいて、ケイトの鍋《なべ》やフライパンは、キッチンのペグボードにぶらさがっている。

そしてそこには、いまだにケイトの話をやめようとしない義父がいた。

バークはアメリカが恋しかったわけではないが、頭の奥のどこかで、今回の帰郷を自分への実験のように考えはじめていた。日々ケイトを思い出させるものがない生まれ故郷なら、新たな出発ができそうな気がしたのだ。

けれども実験はあっけなく終わった。アメリカに来て二時間もすると、この国に自分の求めるものはなにもないのだとわかってしまった。三十になって、さまよえるオランダ人のような気分だった。夜空を背にして柔らかな黒い輪郭を描くブルーリッジ山脈も、バークにはなんの意味も持たなかった。

人は口々に、そのうちまた元気になるよ、悲しみは和らぐものさ、といい続けた。けれどもそれは、そのうちケイトのことも記憶から消えはじめるさといっているのと同じだった。彼らのいうとおりなのかもしれないが、それはバークの望むところでは絶対にない。ある意味、ケイトに関することは、この悲しみしか残っていないのだから。

ワシントンに行っても、似たようなものだった。数人の知りあいと会うことにしたが、彼らはケイトを知らない。だから彼らが、見知らぬ他人のように思えてならなかった。バークにとっては、すべてがケイトというフィルターを通してしか考えられないのだ。

二人が出会ったときのことが、頭から離れなかった。バークは文字どおり空から降ってきて、地上に激突し、火傷を負って死にかけていたところ、〝殺人大佐〟と自称する男によって、ケイトの家まで運びこまれた。それが運命でなければ、なにを運命というのだろうか?

バークは窮屈なシートのなかで姿勢を変えて、頭上のビデオモニターを見た。アニメのエアバスが、ヨーロッパに向かって大西洋上を少しずつ進んでいる。ここ数日、無理に元気を装っていたせいで、バークは疲れていた。

それでも、義父のトミーの回復ぶりには素直に喜んだ。義父が絶望のあまり自殺したりしないように気をつけてきた甲斐があった。義父が友人たちと一緒にパブに行く姿を見るのはいいものだった。事務所のほうもまた忙しくなり、新たに秘書を一人雇ったほどだ。アイルランドは好景気を迎えているし、トミーが回復したいま、事務所はさらなる繁栄を遂げるだろう。

義父が回復するまでは、バークがなんとか事務所を守ってきた。けれども義父が立ち直るきっかけとなったのは、ほかでもない、ケイトの訪問だった。

「夜中に来たんだ」トミーはいった。「ベッドの足もとのところに立って――ケイトがだぞ――こういうんだ。『父さん、こんなに悲しいの、あたし耐えられないわ。あたしの気持ちわかってよ。父さんもマイケルもそんな状態で、あたしに平和があると思う？　二人ともやめてちょうだい』それから私の額にキスをして、勇気を持ってしっかり立ち直ることを約束させたんだ。そして、亡くなったあともいつもそばにいるからと約束してくれた。あの子らしいと思わないか。あの世からも私たちを見守ってるんだぞ」

バークは思った。ケイトにひと目会えるなら、すべてをなげうってもいい。たとえ幻影だろうと幻覚だろうと夢だろうと、ひと目会えたら、悲しみに打ち沈んだこの心に虹《にじ》の橋が架かるだろう。義父はその幻を見たあと、大いに安心した様子で、とたんに自分自身や世界と和解した。その姿にバークは強い羨望《せんぼう》を感じて、こういった。「ケイトは、ぼくのところにはまだ来てません」まるで、ケイトの霊が彼に背いているかのような口ぶりだった。

すると義父は温かい笑みを浮かべ、バークの腕に手を置いて、こういった。

「そのうち来るさ、マイケル……」

飛行機が降下しはじめたとき、バークは一抹の落胆とともに、物思いから醒めた。アイルランドにはめずらしすぎるくらい日射しにあふれた朝で、眩しい緑の草原はアイリッシュ海のほうまで延び、海は拭いたばかりの窓のように晴れ渡った空の下で、活き活きと白い波頭を立てている。

陰気な景色、どんよりした空、雨模様のほうがよかった。なのにいまは、まるでグリーティングカードのように華やかな景色に向かって降下している。機体が大きく傾いて着陸のアプローチに入ったとき、翼の下に一瞬、十隻ほどのヨットの帆が見えた。

まだ午前九時になるかならないかの早い時間に、バークは入国審査をパスし、預けてあった自分の車に乗って、ダブリンの中心街に向かうM1高速道を目指した。驚いたことに、笑っている自分がいた。アイルランドにはなにかがある。この国の音階というか、空港ターミナルの人々の、陽気な声や茶目っ気たっぷりのアイルランド訛りがそう思わせたのかもしれない。

いつしかバークは、ダブリンを形作る迷路のような街路や公園のなかで、気持ちが休まっていくのを感じはじめていた。義父の顔が見たかった。いつもの仕事、コープ通りの赤レンガの事務所ビル、リフィー川に沿った桟橋でのジョギングが懐かしい。素直に認めるのは悔しいが、戻ってきてよかった。

事務所ビルの後ろにある駐車場の自分の場所に車を停めて、二階への階段をあがっていく。210号室の前に立ったときは、まだ午前十時になるかならないかだった。ところがドアには鍵がかかっていて、一枚のメモがあった。

木製パネルのひとつに、直接画鋲《がびょう》で留めてある。これは、フェルメールの油絵を釘で壁に打ちつけるに等しい暴挙だ。なぜならドアのパネルはオークの無垢材でできていて、年月による艶《つや》があり、真鍮の埋めこみは毎日柔らかなクロスで磨かれているからだ。義父は癇癪《かんしゃく》を起こすにちがいない。

バークはドアから画鋲をはずし、メモを読んだ。ゲール語と英語で書かれた公式通達で、バークがミーガンの結婚式に出席するためにアメリカへ発った翌日の日付だ。

業務停止命令
アイルランド警察（国際協力班）

「どうして電話してくれなかったんです？」

バークが直接ダルキーに向かうと、義父は庭でバラの芽を摘んでいた。棘《とげ》のある枝が、足もとで山になっている。

「おまえなのか、マイケル？」

「そうです」二人は軽い抱擁を交わした。

義父は肩をすくめて説明した。

「電話なんかしたら、飛んで帰ってくると思ったからだよ。それじゃ妹さんに申し訳ないだろう？」

バークは肩をすくめた。妹はもう子どもじゃない。

「なにがあったんです？」

「いいだろう。聞かせてやろう」義父は話しはじめた。「あのバカどもめが、大挙して押し寄せてきたんだ。ネッド・ケリーを追ってるわけじゃあるまいし！ モイラはひと目見て気を失いそうになったんだぞ。そこへ一人のバカが前に出てきて、小さな札入れをちらつかせた」

バークは顔に困惑のいろを浮かべた。

「小さな札入れ？」

「よくテレビで見るだろ。なかにバッジがあるやつだ。しかもこの阿呆《あほう》、アイルランド人ですらないときてる。きみの国の人間だったんだ！」

「だれがです?」

「バッジを出したこのバカさ。こいつはアメリカ人なんだ! やけに顔のでかったやつで、はるばるロンドンから来たという。しかもアイルランド警察はこの男のいうなりで、こいつが屁をひるたびに敬礼するんだ」

「なんの用で来たんですか」

「きみが担当した法人設立の件で、とにかく怒ってた。とっとと失せろといってやったよ!」

「どんな話だったんですか」バークはすまなそうに訊いた。

「それが、ろくに説明してくれないんだ。ありゃ相当神経質なやつだな。自分はどこかの偉大なFBI捜査官だと、三度もいっていた。リーグットだと」

「リーガットでしょう」

「プーテートウでもプータートウでもいいが……いってやったよ。おまえがFBIだろうと〈ロード・オブ・ザ・リング〉だろうと知ったことじゃない、うちのファイルを見たけりゃ、命令書を持ってこいとな」

「そうでしたか——しかし、そいつはどの口座を追ってたんですか」

義父は顔をしかめた。

「〈トウェンティース・センチュリー・モーター・カンパニー〉。たしかそんな名前だった」

やや置いて、義父は訊いてきた。「心当たりは？」

「ありません」バークは首を振った。〈トーマス・アハーン＆アソシエイツ〉では、いくつもの会社設立を手伝ってきた。どの件でも、依頼人との時間は三十分もかかっていない。

「登録先はマン島――」義父はさらにヒントを出した。「銀行口座はジャージー島だ」

ほかにヒントはないですかという顔をして、バークは訊いた。

「〈ホールドメール・リスト〉は？」

義父はうなずいた。

「当然そうだろう。ごく当たり前の会社設立方法だ。だがこのアメリカ人は、ホルダーをひと目見て――」

「ファイルを渡したんですか」

「私が渡したのはアイルランド警察だ」

バークは自分の耳を疑った。

「特捜班で、裁判所命令を持ってたんだ」

バークは港のほうに目をやって、義父の言葉をじっくり考えた。会社のファイルの秘密性はいままで完全に守られてきた。なのにトミー・アハーンが依頼人を明かすとは……いままでにないことだ。

「とにかく――」義父はいった。「このアメリカ人は依頼人の名前をひと目見るなり、怒り出した。そして、こいつの名前がインチキだとわかってただろうというんだ。インチキだと、やつがそういったんだ！」

「で、その名前は？」

「ミスター・フランシス・ダンコニア、たしかそんな名前だ。一瞬しかファイルを見てないし、すぐにあいつに引ったくられたからな」

義父はその名前を正確には覚えていなかったが、バークはようやく思い出した。バークの耳について質問してきた依頼人だ。発音からしてアメリカ人だったが……「チリのパスポートを持った？」

「そいつだ！」

バークはそのことを考えてみたが、こういうしかなかった。

「まだ飲みこめませんが」

「私にいえるのは、このＦＢＩのアメリカ人はかんかんに怒って、マネーロンダリングとかテロだとかわめいていたってことだけだ」

「テロ？」

「そいつの顔色がピンクから紫に変わって、またピンクに戻ったんだ。卒倒するんじゃないかと思ったそのとき、そいつはおまわりを横へ連れていって——こいつもおそろしく脳タリンでな——」

「だれがです？」

「おまわりだよ！　自分じゃ〝ドハティ警部補〟と名乗ってたが。このＦＢＩのリーガットが、そいつになにか意見してるんだ。こっそりとな。するとこのドハティが前に出てきて、いまからこの事務所を業務停止処分にして、取り調べをすると宣言したんだ」

「取り調べ？　いったいなにを取り調べるというんです？」

「手短に答えれば、きみだよ。おまわりがいうには、向こうはマネーロンダリング容疑で捜査をはじめたそうで、われらがミスター・マイケル・バークとお話がしたいそうだ。ファイルにきみの名前があったからな」

「それからどうなったんです？」バークは低い声で訊いた。

「それから？　それからやつらは、この私をオフィスから放り出したんだ――私のオフィスからだぞ、信じられるか？　真っ当なお客様を相手にこつこつ真面目に働いてきた、この私を――」

「そのリーガットの名前は？」

「コバレンコ」義父は手袋をはずして、剪定《せんてい》挟みをバラの株元に置いた。「なかに入ってくれ。名刺をもらってある」

名刺は玄関ホールにある大理石でできた小さなテーブルの上にあった。全部で三枚。一枚めの名刺はショーン・ドハティで、アイルランド警察国際協力班（ＩＣＵ）所属の警部補だ。二枚めの名刺はアイルランド警察金融情報班（ＦＩＵ）所属のアイラ・モナハン。

三枚めはＦＢＩのロゴマーク入りで、アメリカの鷹が金色でエンボス加工されていた。名前はレイモンド・コバレンコ。名刺からすると、コバレンコは大使館付き捜査官《リーガット》で、住所はロンドンのグローブナー広場、アメリカ大使館になっている。

「それで、これからどうします？」バークは訊いた。

「やつらはきみのほうから電話してきて、腹を割って話してくれることを望むといっていた」

バークはためらわなかった。すぐにドハティの番号にかけた。警部補はいったんバークを待たせ、その時間がやけに長く思えてきたとき、電話に戻ってきて、明日の午後自分のオフィスに来てくれないかといった。

「そっちさえよければ、いますぐこっちから出向いてもいいんだ」バークはそういった。揉め事は早く解決すればするほど、業務を早く再開できるし、仕事上もそのほうがいい。

受話器から強い舌打ちの声がして、ドハティはいった。

「あいにくこっちは都合が悪くてね。早くて明日の午後なんだ。三時はどうかな。パース通りだ」

「しかし、できれば――」

「そうだろうな。早くすませたい気持ちはよくわかる。だがここだけの話、コバレンコがこのダンコニアという男にぞっこんでね。ついいまも、きみを待たせてるあいだに彼と話してたんだが、彼がきみに直接会いたがってるんだよ。そんなわけで、おたがい楽しみにしていようじゃないか！」

翌日バークは、持参するようにといわれたパスポートを持って警察署に行った。ＩＤタグを襟に貼りつけられ、案内されたのは、ドハティ警部補の散らかった小さなオフィスだった。

なかでは二人の男が待っていた。小柄なほうが、がりがりに痩せたヘビースモーカーらしき砂色の髪の男。これが〝生身の〟（身というものがあればだが）ドハティ警部補だ。もう一人がレイ・コバレンコ。身長一メートル八十八センチ、がっしりした体格で、ピンク色の顔のなかに単調な目鼻立ちがあり、その下に小さい財布のような口がついている。

コバレンコが空いている椅子を勧めて、全員で着席した。バークは二人の顔を交互に見やって協力的な態度を見せたが、二人のほうは、急いで取り調べをはじめるようなそぶりを見せない。

コバレンコはポケットから小さなプラスチック瓶を取り出して、手のひらに消毒用ジェルを少し垂らした。それから両手をこすりあわせ、爪をじっと見つめてから、ようやく口を開いた。

「きみの依頼人――ダンコニアについてなにを知っている?」

「そうだな」バークははじめた。「チリのパスポートを持っていて――」

「そんなことはわかってる」コバレンコはぴしゃりといった。

その乱暴な口ぶりに、バークはびっくりした。一瞬、なにをいっていいかわからなかった。そこでもう一度はじめた。

「とにかく、いまいったとおりチリのパスポートを持ってたんだが、言葉の訛りからして、アメリカ出身だと思う」

「ということは、それが偽名だとわかってたわけだ」

「いいや」バークは首を振った。

コバレンコはぎらついた目でにらんだ。

「フランシスコ・ダンコニアという名の男が事務所に入ってきて、〈トウェンティース・センチュリー・モーター・カンパニー〉を設立したいといったとき、おかしいと思わなかったんだな」

「まあ、会社名が少しアナクロ的ではあったけど――」

「この私を舐めるなよ」コバレンコは警告した。

バークは手のひらを天井に向けて差し出し、ドハティのほうを見て説明を求めた。ドハティは顔をそむけた。

コバレンコの小さな口もとが歪んで、冷笑が浮かんだ。コバレンコはバークのほうに身を乗り出して続けた。

「じゃあミスター・ティムは？　かりにミスター・タイニー・ティムと名乗るやつがオフィスにやってきたとしても――」

「あるいはサンタクロースってやつとか」ドハティがつけ足した。

「そうとも！　サンタクロースと名乗るやつがオフィスにやってきたとしても、問題はないのか？」コバレンコは訊いてきた。それから、「時間はいくらかかってもいい」といい、バークが答える前につけ加えた。「本当のところを知りたいからな」

バークはFBI捜査官からアイルランド警察の警部補のほうに視線を移して、ふたたびFBI捜査官に視線を戻した。どうも雲行きが怪しくなってきた。

コバレンコは溜息をついて、質問を続けた。

「ひとつ聞かせてくれ。きみは読書家か？」

「まあ、少しは読むよ」バークは肩をすくめて答えた。

FBI捜査官はうれしそうな顔をした。

「アイン・ランドのことはどれくらい知ってる？」

意外な質問だった。

「彼女、頭がいかれてるんじゃなかったか？」

するとコバレンコは、いきなり殴られたかのように凍りついた。

――おっと、答えをまちがったみたいだ。

「その、保守的すぎるという意味でね。たしか記憶では、かなりの保守派だったと思うけど」

コバレンコの下顎が、ガムでも嚙むように上下に動いた。唇から唾の泡が噴き出したが、言葉は出てこない。ようやくコバレンコは、悪意をぎらつかせた目で、前に身を乗り出した。

「アイン・ランドは、二十世紀でもっとも重要な作家の一人だ」

「ほんとに⁉」バークはもっと話を聞きたそうな感じでいったつもりだが、自分の耳にも、その口ぶりが嘘っぽくて小賢しい感じにしか聞こえなかった。

「ああ、ほんとだとも！　彼女は『肩をすくめるアトラス』という小説を書いたんだ」コバレンコは唸った。「きみも聞いたことあるだろう」

バークはなにも答えなかった。

「フランシスコ・ダンコニアは、あの小説の主人公だ」コバレンコは眉根を寄せて、自分の言葉を訂正した。「正確には主人公の一人だが。主人公は何人かいたからな」

バークは興味をそそられたような顔をした。けれどもコバレンコは乗ってこなかった。

「そいつは読まなくちゃいけないな」バークはそういって、待った。壁の時計のカチカチという音が耳につく。通りのほうからは、遠くで清掃車がバックするときの音が聞こえてきた。バークは咳払いした。「それで……どうやって協力すればいい？」

コバレンコはドハティのほうを見た。口を開いて、顎が静かに動いている。それからバークにこういった。

「ミスター・バーク、まずはお友だちのダンコニアについて知ってることをすべて話してもらおうか」

「彼は友だちなんかじゃない。会ったのも三十分だけで、それ以上でもない。ファイルを見ただろう。全部そこに書いてある」

「きみから直接聞きたいんだ」

バークは肩をすくめて、覚えている詳細を伝えた。

「その男は電話をしてきて、それからオフィスにやってきたんだ。自分がなにを希望してるのかよくわかってないようだったが、みんなそんなものでね」

「みんなそんなもの、か」コバレンコは繰り返した。

「ああ、たいていそうさ。この男が望んでいたのは、会社と目立たない銀行口座だった。だからそれを作ってやったんだ」

「目立たない、か」コバレンコは冷たく笑った。「それもひとつの言い方だな。だが私から見ると、きみは幽霊会社を作ってやったんだ。その男のため、チリ人じゃないとわかってた男のために……」

バークは割って入った。

「あのパスポートは本物だったし、写真も一致していた。顔つきだってヒスパニック系だったんだ」

「その男が、どうして〈アハーン&アソシエイツ〉に来たんだ?」

「広告を見たといっていた。〈エアリンガス〉の機内誌で」

「ということは、計画的ではなく、突発的な決断というわけだな」

バークはよくあることさと、身ぶりで答えた。

「で、それ以前は男のことを知らなかったんだな」コバレンコは訊いてきた。

「ああ……たぶん空港から電話してきたんだと思う」

「事前の接触があったかどうかはこっちで調べてみよう。すでにきみのことは調べはじめているんだ。嘘じゃないぞ、ミスター・マイケル・アンダーソン・バーク」

バークは肩をすくめた。ミドルネームを知っているとは。なんてこった。

コバレンコはまた椅子に座って、顔をしかめた。ふと浮かんだ考えに困惑しているかのようだ。

「きみは、どうしてここにいるんだ?」バークが答える前に、コバレンコは質問を明確にした。「つまり、このアイルランドでなにをしてるんだ?」まるでアイルランドが、中東のホルムズ海峡にでも位置しているかのような口ぶりだ。

「妻が、アイルランド人だったんだ」バークは説明した。

コバレンコの額に深い皺が寄った。

「だった？」

バークはうなずいた。

「死んだよ。八ヵ月前に」

コバレンコは意表を突かれた顔をした。

「死因は？」

バークは驚いて瞬きした。それからこう答えた。

「敗血症」

コバレンコは短く息を吸って、小さく溜息をついた。しかし、形ばかりのお悔やみの言葉さえいおうとしなかった。

「八ヵ月前か。それなのにきみはまだここ、、、にいる。われわれのような疑り深い人間にしてみれば――それで給料をもらってるもんでね――少し都合がよすぎるんじゃないか？　きみはダンコニアがアメリカ人誂りだったといった。きみのようにだ。しかもきみたち二人とも、このアイルランドにいる。ところがきみは、いきなりあらわれたやつのためにインチキ会社を設立してやったと――」

「いわせてもらうが――」怒り出したいのを我慢して、バークはいった。「あれはインチキ会社なんかじゃない。ちゃんとした会社だ。そういう会社を作ってやるのが、ぼくらの仕事なんだ！」

「それをこれからも続けられると思うなよ！」

バークは深々と息を吸って、感情を抑えながら訴えた。

「法律を破ったり、書類が適切な方法で提出されなかったり、犯罪企業や詐欺行為が絡んでいたりというんなら、関係当局が――アイルランドの当局が、そういう問題を追ってるはずだ」バークはドハティのほうに顔を向けた。「教えてくれ。なぜアメリカのＦＢＩが、三十年も真っ当にやってきたアイルランドの事務所をいじめる？　いったいどうなってるんだ？」

ドハティはきっぱりと答えた。

「国際協力さ」

「〈アハーン＆アソシエイツ〉でやってるのは、企業体を組織してやって、毎年提出すべき書類や払うべき手数料に関することを依頼人に知らせること、それだけだ」

「それだけじゃないだろう」コバレンコは強い語調でいった。「きみらは銀行口座も作っている」

「サービスの一環さ」

「それもおかしなところに。セントヘリア、ケイマン諸島――」

バークは首を振って反論した。

「セントヘリアもケイマン諸島も、〝おかしな〟ところはなにひとつない」

コバレンコはアンパイアがセーフを宣言するときのしぐさをした。眉根を寄せてしかめ面になり、顔色がピンクから赤に変わった。コバレンコは押し殺した声ですごんだ。

「なにがおかしいか教えてやろう。なにがおかしいかわかるか？　おまえには逃げ場がないってことだ。それがおかしいんだよ」

「どういうことだ？」バークは笑ったらいいのか泣いたらいいのかわからなかった。

「これは国家安全保障に関する捜査だ」コバレンコは説明した。「おまえはその捜査のなかにどっぷり浸かってるんだよ。おまえが作った銀行口座に、アルカイダの工作員から電信送金があったといったらどうする？　え？　最初は少額だったが……新規の活動資金だったんだろう。二ヵ月後には同じ口座で、三百六十万ドルが動いていた。振り込まれて、四十八時間後には口座から消えている」コバレンコは両手を叩いた。「あとかたもなくだ。いまその金はだれが持ってる？　そいつはその金でなにをする気だ？」コバレンコはそこで間をおいた。「心当たりは？」

バークはじっと座ったままだった。いったいどう答えたらいいのだろう？

「ミスター・コバレンコ、こっちはファイルも出したし、知ってることは全部話した。これ以上なにができる？　こっちの立場に立って考えてみてくれ。この件はいつもやってるごくふつうの会社設立代行業なんだ。うちじゃこの手の手続きを毎月十件はやってる」

コバレンコは机を指で連打し、小声ですごんだ。

「テロにはな、ふつうもなにもないんだ」その言葉の効果があらわれるまで待って、コバレンコはまた椅子に寄りかかった。「もう一度話してもらおうか。おまえは空港から電話をもらって……」

さらに尋問は、二度三度と続いた。ドハティは煙草を吸いたくてたまらなそうだった。

「なにかいい忘れてないか」コバレンコが訊いた。

「もう全部話したよ」バークは考えてから、そう答えた。

コバレンコは机の上に一枚の紙を滑らせた。

それはファイルにあったメモで、バークの手書き文字でこう書かれていた。

エスプラネード

ベオグラード

「ああ、これか」バークは思い出した。「彼はベオグラードに二週間行くといってたんだ。〈エスプラネード〉は——ホテルの名前だ。書類をそこへ送ったんだ」

「ミスター・ダンコニアがこの住所しか教えなかったのは、奇妙だと思わなかったか?」

バークは首を振った。

「旅行で自宅にはいないといってたんだ。それに、銀行の書類以外には一切郵便物を送らないでくれというし。だから彼を〈ホールドメール・リスト〉に入れたのさ。うちの依頼人はだいたいそうしてる——」

「だろうな!」

もう勝ち目はなさそうだった。バークは椅子に座ったまま振り返って、ドハティに訊いた。

「教えてくれ。アイルランドはいつからアメリカの五十一番めの州になったんだ?」

おまわりは楽しげに笑って答えた。

「ミスター・バーク、テロリストには警察もさんざん手を焼いてきた。きみだって新聞を読んでるだろう。きみらにとって不愉快なあの事件以来——もちろん世界貿易センタービルのことだ——協力することが理にかなってるのさ」

バークは歯ぎしりした。

コバレンコは鼻で笑って軽蔑した。

「〈ホールドメール・リスト〉に入れてもらいたがる理由はただひとつ、資産を隠すことだ。ちがうか?」

「ちがう。正確にはそうじゃない。いろんな人がいろんな理由で、匿名性を確保したがるんだ」

「もちろん、そうだろう。ただし、そのなかにはテロリストもいれば麻薬ディーラーもいる。やつらのほとんどは、税金逃れが目的なんだ！」

バークは首を振った。

「オフショア口座を作る理由はいろいろだし、節税対策はいけないことじゃない。常識だよ」

「常識ってものがなにか教えてやろう。少しばかりの慎重さだ。依頼人を調査したことはあるか？」

バークは首を振った。

「自分たちの仕事じゃない、ということか」コバレンコはいった。

「そうだ」

コバレンコは喉の奥を鳴らした。バークにはそれが、犬かなにかの唸り声に聞こえた。

「私たちはベオグラードの警察署長に、〈エスプラネード〉へ行ってもらった」

「そいつはいい」バークは答えた。「ぼくも同じことをしてただろう」

「おまえに教えてやるが、ミスター・ダンコニアは約二週間滞在したあと、ホテルをあとにしたそうだ。向こうの返事はそれだけで、以来ダンコニアを見た者はいない」

バークはふと思いついた。

「彼のパスポートは？　たしかファイルにコピーがあるはずだ。そこに——」

「緊急連絡先か？」

バークはうなずいた。

「私たちが確かめてないと思うか？」コバレンコはいった。「パスポートの住所はサンチアゴのレストランだった。〈エル・ポロ・ロコ〉という店だ。意味は……」コバレンコはドハティのほうを見やった。「意味を説明してくれるか、警部補」

「わかりました」ドハティはそういって、説明した。「意味は〝いかれたニワトリ〟だ。やつの緊急連絡先は、チリのサンチアゴにある〈いかれたニワトリ〉なんだ」

「おまえはそこまで確認してないだろう」コバレンコはバークにいった。

「ああ、してなかった」

「ダンコニアはおまえらの事務所にふらりとやってきて、すぐに帰っていった——そういうことか？」

「そんなところだ」バークは答えた。

「覚えてるのはそれだけか？」

「考えさせてくれ」とはいったものの、目を閉じて集中しても、疲れでなにも浮かんでこない。大きな欠伸《あくび》が出そうになった。抑えようとしたが、できなかった。時差ぼけの大きなうねりが欠伸となって、身体のなかから湧き起こってくる。

コバレンコはとうとう癇癪を起こした。

「パスポートを見せろ!」

「え?」

「おまえのパスポートだ」

バークは慌ててポケットからパスポートを取り出し、手渡した。

コバレンコはアタッシェケースをぱちんと開けた。なかからインクパッドと金属製のスタンプを取り出すと、スタンプをパッドにぐりぐり押しつけ、バークの顔写真があるページにバンと押した。

バークは息を呑んだ。

「なにをしてるんだ?」

「おまえのパスポートに裏書をしてるところだ」コバレンコは押し殺した声でいいながら、ポケットからペンを取り、署名と日付を書きこんだ。それからバークのほうへパスポートを、わざと途中で落ちるようにして放り投げた。

バークは床からパスポートを拾って、開いた。赤ワイン色の文字でページに記されているのは、こんな言葉だった。

アメリカ合衆国への旅行にかぎり有効

「ちょっと待てよ」バークは唾を飛ばしながら訴えた。「こんなことできるわけないだろ！」

「できるもなにも、もうやった」コバレンコは得意げに笑った。

「でも……なんでこんなことを？」

答えたのはドハティだった。

「きみに裁判まであちこちうろついてほしくないからさ。きみには証言してもらう必要があるからな」

「なんの裁判だ？」バークは訊いた。

コバレンコがにやりとして答えた。

「アイルランド共和国対アハーンの裁判だ」

バークは目をしばたたいた。

「アハーン？　いつからトミーが被告になったんだ」

「彼は一時間前に書類を受け取った」コバレンコはいった。

「なんで？　なんの容疑だ？」

またドハティの番だった。ドハティは楽しんでいるようだった。

「マネーロンダリング。ダンコニアの件だけのな」

「なんだって? 頭がおかしいのか? トミーはこの件とはなんの関係もないんだぞ。書類を処理したのはこのぼくだし、ファイルにあるのもぼくの名前じゃないか。トミーはこの依頼人に会ったこともないんだ!」

コバレンコは肩をすくめた。

「かもしれないが、ドアには彼の名前がある」

バークは弾かれたように椅子から立ちあがって、コバレンコに飛びかかった。コバレンコは椅子に座ったまま、脚のキャスターをきしらせて後ろへ逃げた。ドハティがバークの背中に飛びかかり、羽交い絞めにして後ろへ引きずっていった。

コバレンコは壁に背をつけて椅子に座ったまま、息を荒らげ、腕をさすった。

「ばかなことを。この私に飛びかかるとは」

バークはコバレンコをたっぷりねめつけて、いい放った。

「覚えてろ。このままですむと思うなよ」

ゴーストダンサー　上《じょう》

2007年11月1日　第1刷発行

訳者略歴

英米文学翻訳家。上智大学文学部英文学科卒業。主な訳書に『死刑判決』S・トゥロー、『唇を閉ざせ』H・コーベン（以上、講談社文庫)、『カイト・ランナー』K・ホッセイニ（アーティストハウス)、『レイヤー・ケーキ』J・J・コノリー（角川文庫）など。

著者　ジョン・ケース
訳者　佐藤耕士（さとうこうじ）
発行人　武田雄二
発行所　株式会社 ランダムハウス講談社
〒162-0814 東京都新宿区新小川町9-25
電話03-5225-1610（代表）
http://www.randomhouse-kodansha.co.jp
印刷・製本　豊国印刷株式会社

ISBN978-4-270-10134-6